阳光少年励志书系（第二辑）

培养孩子财商的
故事全集

总 主 编 ◎高长梅　张采鑫

本书主编 ◎刘宏武

花山文艺出版社

图书在版编目(CIP)数据

培养孩子财商的故事全集 / 高长梅，张采鑫主编
. -- 石家庄：花山文艺出版社，2009.03(2021.8重印)
(阳光少年励志书系. 第2辑)
ISBN 978-7-80755-527-8

Ⅰ.①培… Ⅱ.①高…②张… Ⅲ.①故事 – 作品集
– 世界 Ⅳ.①I14

中国版本图书馆 CIP 数据核字(2009)第 010467 号

丛 书 名：*阳光少年励志书系(第2辑)*
总 主 编：高长梅　张采鑫
书　　名：**培养孩子财商的故事全集**
本书主编：刘宏武

策　　划：张采鑫
责任编辑：于怀新
责任校对：李　鸥
特约编辑：李文生
装帧设计：大象设计工作室
出版发行：花山文艺出版社(邮政编码：050061)
　　　　　(河北省石家庄市友谊北大街330号)
销售热线：0311-88643221
传　　真：0311-88643234
印　　刷：永清县晔盛亚胶印有限公司
经　　销：新华书店
开　　本：720×1020　1/16
字　　数：280千字
印　　张：21
版　　次：2009年3月第1版
　　　　　2021年8月第2次印刷
书　　号：ISBN 978-7-80755-527-8
定　　价：78.00元

Mu Lu · 目 录

第 1 辑 财商比智商更重要

卡恩站在百货公司的橱窗前,目不暇接地看着。旁边一位绅士在抽雪茄。卡恩对绅士说:"您的雪茄不便宜吧?仔细算算,要是不抽烟的话,那些钱就足够买下这幢百货公司了。""这么说,您不抽烟?""是的。""那么,您买下这幢百货公司了吗?""没有。""告诉您,这幢百货公司就是我的!"绅士说。

卡恩很聪明,但他缺少一样东西——"财商",他不懂得:钱是赚来的!成功的人除了靠自身的努力和勤奋外,与他们的财商是分不开的。在这个时代,财商比智商更重要!

第 2 辑 一生中最好的投资

记者曾采访巴菲特,问他在所有的投资中,哪一次的收益最高?巴菲特取出一个发黄的笔记本,说:"就是这个。这个笔记本是我小时候用 0.5 美元买的,现在已成为我最珍贵的财富了。"笔记本上是巴菲特的投资、生活的记录和感受。

在这个世界上,那些善于创造财富的人,大多在他们的早年就学会了怎么赚钱。一个从小接受财商教育的孩子,在潜移默化中学来的创富素质,比继承金钱重要得多。培养孩子的财商素质,是他们人生教育中必不可少的一环。

目 录·*Mu Lu*

第3辑

金钱的价值

一次，李嘉诚去停车场取车，不小心掉了一个2元硬币，硬币刚好滚到车轮底下，只要车子一开动，那硬币便会掉进路边的水沟，于是他蹲下身来，试着把硬币拾起来。这时，一个更夫钻到车下，帮他拾起了硬币。李嘉诚收起硬币，并掏出100元递给那个更夫。李嘉诚说："如果我不拾回这个2元硬币，车子一开它便会在世上失去了价值，而现在它可继续有它的用途。我另外给你100元，这些钱也是有用的，它们的价值都不会消失。"

李嘉诚的行为，看似有悖"常理"，实是一种面对金钱的良好修养。这种财富修养正是他创造巨大财富的源泉所在。因此，有什么样的金钱观，是提高财商的根本。

第4辑

花钱的事

世界十大富豪之一的科鲁奇在给子女的零花钱上约法三章：他交给每个人一个小账本，要求他们清楚地记下每笔钱的用途，每逢领钱时，再交给大人们审查，做到账钱两清，且用途正当。小小的记账本，使孩子们从小就学会了当家理财的本领。

花钱的难度比挣钱还大。罗伯特·T.清崎说："有一天你会成为富人，那时，你将拥有力量和责任，你不要用你的财富使人们变成金钱的奴隶，而是要帮助人们成为金钱的主人。"这些话已不仅仅是在教人如何投资理财，更是告诉人们在打理金钱时候应具备的品质。

Mu Lu · 目录

第5辑 读懂金钱的『语言』

詹森·斯维斯彭在19岁时创办"心想事成"网站,一举成名。有人惊叹:"难道他是下一个比尔·盖茨吗?"詹森的公司收益了上亿美元的资金,创造了一个"财富神话"。不久,股市风云突变,詹森公司的股票狂跌,公司被宣布破产,他又变成了一个身无分文的人。几经坎坷后,詹森说:"我终于明白了,金钱只认得金钱,它不会认得人。"

财商教育的本质是让我们读懂金钱的"语言",在一个个看似简单的故事中,寻找金钱运动的规律,看清财富运行的规则,用金钱去创造财富。

第6辑 神奇的致富公式

台湾著名投资理财专家、财商培训师黄培源提出了一个"神奇的致富公式":假定一位身无分文的年轻人,从25岁开始每年存下1.4万元,如此持续40年;如果他每年存下的钱都能够进行有效投资,并获得每年平均20%的投资收益率,那么40年后,他能累积多少财富?答案是1.0281亿!成为亿万富翁困难吗?关键是看我们的财商是否能够在投资理财领域得到发挥。

目录·*Mu Lu*

第7辑 打造高财商的心态

"钻石之王"哈里·温斯顿有一次要卖一颗钻石给一位富商。他让公司的一名专家为富商做介绍,专家细致地讲解后,富商拒绝了。温斯顿接过那颗钻石,他没有用任何术语,而是抒发了自己对它的热爱:它在阳光下是多么灿烂夺目,多么晶莹剔透,它的美是多么令人心动。仅廖廖数语便打动了富商,马上成交。温斯顿解释说:"专家了解自己卖的每颗钻石,而我热爱自己卖的每颗钻石。"

一个财商知识很丰富的人,如果失去良好的心态,那么一切知识都帮不上忙。温斯顿式的热爱是一种好心态,但是还不够,还需要面对财富的冷静、乐观、自信、坚定……

第8辑 创富者的好习惯

富兰克林被誉为美国的"建国之父"之一,也是一位成功的商人。他从小养成的做事认真、勇于负责的习惯,为他的成功打开大门。个性决定理念,理念决定习惯,而习惯则决定成败。

高财商的人不仅要有良好的消费习惯、理财习惯,一些平日里的生活习惯、工作习惯乃至思考的习惯,也往往决定着财富的走向。是让财富走向我们,还是离开我们,要看我们的习惯。

Mu Lu · 目录

第9辑　给欲望设定底线

拍卖会上，一位女子看中了一套塔罗牌，原价20元。朋友问她愿意付多少钱，女子说愿意多付100元。朋友说："那好，120元，就是你的最高出价，也是底线，超过这个就放弃。"在竞拍中，塔罗牌冲过了120元的底线。朋友安慰说："虽然没得到那副塔罗牌，但你今天学到的东西比这副牌更有价值。你学会为欲望设定底线，很多人失败就是没控制好底线，结果成了欲望的奴隶。"

失去控制的欲望会吞噬人的幸福、快乐，缺少底线的欲望会让人意乱心迷，财富也会离他而去。要记住：财商需要欲望，欲望需要底线！

第10辑　致富之路

一个人每天在家虔诚地祈求财神爷保佑他发财，结果他竟然越来越穷，最后穷得家徒四壁。一气之下，他抓起那尊神像向墙上摔去，财神爷被摔得稀烂，却从里面掉出来一些金子。穷人把金子拾起来，大声说："我膜拜你的时候，你让我一天比一天穷；我打烂了你，你却给我这么多金子！"

每个人致富之路虽然各不相同，但不论是创业还是打工，最重要的是搞清楚"你在为谁打工"。不论有没有老板，其实都是在为我们自己"打工"。我们今天的努力学习，正是为自己未来的成功打基础。

目录·*Mu Lu*

第11辑 成功创富者的启示

一个25岁的青年创立了他的公司,这时他的员工只有两个。公司开业那天,他站在公司装苹果的水果箱上面,对他的两个员工说:"在25年之后,我将成为世界首富!"那两个人听了之后,都以为老板疯了。这个青年就是孙正义,在42岁的时候,他成为《福布斯》杂志评出的亚洲首富,并且一直蝉联8年。

阅读成功创富者的历史,他们的创富经历甚至细节都为我们提高财商提供了最好的参考。在这些人的身上,有我们提高财商的最好启示。

第12辑 与他人携手创富

一个雨天,路边的小贩一直无生意。最后,卖烧饼的饿了,就吃了一块自己烤的饼;卖西瓜的也敲开一个西瓜来吃;卖辣香干的开始吃辣香干;卖杨梅的也只好吃杨梅……雨一直下着,卖杨梅的吃得酸死了,卖辣香干的吃得辣死了,卖西瓜的吃得肚皮胀死了,卖烤饼的吃得口渴死了。这时,从雨中嘻嘻哈哈冲过来4个年轻人,他们从4个小贩那把这4样东西都买全了,坐到附近的小亭子里吃,有香有辣,有甜有酸,味道好极了!

财富是在协作中创造出来的,只有懂得与他人携手创富的道理,才能够真正创造出财富。

Mu Lu · 目 录

第13辑 财富青睐的人品

　　有一位很会做生意的人，他做生意很活络，凡是顾客要求的，没有办不成的。一次，来了一位顾客，提着一桶漆，盖子已经打开，显然用过了。顾客说："老板，这种漆的质量不好，我得退。"他立刻痛快地说："行。"把钱退了，顾客高兴地走了。有人不解，老板说："做生意要朝远处看。我虽然损失一桶漆，没伤和气，没伤信誉。"

　　金钱和道德实在是件非常复杂的事情。但是有一点是可以肯定的，财富青睐人品好的人。"君子爱财，取之有道。"这个"道"就是财富喜欢的那种人的人品。

第14辑 赚钱的智慧 只需一点点

　　年轻人决定凭自己的智慧赚钱。刚开始，他开山卖石头。别人把石块卖给建筑公司时，他却把石块卖给花鸟商人。后来，政府禁止开山，只许种树，年轻人种植了一片果园。当水果给大家带来了好日子时，年轻人却开始种柳。因为他发现，只愁买不到盛水果的筐。再后来，一条铁路从这儿贯穿。乡亲们开始集资办厂，年轻人却又在他的地头，面朝铁路砌了一道百米长的墙。当乘客在欣赏风景时，会醒目地看到一个巨大的广告牌，这是山川中唯一的一个广告……

　　赚钱复杂吗？困难吗？实际上，有时候赚钱的智慧只需要一点点，只要开动脑筋，了解人的需求，那么赚钱就会变得很简单。

目录·*Mu Lu*

附:趣味测试

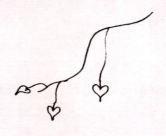

财商比智商更重要

　　卡恩站在百货公司的橱窗前,目不暇接地看着。旁边一位绅士在抽雪茄。卡恩对绅士说:"您的雪茄不便宜吧?仔细算算,要是不抽烟的话,那些钱就足够买下这幢百货公司了。""这么说,您不抽烟?""是的。""那么,您买下这幢百货公司了吗?""没有。""告诉您,这幢百货公司就是我的!"绅士说。

　　卡恩很聪明,但他缺少一样东西——"财商",他不懂得:钱是赚来的!成功的人除了靠自身的努力和勤奋外,与他们的财商是分不开的。在这个时代,财商比智商更重要!

穷人最缺少的是什么

野心是成功永恒的特效药，是所有奇迹的萌发点；某些人之所以贫穷，大多是因为他们有一种无可救药的弱点，即缺乏野心。

　　巴拉昂是一位年轻的媒体大亨，以推销装饰肖像画起家，在不到10年的时间里，迅速跻身于法国50大富翁之列，1998年因前列腺癌在法国博比尼医院去世。临终前，他留下遗嘱，把他4.6亿法郎的股份捐献给博比尼医院，用于前列腺癌的研究；另有100万法郎作为奖金，奖给揭开贫穷之谜的人。

　　巴拉昂去世后，法国《科西嘉人报》刊登了他的遗嘱。他说："我曾是一位穷人，去世时却是以一个富人的身份走进天堂的。在跨入天堂的门槛之前，我不想把我成为富人的秘诀带走，现在秘诀就锁在法兰西中央银行我的一个私人保险箱内，保险箱的三把钥匙在我的律师和两位代理人手中。谁若能通过回答'穷人最缺少的是什么？'而猜中我的秘诀，他将能得到我的祝贺。当然，那时我已无法从墓穴中伸出双手为他的睿智而欢呼，但是他可以从那只保险箱里荣幸地拿走100万法郎，那就是我给予他的掌声。"

　　遗嘱刊出之后，《科西嘉人报》收到大量的信件，有的骂巴拉昂疯了，有的说《科西嘉人报》为提升发行量在炒作，但是多数人还是寄来了自己的答案。绝大部分人认为，穷人最缺少的是金钱，穷人还能缺少什么？当然是钱了，有了钱，就不再是穷人了。还有一部分人认为，穷人最缺少的是机会；一些人之所以穷，就是因为没遇到好时机；股票疯涨前没有买进，股票疯涨后没有抛出。总之，穷人都穷在运气上。另一部分人认为，穷人最缺少的是技能，现在能迅速致富的都是有一技之长的人；一些人之所以成了穷人，就是因为学无所长。还有的认为，穷人最缺少的是帮助和关爱，每个党派在上台前，都给失业者大量的许诺，然而上台后真正关爱他们的又有几个？另外还有一些其他的答案，比如，说穷人最缺少的是漂亮，是皮尔·卡丹外套，是《科西嘉人报》，是总统的职位，是沙托鲁城生产的铜夜壶等。总之，答案五花八门，应有尽有。

巴拉昂逝世周年纪念日，律师和代理人按巴拉昂生前的嘱托在公证部门的监督下打开了那只保险箱。在 48561 封来信中，有一位叫蒂勒的小姑娘猜对了巴拉昂的秘诀。蒂勒和巴拉昂都认为穷人最缺少的是野心，即成为富人的野心。在颁奖之日，《科西嘉人报》带着所有人的好奇，问年仅 9 岁的蒂勒，为什么想到是野心，而不是其他的。蒂勒说："每次，我姐姐把她 11 岁的男朋友带回家时，总警告我说不要有野心！不要有野心！我想，也许野心可以让人得到自己想得到的东西。"

巴拉昂的谜底和蒂勒的回答见报后，引起不小的震动，这种震动甚至超出法国，波及英美。前不久，一些好莱坞的新贵和其他行业年轻的富翁就一些话题接受电台的采访时，都毫不掩饰地承认：野心是成功永恒的特效药，是所有奇迹的萌发点；某些人之所以贫穷，大多是因为他们有一种无可救药的弱点，即缺乏野心。

刘燕敏

财商悟语

我们不要错误地理解这里所说的"野心"，这里面所说的野心，是鼓励我们去创造，去开拓，而不是怂恿我们去夺取，去强占！没有开拓创造的野心，永远不能出人头地。野心是驱使我们考 100 分的动力，更是改变穷人命运的动力。 （罗 刚）

钱不是攒来的

钱是赚来的，而不是靠克扣自己攒下来的。

钱是什么？许多人认为，放在自己口袋里或者存在银行里的纸币就叫钱，犹太人却不这么认为。

卡恩站在百货公司的橱窗前，目不暇接地看着形形色色的商品。他身边有一位穿戴很体面的犹太绅士，这位绅士正站在那儿抽雪茄。卡恩恭恭敬敬地对他说："您的雪茄好像不便宜吧？"

"2 美元一支。"

"好家伙……您一天抽多少支呢？"

"10 支。"

"天哪！您抽了多久了？"

"40 年前就抽上了。"

"什么？您仔细算算，要是不抽烟的话，那些钱足够您买下这家百货公司了。"

"这么说，您不抽烟？"

"我不抽烟。"

"那么，您买下这家百货公司了吗？"

"没有。"

"告诉您，这家百货公司就是我的。"

谁也不能说卡恩不聪明，因为：第一，他算账算得很快，一下子就计算出每支雪茄两美元,每天抽10支,40年所花的钱可以买下一家百货公司;第二,他懂得勤俭持家、积少成多的道理,并且身体力行,从来没有抽过两美元一支的雪茄。

但是谁也不能说卡恩具有生活的智慧,因为他不抽雪茄也没有省下买一家百货公司的钱。卡恩的智慧是死智慧,绅士的智慧是活智慧。钱是赚来的,而不是靠克扣自己攒下来的。

罗 宇

财商悟语

有一个成语叫"开源节流",开源就是开辟财源,用自己的智慧和本领,去创造财富;节流就是节省开支,对生活中不必要的花销,尽量节省。依靠节流攒钱的方法来改变生活,那不是活智慧;只有像犹太绅士那样,想办法开源,才是获得成功的最高智慧。

（赵 航）

富爸爸诞生记

理财风格迥异的两人,结果也是迥然不同。

大李和小李算是"穿开裆裤"的兄弟。两人同岁,刚过而立之年,又从小在一个弄堂里长大,后来合伙开了家建材装潢公司,股份一人

50％，甚至连收入也是一模一样。有趣的是，几年下来，大李和小李的"身价"却差异极大，小李的两套房已无贷款，手里几百万元信手拈来；而大李却开着辆跑车，住在租来的旧房子里，手里钞票不多。上海版的"富爸爸和穷爸爸"正以极度夸张的对比方式悄然演绎着。理财风格迥异的两人，结果也是迥然不同。

6年前，大李和小李合伙开了家装潢公司，从承接小工程开始。

做老板不容易，大李和小李的创业历程自然也免不了艰辛。那时候，两人的资产也就是一辆摩托车，哥俩骑着它到处跑业务，勤勤恳恳地工作，生意也随之慢慢有了起色。

一年后，大李和小李先后谈婚论嫁。巧的是，两人的另一半还都从事美容行业。也正是从此开始，大李和小李分别走上了穷爸爸和富爸爸的道路。因为大李颇为"赚得动"，大李的老婆顺理成章过起了富太太的生活，休息在家，动不动买个LV的包包点缀生活，生活很是滋润；也因此，大李尽管收入不错但积蓄不多。

小李则相反，每赚到钱，第一件事就是提前还款，减轻房贷压力。小李的老婆则继续从事美容行业，并且时时谋划创业。就这样，1年以后，大李的钱悉数变成了名牌包包和服装，房屋贷款还有大半没还，而小李，一套房子的贷款已基本搞定。

这一年年末，两人接了笔大单子。年终分红80万元，一人40万。小李用这笔钱还完了剩下的房屋贷款，买了辆景程车，20万上下。大李则花了30万，买了辆现代跑车。朋友开玩笑说，尽管2辆车相差10万，但景程4个人能坐得舒舒服服，现代却只有两个人的位子；若是当二手车卖掉，景程和现代估计也是不相上下。

不久以后，股市便开始蠢蠢欲动。周围的朋友都买了股票，大李和小李也很快加入了股民队伍。从1000点开始的一波行情，大李和小李小小赚了一把，尝到了甜头。

为了迅速扩大战果，大李决定卖掉房子炒股。被大李卖掉的那套房子，2006年上半年价格大约100万元。朋友们都劝大李，何不先买套房子付个首付,剩下的钱再用来炒股;更何况租房住,每个月的房租也要 3000 元,每个月用来还房贷岂不是满打满算。只是对炒股信心满满的大李,怎么都不听劝,执著地坚持他的百万元翻倍计划。

但世事就是那么不尽如人意,大李自从卖房以后,炒股的运气总是不佳。眼看着股市从 1000 点到 6000 点,大李的手里还是那 100 万元,不仅没赚到钱,甚至还有轻微的亏损。

小李炒股则是采取死捂的策略,买几个好股票放着不动,两年下来,50 万元差不多变成了 200 万元。小李买的都是大盘绩优股;大李则为了大赚特赚,买消息股,甚至到后来转战权证,输输赢赢最后的结局还是只赔不赚。当年大李卖掉的房子,如今至少也值 150 万元,而 100 万元到股市里滚了一圈却还是 100 万元。

2006 年年末,大李和小李各自拿到 10 万元的分红。春节过后,大李的 10 万元悉数吃光用光,最后只剩寥寥 3000 元。而小李,则用这些钱付了部分首付,买起了第二套房,当时 120 万元左右的房子,如今已涨至 180 万元。由于小李老婆创业并不太成功,小李介绍老婆去了家房产公司工作。小李本来做的就是装修行业,自然对房产行业颇为熟悉,而且几年下来,也积累了不少人脉关系。2007 年,小李老婆公司的楼盘开张,夫妻两人整合各自的人脉资源,卖掉了不少房子,仅提成就将近 30 万元。这么五六年下来,如今小李的资产已经超过了 500 万元,而大李却只有小李的一个零头。穷爸爸和富爸爸就是这样形成的。

申 江

财商悟语

谁也不想将来做一个"穷爸爸"。可是,要想成为"富爸爸",就要慢慢学会多赚钱,在稳定的基础上进行理财,而不应像文中大李一样,怀着赌徒的心理去孤注一掷。辛勤劳动,理性投资,是积累财富的基本法则。

（罗 刚）

财商女孩，从教孩子理财中发财

只要肯动脑筋，我们的身边处处有商机，条条大道都是财富路。

今年 29 岁的李姗姗出生在青海省西宁市。1998 年她以优异的成绩考入美国纽约商学院，就读于工商管理专业。大三那年，姗姗在艾利克公司实习，担任中国区市场经理助理。在这里，她学到了很多公司经营管理方面的技巧。随后她又到华尔街一家著名的基金管理公司打工，西方新颖的投资理财方式，让这位中国女孩大开眼界。

2002 年大学毕业后，李姗姗回国，后来当她和一些朋友谈起有关孩子消费的问题时，不少家长抱怨，现在的孩子花钱越来越厉害，有的甚至到了挥霍无度的地步。做房地产生意的赵老板说，前几天他女儿的书包丢了，说这个书包价值 6000 元"底盘价"，请他"报销"。赵先生一问才知道，里面不仅装了一部价值 3000 多元的手机，还有 2000 多元零花钱。天哪，上小学 4 年级的女儿何时买了手机，连他这个当父亲的都不知道！

李姗姗由此想到，城市孩子因为多是独生子女，从小就受到父母的百般宠爱，而大人表达爱的最直接方式就是给钱，这样一来，孩子在不知不觉中就养成了花钱大手大脚的坏习惯。现在的家长都特别重视孩子智力方面的开发，不惜重金让他们去学钢琴、学英语、学舞蹈，却没有人认识到学好"理财"对孩子的重要性。这时，李姗姗灵光一闪：在国内还没有一家专门教孩子理财的培训机构,自己何不填补这项市场空白?

2003 年 6 月,当李姗姗在"深圳家教网"以及本地的社区网站贴出自己的想法后,不料一下就得到很多家长的认同。一位姓马的女老板说,她和先生开了一家时装公司,因为忙于生意,平时对儿子的教育很少。家里虽然请了两个不同专业的家教老师,但孩子的成绩仍很差。更让她心烦的是,13 岁的小东从不知道珍惜父母的劳动成果,常常一掷千金地挥霍钱,前不久他买网络游戏里的装备一次就花掉 2000 多元,买航模飞机花掉 3000 元。不给钱他就又哭又闹,甚至拒绝上学,弄得她和先生一点招都没有。

马女士说:"若照此发展下去,再大的家业也会被这个'衰仔'折腾光的!"所以,她请李姗姗务必帮忙教孩子学会理财,改掉他乱花钱的坏毛病。

李姗姗听说小东最爱看《小鬼当家》,还特崇拜那些聪明的小明星,就问他:"知道美国孩子的零花钱是从哪里来的吗?""爸妈给的呀!"小家伙理所当然地回答。"不,靠他们自己去赚!"见小东满脸的不解,李姗姗告诉他,在欧美国家,父母给孩子的零用钱是十分有限的,如果想买自己喜欢的玩具或外出旅游,就得自己想办法打工挣钱,其中比较热门的活儿是洗车。在停车场,孩子们大都戴着紫色的帽子,手里拿着抹布,身着蓝裤子、蓝 T 恤衫,几个人同时动手刷洗一辆车,然后打蜡。他们动作快捷,很少说话,分工合作,就像一场篮球赛,井然有序;在公园、娱乐场所扮演小丑也是孩子们热衷的职业。有的学生专门在节日里给气球打气,并系上一条美丽的飘带;有的学生则专门给小狗洗澡,这个活儿赚的钱可比洗车和扮演小丑多多了。

李姗姗告诉小东说,她在纽约留学时,认识一位名叫吉米的中学生,小男孩在业余时间开了一家宠物洗澡店,他自己印了一张名片,头衔是总裁,凡是经吉米手洗过澡的小狗全都和他合过影。他还自备了一辆车,箱子里装着全套工具,又雇了几个同学,有活就打电话让他们去。吉米的生意好极了,左右邻居全是他的顾客,小家伙也颇跃跃满志,很像个老板呢。有如此高的财商,这样的孩子长大后不成为大老板才怪呢!

小东被这些精彩的"小鬼创业"故事深深吸引住了,并对美国孩子打工赚钱羡慕异常。李姗姗因势诱导说,其实你也可以向父母要一份工作呀,比如为家里的地板打蜡、擦洗爸妈的汽车、给鱼缸换水等,你付出了劳动,他们当然乐意支付一定的报酬。小东高兴极了,很快与父母达成协议,擦一次车收费15元,彻底清扫一次室内卫生收费30元。

从此,小东改掉了睡懒觉的习惯,每天天不亮就起来擦洗爸妈的汽车,整理室内卫生。没想到一个月下来,竟存了1000多元钱。更令马女士惊喜的是,儿子对她和丈夫的劳动成果格外珍惜,花自己挣的钱都变得很节约。时间不长,他就彻底改掉了胡乱花钱的坏习惯;不仅如此,为了积攒更多的钱存进银行卡,小东的作业也开始自己做了,学习成绩直线上升。

看到儿子发生如此大的变化,马女士乐坏了,她十分感激地把5000元酬金交到李姗姗手上说:"太感谢你了,你的教育让小东受益一生!"这次的成功让小李信心倍增。在众多朋友的热心支持下,2003年暑假期间,李姗姗办起了一个令深圳人耳目一新的"财商培训班",首批学员50人。由于她讲的中外名人白手起家的财富课生动有趣,制订的理财计划也非常符合孩子们的心理,所以反响十分热烈。几个月后,李姗姗教孩子科学理财能快速提高孩子财商的消息越传越广,前来报名的小学员也日益增多。

掌握了科学的理财方法,孩子们又容易出现一个新问题——成为一分钱都不愿花的小"守财奴"。为此,李姗姗又有针对性地对他们进行了理财价值观的教育,引导孩子们把钱花在最有价值的地方。经过对话,大家找到了很多"物超所值"的消费途径:父母过生日时用自己的钱为他们买一份礼物;对家庭经济条件差的同学伸出援助之手;向希望工程和慈善机构捐款。由于要求参加理财培训的孩子越来越多,2005年8月,李姗姗又租下一个400多平方米的教学场地,在深圳福田开办了全国首家"财商培训中心"。如今公司有员工 30 多人,她个人的资产更是超过百万元。下一步李姗姗还准备把她"批发财商"的新潮生意,做到广州和武汉等地。

　　　　　　　　　　　　　　　　　　　　　張虎林

财商悟语

　　只要肯动脑筋,我们的身边处处有商机,条条大道都是财富路。关键在于我们要细心观察,耐心寻找商机,用我们学到的知识,和你看到的事物联系起来思考分析,必然会找到一条适合自己的富裕路。

　　　　　　　　　　　　　　　　　　　　　（海　星）

日本麦当劳传奇

6 年来,他真正做到了风雨无阻地准时来我这里存钱。

　　有统计资料表明,现在日本有 1.35 万间麦当劳店,一年的营业总额突破 40 亿美元大关。拥有这两个数据的主人是一个叫藤田田的日本老人,日本麦当劳社名誉社长。

　　藤田田 1965 年毕业于日本早稻田大学经济学系,毕业之后随即在一家大电器公司打工。1971 年,他开始创立自己的事业,经营麦当劳生意。麦当劳是闻名全球的连锁速食公司,采用的是特许连锁经营机制,而要取得特许经营资格是需要具备相当财力和特殊资格的。

而藤田田当时只是一个才出校门几年、毫无家族资本支持的打工一族，根本就无法具备麦当劳总部所要求的 75 万美元现款和一家中等规模以上银行信用支持的苛刻条件。只有不到 5 万美元存款的藤田田，看准了美国连锁速食文化在日本的巨大发展潜力，决意要不惜一切代价在日本创立麦当劳事业，于是绞尽脑汁东挪西借起来。

事与愿违,5 个月下来,只借到 4 万美元。面对巨大的资金落差,要是一般人,也许早就心灰意懒,前功尽弃了;然而,藤田田却偏有对困难说不的勇气和锐气,偏要迎难而上,遂其所愿。

于是,在一个风和日丽的春天的早晨,他西装革履满怀信心地跨进住友银行总裁办公室的大门。藤田田以极其诚恳的态度,向对方表明了他的创业计划和求助心愿。

在耐心细致地听完他的表述之后,银行总裁作出了"你先回去吧,让我再考虑考虑"的决定。

藤田田听后,心里即刻掠过一丝失望,但马上镇定下来,恳切地对总裁说了一句:"先生可否让我告诉你我那 5 万美元存款的来历呢？"回答是"可以"。

"那是我 6 年来按月存款的收获,"藤田田说道,"6 年里,我每月坚持存下 1/3 的工资奖金,雷打不动,从未间断。6 年里,无数次面对过度紧张或手痒难耐的尴尬局面,我都咬紧牙关,克制欲望,硬挺了过来。有时候,碰到意外情况需要额外用钱,我也照存不误,甚至不惜厚着脸皮四处告贷,以增加存款。我必须这样做,因为在跨出大学门槛的那一天我就立下宏愿,要以 10 年为期,存够 10 万美元,然后自创事业,出人头地。现在机会来了,我一定要提早开创事业……"

藤田田一气儿讲了 10 分钟,总裁越听神情越严肃,并向藤田田问明了他存钱的那家银行的地址,然后对藤田田说:"好吧,年轻人,我下午就会给你答复。"

送走藤田田后,总裁立即驱车前往那家银行,亲自了解藤田田存钱的情况。

　　柜台小姐了解总裁来意后，说了这样几句话："哦，是问藤田田先生呀。他可是我接触过的最有毅力、最有礼貌的一个年轻人。6年来，他真正做到了风雨无阻地准时来我这里存钱。老实说，这么严谨的人，我真是要佩服得五体投地了！"

　　听完小姐介绍后，总裁大为动容，立即打通了藤田田家里的电话，告诉他住友银行可以毫无条件地支持他创建麦当劳事业。藤田田追问了一句："请问，您为什么要决定支持我呢？"

　　总裁在电话那头感慨万分地说道："我今年已经58岁了，再有两年就要退休，论年龄，我是你的两倍，论收入，我是你的30倍，可是，直到今天，我的存款却还没有你多……我可是大手大脚惯了。光说这一句，我就自愧不如，敬佩有加了。我敢保证，你会很有出息的。年轻人，好好干吧！"

马 涛

财商悟语

　　积沙成塔，水滴石穿。许下一个宏愿容易，年复一年毫不松懈地朝那个愿望努力，数年如一日去积累、去追求却是极其不易的。正所谓"机会永远留给有准备的人"，我们能坚持自己的信念，一天一天地去接近目标，这种坚持是让人敬佩的，也是我们实现自己愿望的唯一途径。

（黄　磊）

计划不如实践

斯特福得出的结果是：卖雪糕。而法兰克此时已经拥有了数家雪糕专卖店。

20世纪70年代，在美国加州萨德尔镇有一位名叫法兰克的年轻人，由于家境贫寒上不起学，只好去芝加哥寻找出路。在繁华的芝加哥城转了好几天，法兰克也没找到一处容身之所。当他看到大街上不少人以擦皮鞋为生时，便也买了把鞋刷给人擦皮鞋。半年后，法兰克觉得擦皮鞋很辛苦，更重要的是不赚钱。

于是他用擦皮鞋赚来的一点微薄积蓄租了一间小店，边卖雪糕边给别人擦鞋。雪糕生意比擦鞋强多了，欢喜之余，他在小店附近又开了一家小店，同样是卖雪糕。谁知雪糕生意一天比一天好，后来他干脆不擦鞋了，专门卖雪糕，并将父母接到城里给他看摊，还请了两个帮工。从此，法兰克开始专心经营雪糕生意。

如今，法兰克的"天使冰王"雪糕已稳居美国市场的领导地位，拥有全美70%以上的市场占有率，在全球60多个国家有超过4000多家专卖店。

巧的是，在落基山脉附近的比灵斯也有一位年轻人，他叫斯特福，他跟法兰克几乎是同时到达芝加哥的。斯特福的父亲是位富有的农场主，农场主送自己的儿子上了大学，还读了研究生，他希望自己的儿子能成为一位大商人。就在法兰克拿着刷子在大街上给别人擦鞋的时候，斯特福正住在芝加哥最豪华的酒店里进行自己的市场调查。耗资数十万，经过一年多时间的周密调查和精确分析，斯特福得出的结果是：卖雪糕。而法兰克此时已经拥有了数家雪糕专卖店。

当斯特福将自己调查的结果告诉父亲时，农场主气得差点晕倒，他怎么也想不到，他的研究生儿子眼光居然浅薄到了去卖雪糕的程度。斯特福经过再次对市场的精确调研后，还是觉得只有卖雪糕才是最好的生意。又过了一年，斯特福终于说服了自己的父亲，准备打造雪糕连锁店。而此时法兰克的雪糕店已经遍布全美。最终，斯特福无功而返。

沈岳明 / 译

财商悟语

我们在做事情之前，应该首先进行调查研究，订好计划。这是正确的，但是订计划的时间绝不能大于实践的时间。我们应该用更多的时间来实践，在实践中检验计划，充实计划。否则，再好的计划都会因错失良机而失败。 （罗 刚）

倒置的恩情

从瘸子家出来，自杀的念头一扫而光，脑子里只有白醋炒盐和花椒泡出来的泡菜。

和许多来报社求助的贫困学生一样，高小林面对记者，眼圈一下子就红了。他那拄着拐杖的父亲很忧郁地站在他身后，一脸愁云惨雾,仿佛他手中拿着的不是儿子的高考录取通知书,而是病危通知书。

这样的场面,每年暑假在报社都不罕见,像冬天有雪花夏天有雷雨一样,成为一种时令特征。报社针对此种现象,专门组织了一次资助贫困生的活动,将贫困大学生的贫困状况及其在贫困中不失志向的事迹作一番报道,配上贫困大学生满含热泪的眼部特写照,加上"我要读书"之类的标题,然后静等被报道感动了的读者和需要宣传形象的企业来捐款助学。一系列报道下来,往往也能让一大批贫困生筹够学费,欢天喜地地走上另一条人生之路。

高小林就是带着这样的想法来的。确实,从他带来的包括村上的证明、录取通知书以及他身后站着的残疾父亲来看,都能说明他是一个急需帮助的特困生,而且成绩优异。

报道发出去之后,很快有人来捐助了。捐款的是本地一家食品企业的董事长,本市著名的残疾人自强模范,绰号"泡菜王"的王明富,他生产的泡菜不仅在本市是抢手货,而且远销日本、韩国。

记者们照例来采访"泡菜王",提问照例围绕企业形象之类的老话题。"泡菜王"说,他之所以要赞助这个大学生,不是要炒作什么企业形象,而是因为大学生是东顺乡的人,这个地名勾起他心中沉寂了多年的往事。他说,十几年前,他在高考前发生车祸,落下残疾,高考又落榜,身心受到毁灭性打击。他痛苦绝望地在雨中挣扎,想到东顺水库去结果自己的性命。

在半路上,一个瘸子把他救回了家,帮他烘干了衣服,然后煮饭给他吃。瘸子和他儿子挤住在一间破漏的房子里,破衣烂衫的,吃的是糙米饭,下饭的是泡菜。但那泡菜既香甜又酥脆,口感极好;特别是泡辣椒,让他出了一身大汗,浑身上下都感觉舒坦。他问瘸子,怎么泡出这么好吃的泡菜,他从来没吃过。

瘸子告诉他,这是他家传的手艺,诀窍就是白醋加花椒起的盐水,比别家用酒和冰糖起盐水,口感好了许多。

瘸子看他有兴趣,就将做泡菜的窍门和注意事项原原本本地告诉了他。听瘸子讲完之后,他眼前好像突然就亮开了一条路。从瘸子家出来,自杀的念头一扫而光,脑子里只有白醋炒盐和花椒泡出来的泡菜。他在城里待了几年,知道城里人吃油腻吃得多,稀罕那玩意儿……

10 年之后,他成了"泡菜王",但他一直忘不了那个在风雨中救过他、帮过他的人。他也想过要去找他们,但总是有太多的事要办,就一直耽搁着;另有一个原因,就是总觉得自己当年偷学泡菜的诀窍,有点不磊落。今天,看到报纸上东顺乡的贫困学生,又让他想起这件事,他觉得应该给那孩子捐点钱,好让自己的心里好受些。

第二天,钱和报纸送到高小林的手中。他的父亲很高兴,恨不得给记者下跪,并高呼万岁了。而高小林看了报纸之后,沉思了很久,他对父亲说,你还记得吗,那年有个年轻的瘸子被你救回家。

父亲仔细回忆,依稀有点印象。

"就是那个瘸子给我捐的款。"

"这人不错,还没忘记报恩,我早说过,要多做好事,好人有好报!"

"可他是做泡菜起家的!"

"乖乖,那东西还能挣大钱。唉,我的泡菜也做得挺好!"

"可他用的就是你的法子!"

老瘸子像被谁拍了一下,一下子就没有言语了。他沉吟了半晌,又很认真地对儿子说:"你确定,他真是 10 年前到我们家里来过的那个人?"

儿子想说什么,没说,只把手中那 4000 块钱一拍,怪怪地笑了一声。

🌸 曾 颖

财商悟语

一碗泡菜在一般人眼里只是一碗下饭的小菜,但在"泡菜王"的眼中却成了一门致富的手艺。换一种眼光,财富随之而来。财富就是埋在灰尘下面的金子,需要我们去抹掉上面掩盖的尘土。

(黄 磊)

丘吉尔炒股记

股市之中不以学历定贤愚，不以智力分高低，更不以个人的社会背景、角色分上下。

据说爱因斯坦死后进入天堂，上帝将他安排在一间 4 个人的房间里。爱因斯坦问第一个人智商是多少，那人回答为 160。爱因斯坦喜出望外地说："好！我正担心来到这里找不到探讨相对论的伙伴呢。"他又

问第二个人，那人说他的智商是 120。爱因斯坦显然有点失望，叹了口气说："也好，我们还是能探讨些数学问题的。"他最后问第三个人，那人说他的智商不到 80。爱因斯坦皱起了眉头，良久之后说道："看来我们只能侃侃股市了。"

这则嘲讽股民的笑话虽然有点刻薄，但它却道出了一条听似悖论的真理：股市之中不以学历定贤愚，不以智力分高低，更不以个人的社会背景和扮演的角色分上下。上面这则笑话仅是杜撰之作，不足为据，而英国首相温斯顿·丘吉尔早年在华尔街股市小试牛刀，结果折戟沉沙的逸事则是有真凭

实据的。

1929 年，丘吉尔的老朋友、美国证券巨头伯纳德·巴鲁克陪他参观华尔街股票交易所。那里紧张热烈的气氛深深地感染了丘吉尔。当时他已年过五旬，但狂傲之心丝毫未减。在他看来，炒股赚钱实在是小菜一碟。他让巴鲁克给他开了一个户头——"老狐狸"丘吉尔要玩股票了。

丘吉尔的头一笔交易很快就被套住了，这叫他很丢面子。他又瞄准了另一只很有希望的英国股票，心想这家伙的老底我都清楚，准能大胜。但股价偏偏不听他的指挥，一路下跌。他又被套住了。

如此折腾了一天，丘吉尔做了一笔又一笔交易，陷入了一个又一个泥潭。下午收市钟响，丘吉尔惊呆了，他已经资不抵债要破产了。正在他绝望之时，巴鲁克递给他一本账簿，上面记录着另一个温斯顿·丘吉尔的"辉煌战绩"。原来，巴鲁克早就料到像丘吉尔这样的大人物，其聪明睿智在股市之中未必有用武之地，加之初涉股市，很可能会赔了夫人又折兵，因此，他提前为丘吉尔准备好了一根救命稻草。他吩咐手下用丘吉尔的名字开了另一个账户，丘吉尔买什么，另一个"丘吉尔"就卖什么；丘吉尔卖什么，另一个"丘吉尔"就买什么。

丘吉尔一直对这段耻辱的经历守口如瓶，而巴鲁克则在自己的回忆录中详细地记述了这桩趣事。

🌸 **姚昌忠**

财商悟语

世上没有万能的药，也没有万能的人，只有有各种特效的药，各种特长的人。我们要善于发现自己的短处和长处，充分利用自己在某方面的特殊才能，努力奋斗，取得成绩。还要时常提醒自己，避开短处，不让自己去付出无谓的代价。　　　　（罗　刚）

一 元 钱

这次无关税贸易,使他作为商业奇才上了香港《商业周刊》的封面。

他破产了,所有的东西都被拍卖得一干二净。现在口袋里的一元钱及回家的一张车票是他所有的资产。

从深圳开出的 143 次列车开始检票了,他百感交集。"再见了,深圳!"一句告别的话,还没有说出,就已泪流满面。

"我不能就这样走。"在跨上车门的那一瞬,他又退了回来。火车开走了,他留在了月台上,在口袋里悄悄地撕碎了那张车票。

深圳的车站是这样繁忙,你的耳朵里可以同时听到七八种不同的方言。他在口袋里握着那一元硬币,来到一家商店的门口,用 5 毛钱买了一支儿童彩笔,5 毛钱买了 4 个"红塔山"的包装盒。

在火车站的出口, 他举起一张牌子,上面写着 "出租接站牌(一元)"几个字。当晚他吃了一碗加州牛肉面,口袋里还剩了 18 元钱。5 个月后,"接站牌"由 4 个包装盒发展为 40 个用锰钢做成的可调式"迎宾牌"。火车站附近有了他的一间房子,手下有了一个帮手。

3 月的深圳,春光明媚,此时各地的草莓蜂拥而至。10 元一斤的草莓,第一天卖不掉,第二天只能卖 5 元,第三天就没人要了。他来到近郊的一个农场,用出租"迎宾牌"挣来的 1 万元,购买了 3 万只花盆。第二年春天, 当别人把摘下的草莓运进城里时, 他的栽着草莓的花盆也进了城。不到半个月，3 万盆草莓销售一空，深圳人第一次吃上了真正新鲜的草莓，他也第一次领略了 1 万元变成 30 万元的滋味。

要吃即摘，这种花盆式草莓，使他拥有了自己的公司。他开始做贸易生意，他异想天开地把谈判地点定在五星级饭店的大厅里。那里环境幽雅且不收费。两杯咖啡，一段音乐，还有彬彬有礼的小姐，他为没人知道这个秘密而兴奋，他为和美国耐克鞋业公司成功签订贸易合同而欢欣鼓舞，总之，他的事业开始复苏了，他有一种重新找回自己的感觉。

1995 年，深圳海关拍卖一批无主货物，有 1 万只全是左脚的耐克皮鞋，无人竞标，他作为唯一的竞标人，以极低的拍卖价买下了它。1996 年，在蛇口海关已存放了一年的无主货物——1 万只全是右脚的耐克皮鞋急着处理，他得知消息，以残次旧货的价格拉出了海关。

这次无关税贸易，使他作为商业奇才上了香港《商业周刊》的封面。现在他作为欧美 13 家服饰公司的亚洲总代理，正在力主把深圳的一条街变成步行街，因为在这条街有他的 12 个店铺。

刘燕敏

财商悟语

其实世界上没有绝路，每一次转向，都可能成为一次新的机遇。把视野扩大到别人看不到的角落，另辟蹊径，也许财富就在那个角落等着我们。

（黄 磊）

穷财商　富财商

对于理财习惯中好的东西,应当保持并发扬光大;对于不好的东西,则应当摒弃。

一位头顶博士帽、领取高薪却视金钱如粪土的父亲,终其一生,疲于奔命,仅为儿孙留下大堆的债务;另一位学历不高但擅长理财的父亲,敢于做金钱的主人,最终实现了财务自由,生活温馨又从容。

这就是大名鼎鼎的"穷爸爸"和"富爸爸"的故事,两位父亲之所以前途各异,正是因为各自财商的不同,投资理财能力的差别。这个发生在美国的故事,成为本世纪初很多中国人的理财启蒙读物。之后,"财商"的概念逐渐被人熟悉,并成为一项重要的学习技能。

当然,中国人的理财实践并非始于"财商"概念的传入、兴起,而是有着几千年的文化积淀和理财传统。从古代的范蠡、邓通到具有地域特色的晋商、徽商,即使在市场经济不发达的时代,亦不缺少投资高手与理财明星。可问题是,对大多数中国人来说,财商水平普遍较低,缺乏投资的知识与经验。基金火暴时,连基金为何物都不知道,竟也加入基民的行列;股票飞涨时,有的甚而用房屋作抵押贷款去炒股,全然一副"赌徒"心态。

穷也财商,富也财商。我们不仅要问,该如何看待中国古老的理财文化? 中国人普遍的理财性格缺陷又是什么?

从刀耕火种到现代文明,中国文化有绵延几千年的历史,这自然包括关于理财、经商的文化传承。但是，这种理财文化也存在着一些结构性缺陷。梳理中国历代的经济思想，我们发现：绝大多数的理财故事、名言、心得，都跟经商或者创业相关，真正涉及投资理财的却很少。无论"夏置皮袄旱聚舟"这样的经营之道，还是"吃亏是福"等口口相传的商业法则，都是讲述如何经商的，对创业者来说非常重要。可以说，中国古代理财文化更多是一本商业教科书；并且，从商业发展史来看，又表现出浓厚的官商特色。从范蠡、邓通到近代的胡雪岩，众多商贾富豪都跟政府资源相关，而他们总结出的商道，对大多数缺少权力资源的人来说，又有多少借鉴意义和推广价值？

到今天，也是这样：在十几亿人中，像张茵等一样通过创办企业致富的毕竟是少数，更多的人不大可能走上经商之路。因此，一部历史悠久的商业文化，并且带有一定的官商特色，对普通百姓的理财行为，可以说指导意义并不大。另外，中国古代的理财传统，往往着眼于大处，很少顾及个人和家庭。如认为"理财是政治的唯一内容"的北宋王安石，可谓理财大家，但青苗法、方田均税法等都属于政府理财的范畴，跟个人理财并没有多大的关系。再如，《红楼梦》里的理家高手王熙凤、贾探春，无论责任到人，还是包产到户，面对的都是一个庞大的机构和资金规模，这样的经验对平民百姓来说，也没有多少借鉴价值。

有着几千年传统的中国理财文化，确切地讲，更多是关于经商与机构管理的，而非个人、家庭理财。从这个意义上说，我们又是一个缺少理财传统的国度，所以整体财商水平较低。受这种传统文化的影响，大多数中国人的理财行为既有勤俭、量入为出等优点，缺点也十分突出。而这些缺点，则成为妨碍投资理财的"绊脚石"。

首先，由于各种原因，大多数中国人重"节流"轻"开源"。像适度储蓄，避免过度消费等，很多人都能做到，但节余下来的钱除存银行外还能做什么却很少考虑；即使有投资意识，但又不知如何去执行。而这些"懒惰"习惯的后果就是，中国人理财的动力不足。

其次，由于缺少真正有效的理财教育，人们在投资理财实践中易于

走向两个极端:要么固守原有的片面认识,不愿意积极学习;要么没有主见,看到别人赚钱,不分析自身的情况就盲目跟进。前者是理财的阻力,后者则是完全没必要付的学费。

再次,受传统观念影响,多数人行为谨慎,非风险偏好型投资者,缺少风险控制的经历,以及风险防范的经验。再加上长期以来,人们信奉的是养儿防老的自然保障法则,所以往往在理财规划的保险环节上"掉链子"。这样,很多人缺少有效保障的意识,就为投资理财行为埋下了隐患。

当然,不仅仅是以上三个方面,还有只看到收益,对风险视而不见,不懂得分散投资等缺点,都是正确投资理财的性格敌人。既然已经知道了妨碍投资理财的因素,那接下来,我们就应增强自己的学习能力,把缺的东西补回来。对于理财习惯中好的东西,应当保持并发扬光大;对于不好的东西,则应当摒弃。

🌸 康建中

财商悟语

人的一生,能有多少次失败?失败是惨痛的。胜者为王败者为寇。有人认为失败是一钱不值的东西;有的人认为失败是一座金矿,他花钱买下了失败的金矿,进行认真研究,从中挖出了黄金,成了富翁。其实,失败也是一笔很大的财富! (罗 刚)

第 二 辑

一生中最好的投资

记者曾采访巴菲特，问他在所有的投资中，哪一次的收益最高？巴菲特取出一个发黄的笔记本，说："就是这个。这个笔记本是我小时候用0.5美元买的，现在已成为我最珍贵的财富了。"笔记本上是巴菲特的投资、生活的记录和感受。

在这个世界上，那些善于创造财富的人，大多在他们的早年就学会了怎么赚钱。一个从小接受财商教育的孩子，在潜移默化中学来的创富素质，比继承金钱重要得多。培养孩子的财商素质，是他们人生教育中必不可缺少的一环。

最好的投资

这个笔记本是我小时候以 0.5 美元买的，现在已成为我最珍贵的财富了。

2006 年《福布斯》杂志全球富豪排行榜显示，沃伦·巴菲特的个人资产为 420 亿美元，稳坐全球富人的第二把交椅，被人称为华尔街股神。

最近，英国《泰晤士报》的一位记者采访他："在您至今所进行的投资中，哪一次的收益最高？"沃伦·巴菲特想了想，从办公桌抽屉里拿出一个发黄的笔记本，笑呵呵地说："就是这个。"记者不信，说："您在开玩笑吧？"这时，他严肃起来："不，先生，这是真的。这个笔记本是我小时候以 0.5 美元买的，现在已成为我最珍贵的财富了。"记者带着疑问打开笔记本，想看看里面到底有什么宝贝，才发现上面记录了他突然闪现的投资想法以及一些生活和投资经历，后面附有一些评论性的感受，其中几段是这样的：

7 岁那年，我向父亲要一点零花钱，想买一本很好看的漫画书，父亲不给，让我自己想办法。于是，我只好像别的孩子那样去送报或做点别的短工（第一次拿到自己挣钱买的东西，有一种很高兴和自豪的感觉）。

11 岁时，当许多同龄孩子读报上的体育新闻或玩球时，我以 38 美元的价格购买了城市服务公司的股票，没多久股票跌至 27 美元，我坚持不卖,最终以38美元的赢利脱手(要学会自己做决定,要有自信和耐心)。

12岁时,再次购买股票,价格一路暴跌,最后,很久在低价上徘徊,遭受挫折(不要轻易涉足自己不熟悉的地方,不然很容易因为光线昏暗而跌倒;明亮的道路也不要随便去,那里太挤了)。

14岁时,我已经打了好几份送报的零工,并把它当做一项业务来经营。我每天送500份报纸,我把送报的线路安排得极为合理;我还利用送报的机会向客户推销杂志,最大限度地增加收入(有时候,仅靠努力还不够,还必须用点智慧,有一个积极的心态)。

15岁时,我与伙伴联手在理发店安装了一个弹球机,这项业务每月挣50美元。

17岁时,我以1200美元卖了弹球机。随后,我又和人合作买了一辆劳斯莱斯,并以每天35美元的价格出租(开始创业时,一个人的力量是弱小的,我们需要一个伙伴)。

从开始上学我就养成了一个习惯,每天放学后,我都要阅读股票指数和图表以及《华尔街日报》。读大学后,我阅读了能够接触到的各种投资和商业类书籍,并把学到的知识应用到实际中,尝试各种投资方法,力图找到一套框架体系。犯了很多错误,也吸取了许多经验教训(要想做好一件事,必须了解学习它,实践它。虽然遭受了不少失败,但是总算掌握了一些规律)。

"这真是一笔无穷的财富啊!"记者由衷地赞叹道。

沃伦·巴菲特稍稍一顿,接着说:"这笔财富已经创造的物质财富以及它本身都在随时间而不断地增值,因此,可以说,它是我最成功的一次投资了。"

张建伟

　　创造财富的经验和任何一种知识一样，需要长期积累的过程。生活点滴的积累是成功最好的老师。从小就要用心去领悟生活中每一件小事，从每件事情中获得一点心得，日积月累，便成了一笔巨大的财富。

（黄　磊）

大 器 之 材

我当时心里便应该有数，这小家伙决心如此坚定，则天下无不可为之事。

　　1965 年，我在西雅图景岭学校图书馆担任管理员。一天，有同事推荐一个四年级学生来图书馆帮忙，并说这个孩子聪颖好学。

　　不久，一个瘦小的男孩来了，我先给他讲了图书分类法，然后让他把已归还图书馆却放错了位置的图书放回原处。

　　小男孩问："像是当侦探吗？"我回答："那当然。"接着，男孩不遗余力在书架的迷宫中穿来插去，小休时，他已找出了 3 本放错地方的图书。

　　第二天他来得更早，而且更不遗余力。干完一天的活后，他正式请求我让他担任图书管理员。又过两个星期，他突然邀请我上他家做客。吃晚餐时，孩子母亲告诉我他们要搬家了，到附近一个住宅区。孩子听说转校却担心："我走了谁来整理那些站错队的书呢？"

我一直记挂着他。但没过多久，他又在我的图书馆门口出现了，并欣喜地告诉我，那边的图书馆不让学生干，妈妈把他转回我们这边来上学，由他爸爸用车接送。"如果爸爸不带我，我就走路来。"

其实，我当时心里便应该有数，这小家伙决心如此坚定，则天下无不可为之事。我可没想到他会成为信息时代的天才、微软电脑公司大亨、美国首富——比尔·盖茨。

[美]卡菲端

财商悟语

很多事情，在做的过程中都会遇到挫折与阻拦，这就需要我们有一个良好的心态，有执著稳定、全力以赴的好习惯。做到执著稳定，就能把事情坚持到底，这就成功了一半；全力以赴，就能扫尽道路上的一切困难，这就成功了另一半。

（釆 露）

溜溜球原理

我一共赚了20美元，以一个10岁小孩而言，那不是一笔小数目。

华裔股市神童司徒炎恩是让美国华尔街震惊的一位人物。他在10岁就开始阅读《华尔街日报》、《福布斯》等报刊，阅读亚当·斯密、凯恩斯、萨缪尔森等人的经济学著作。学习之余，还开始研究股市并开始买卖股票；16岁时开始管理一个私人投资基金，连年获得30%以上的回报率。《华尔街日报》曾在头版位置报道他的事迹，称他"足以让华尔街老资格投资专家羞愧"。

司徒炎恩的"投机"天才是在10岁时开始展现的。下面是他的叙述：

我在10岁时，做了有生以来第一笔投机生意，我的做法比常见的摆柠檬汁摊位还略胜一筹。

当时，我在的学校非常流行玩溜溜球。很多小孩都比较喜欢要邓肯牌溜溜球，而我们学校及居住区旁的商店里却无货。于是我做了一番调查，发现离我家数里以外的一家店内存有很多存货。

我看准了以后，准备大捞一把。我先让想要货的人向我订购，并预付订金，含运输费。每个星期，我把同学们的订单交给母亲，让她开车到那家店里去提货。

那是一笔十分成功的生意。没人知道我到哪里弄这些球，即使有人知道，也没有任何一位小学生有办法大老远去那里，除非他求妈妈带他去；因此，综合各种因素，还是向我订购合算。

我一共赚了20美元，以一个10岁小孩而言，那不是一笔小数目；同时我从中学习到远比这笔收入更有价值的东西。我领略到供需的原理，同时我也熟悉了投资股票所需要的技巧。

财商悟语

生活中商机无处不在，发现商机需要一双睿智的眼睛。做一个有心人，用我们的智慧去抓住一个个机遇，财富会离我们更近。从小了解一些投资和理财的知识，让我们也从小小的成功开始累积美好的人生吧。

（黄 磊）

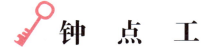

钟 点 工

决定工作做得好与坏的人是你，而不应该让好工作或者坏工作来左右你。

　　我父亲是船坞厂的一名焊接工人，记忆中他一直是个勤奋而严谨的人，除了船坞厂的工作，他还同时有三份兼职。他和母亲原来是阿拉巴马州的佃农，为找到更好的工作，才带着全家迁到北方的罗伦镇。罗伦镇是一个欧洲移民聚集的小城镇，墨西哥移民与南方黑人多半比邻而居，绝大多数人都是贫苦的劳工。但父亲从来不准我们邋里邋遢地过日子；即使在经济大萧条时期，他也坚持给全家人买体面的衣服。

　　大概在我十二三岁的时候，为了赚零用钱，我每天放学后都到一个阔太太家做钟点工。开始工作进行得很不顺利，因为我根本不知道怎么干。女主人家的地板要用特殊的木油精清洗，然后打蜡；不同材质的家具又各使用一套清洁剂和上光剂，很多名字我听都没听说过；洗衣服的时候就更麻烦了，什么不能熨，什么不能绞干……这些都是普通蓝领工人家里没有的规矩。

　　虽然要求很多，但我的工钱却很低。好几次，我都想辞了这份工作，但镇上没有人会雇用一个十二三岁的黑人小姑娘，丢了这份工作，我就没有任何收入了，对我来说每周那几个铜板是多么珍贵啊。

　　有一天，我实在忍不住向父亲抱怨起来："这份工作又累又寒碜，工钱少得可怜，最糟糕的是琼斯太太总在挑我毛病。听说她家隔几天就换一个钟点工，因为没有人能干长久，我也快受不了了。"爸爸放下手里的活，很平静地说："你不住在琼斯家，你住在这儿。"看我没听明白，他又接着说："你每天做工的时间只不过占你生活的一小部分。你不是'擦地板'，不是'洗衣服'，你是你自己。琼斯太太批评的是你'擦地板'和'洗衣服'的方式，而不是你本人。"

"如果你不想做下去就去辞工，"爸爸双手扶住我的肩膀，我甚至能感到他手掌上的老趼，"但是如果你想做下去，孩子，你就要好好干。决定工作做得好与坏的人是你，而不应该让好工作或者坏工作来左右你。记住，你把工作干得漂漂亮亮不是为了琼斯太太，而是为了你自己。"

这话绝不只是大道理，父亲本人就非常敬业。我记得他下班后常常会自豪地告诉我们，他今天又焊了一条完美的接缝，还把自己名字的缩写刻在了接缝旁边。有一次我问他："谁会看到那几个字母，并且想到它们是您名字的缩写呢？船厂有那么多焊接工，谁知道那条接缝是您焊的呢？"父亲回答："没人会看到，可我知道那是我的产品。"

第二天我又做起了钟点工。但在我眼里琼斯太太不再是一个苛刻的雇主，而是一个能让我把工作干得更好的指导老师。每次她找出什么毛病，我都愉快地接受，因为我明白这些批评不是针对我本人的。渐渐地，女主人对我的态度越来越好，我也学会了很多东西。虽然别人都觉得不可思议，但我在琼斯家整整干了一年半，直到毕业后才离开——这都是父亲的功劳。

[美]托尼·默里森　王　悦／编译

财商悟语

选择一个职业，不管你是喜欢还是不喜欢，首先要做的就是端正自己的态度，也就是说，要热爱自己所选择的这个职业。我们只有全身心地投入到自己的学习中去，才有可能创造出奇迹。

(海　星)

拾 瓶 记

再也没有比经过自己的辛勤劳动而挣来的汽水更甜美的东西了。

小时候,妈妈成天在外头干活,维持着一家人的生计,我们兄弟姐妹几个都由奶奶带着。由于家里穷,零花钱成了可望而不可即的奢侈品,我们不得不自个儿想法子去挣。

我那时只有5岁,不能跟姐姐一样给人家当保姆,也无法像哥哥那样,周末到农场给人家打下手。我唯一能胜任的挣钱活是收集汽水瓶:到户外的水沟或路边草丛中捡人家扔掉的空饮料瓶子。一个废瓶子能换回一枚闪闪发光的5分硬币。

那年秋天,哥哥姐姐们都返回学校念书去了,只留下我一个人独享自由自在的快乐。再过一年,我也要被送进学校,何不趁机发一笔小财呢?

每周有3天的时间,奶奶给麦金太尔先生照看便利店,我们有一半的时光是在那儿度过的。小店有很多好吃的,尤其是柜台后那待售的一瓶瓶糖果:甘草棒棒糖、薄荷糖,以及太妃糖等。但我得用现金去买这些好吃的。于是,在获得奶奶的同意后,我开始到处搜罗废弃的饮料瓶。

捡瓶子的地方主要是离店不远的田野、台阶等场所。我经常像老鹰一样盯着在地里干活的雇工,看着他们喝完最后一口汽水,忙不迭地跑过去捡回来,如获至宝。由于我长时间四处找瓶子,很快就挣够了买一小包糖果的钱。我天天乐此不疲地到处搜寻,回头再把瓶子卖给奶奶,很快我就成了奶奶的固定客户。

有一天,我照样出去捡瓶子,刚好转到了那家便利店的后面。我简直不敢相信自己的眼睛! 那里散落着一地的空瓶子。我赶紧把这些宝物如数装入自己的小推车,然后拉到店的前面。奶奶见了也笑逐颜开,不停地夸自己的小孙女肯吃苦、会做事。

第二天,我再次来到相同的地点——又有一堆汽水瓶子躺在那儿,足有两打! 哈哈,我发现了聚宝盆,以后再也不用眼巴巴地瞧着人家喝汽水了。

接下来的一天,我又来到那个神奇的地方,还是有更多的瓶子。我如法炮制,装入小车后,直接推到店前面,只等着奶奶来收购。

这时,一辆卡车开到了店后面。麦金太尔先生走了出来,他礼貌地朝我点了点头,然后问奶奶:"在哪儿呢? 我得把你提到的那些瓶子都装上。"

"在后头,"奶奶回答,又加了句:"至少有 8 打,是我孙女在村子周围一个一个捡来的。"

瞧着小推车中的瓶瓶罐罐,我立即明白了一切:原来,自己正反复地把同一些瓶子卖给奶奶!

当时我怕极了,害怕奶奶因此而丢掉饭碗。没了她的收入,我们全家的日子会更加难过。但我知道自己必须硬着头皮向麦金太尔先生坦白,哪怕他们把我关起来。

我大气不敢出,推着那些瓶子走到麦金太尔先生面前。我把所发生的一切和盘托出,我的眼泪也开始流了出来。而此时,一丝微笑却浮现在他的脸上,随后他开始哈哈大笑,我如释重负,意识到奶奶不会有什么麻烦了。

后来,麦金太尔先生专门搭了个用来放空瓶子的小棚屋,以免其他的小冒险家重蹈我的覆辙。每到周日,我就帮他把空瓶子装上车。作为报酬,在劳动结束后,他会给我一瓶汽水。

"有时候,一件事情看来太容易了,那往往不是真的。"奶奶常常这样告诫我们。那年剩下的日子，我还像以前一样，在田间水沟、偏僻小路上，或是挨家挨户地找瓶子。活儿很苦很累，但在店里的柜台上数着丁当作响的硬币时，心头甭提有多舒畅了。真的，再也没有比经过自己的辛勤劳动而挣来的汽水更甜美的东西了。

[美]南茜·贝内特　汪新华/编译

财商悟语

追求财富的过程中，有些虚幻景象看上去非常美好，但其实都是幻觉。踏实地去挣钱才是正确的途径，虽然会觉得苦也感到累，但最终的成果却是踏实的，也是真实的。　　　（皖　苏）

一加一大于二

你认为一加一应该等于二，而他认为一加一永远大于二。

在奥斯维辛集中营，一个犹太人对他的儿子说："现在我们唯一的财富就是智慧，当别人说一加一等于二的时候，你应该想到大于二。"纳粹在奥斯维辛毒死 536724 人，父子俩却活了下来。

1946 年，他们来到美国，在休斯敦做铜器生意。一天，父亲问儿子一磅铜的价格是多少，儿子答 35 美分。父亲说："对，整个得克萨斯州都知道每磅铜的价格是 35 美分，但作为犹太人的儿子，你应该说 3.5

美元。你试着把一磅铜做成门把儿看看。"

20 年后，父亲死了，儿子独自经营铜器店。他做过铜鼓、做过瑞士钟表上的簧片、做过奥运会的奖牌。他曾把一磅铜卖到 3500 美元，这时他已是麦考尔公司的董事长。

然而，真正使他扬名的，是纽约州的一堆垃圾。

1974 年，美国政府为清理给自由女神像翻新扔下的废料，向社会广泛招标。但好几个月过去了，没人应标。正在法国旅行的他听说后，立即飞往纽约，看过自由女神像下堆积如山的铜块、螺丝和木料，未提任何条件，当即就签了字。纽约许多运输公司对他的这一愚蠢举动暗自发笑。因为在纽约州，垃圾处理有严格规定，弄不好会受到环保组织的起诉。就在一些人要看这个得克萨斯人的笑话时，他开始组织工人对废料进行分类。他让人把废铜熔化，铸成小自由女神像；他把木头等加工成底座，废铅、废铝做成纽约广场的钥匙；最后，他甚至把从自由女神像身上扫下的灰尘都包装起来，出售给花店。不到 3 个月的时间，他让这堆废料变成了350 万美元现金，每磅铜的价格整整翻了一万倍。

在商业化社会里，是没有等式可言的。当你抱怨生意难做时，也许有人正因点钞票而累得气喘吁吁。这里面的差别可能就在于：你认为一加一应该等于二，而他认为一加一永远大于二。

小　豆

财商悟语

以往总以为你的一元钱和我的一元钱是一样大的，现在看来，一元钱和一元钱是不一样大的：一元钱在我的手里，可以买一斤苹果；而在商人的手里，说不定能买两斤苹果。这样看来，相同的东西在不同人的手里，会变得不一样：可能会变成一堆垃圾，也可能会变成一块黄金。这关键在于我们的财富智慧。　　（赵　航）

加油站学到的工作作风

孩子，这是你的工作！不管顾客说什么或做什么，你都要记住做好你的工作，并以应有的礼貌去对待顾客。

13 岁时，我开始在父母的加油站工作。站里有三个加油泵、两条修车地沟和一间打蜡房。父亲负责修车，母亲负责记账和收钱。我想学修车，但父亲让我在前台接待顾客，他说："儿子，汽车总在变化，而人却不会，你需要先学会了解人。"

当汽车开进来时，我在车子停稳前就站在司机门前，忙着去检查油量、蓄电池、传动带、胶皮管和水箱。我总是多干一些，帮助擦去车身、挡风玻璃和车灯上的污渍。我注意到，如果我干得好，顾客还会再来。

每周都有一位老太太开着她的车来清洗和打蜡，该车内的地板凹陷极深，因而很难打扫。车的主人又极难打交道，每次当我们给她把车准备好时，她都要再仔细检查一遍，让我们重新打扫，直到清除每一缕棉绒和灰尘她才满意。我实在不愿意再侍候她了，但父亲告诫我："孩子，这是你的工作！不管顾客说什么或做什么，你都要记住做好你的工作，并以应有的礼貌去对待顾客。"

我每天放学后就开始为父母工作，星期六和暑假则从早上 6 点 15 分一直干到晚上 7 点。开始，父母一小时付我 50 美分，3 年后给我涨到 1.1 美元。在父母的帮助下，我还学会了如何安排自己的收入。我将收入的 10% 放在一个钱罐里，礼拜日捐给教堂，通过它我认识到了慈善的重要性；20% 同父母的 20% 放在一起作为膳宿费，但后来我发现这是父母为我准备的教育费；另外 20% 是我自己的储蓄；剩下的 50% 则由我自己支配，购买我想要的东西。正是在加油站的工作，不仅使我学到了严格的职业道德和应该如何对待顾客，而且认识到了家庭小企业所面临的挑战：我的父母既是老板、经理，又必须是服务员。

[美] 杰克·法里斯

财商悟语

财商的培养过程中，需要我们和他人的交往互动，取得财富后需要我们学会合理的安排。这些都需要我们不断的学习。

（黄　磊）

儿童大款的致富奇招

有敏锐的头脑，独特的眼光，就能发现被别人忽视了的机会。

赚钱，当然是越早越好。如今，就连十几岁的孩子都明白了这样的道理。美国最新一期《人物周刊》报道了一批小"大款"。虽然只有十几岁，但他们的生意却做得红火，有的已成了百万富翁。

变废为宝网上卖羊粪

2007 年 4 月，丰克和席佩尔所在的基督教学校举行了一次募捐拍卖会,每个学生都要捐献一些东西进行拍卖,用以募集资金。丰克家住农村,马路对面就是农场,里面有很多羊。于是,他与母亲一道将一些羊粪装到袋子里拿去拍卖。拍卖时,很多人觉得好笑,但羊粪却赢得最大一笔拍卖款。

后来,他和好友席佩尔想去参加夏令营,他们的父母让他们自己去筹钱,丰克再次想到了收集牲口粪,卖给那些有花园的家庭。

开始并不成功,因为捡来的牲口粪没晒干,气味奇臭。他们最后只卖出了3袋粪,赚了不到20美元,这其中还包括一位好心的女士给的小费。不过,第一桶"金"为他们积累了宝贵的经验。

"工夫不负有心人",在他们的努力下,牲口粪生意越做越大。如今,这对"小老板"卖出了近26吨牲口粪。他们的销售手段也颇为先进,大部分是通过网上卖出去的,2008年的销售额有望突破2万美元。

"我会成为盖茨"

5岁时,汉普森最想要的生日礼物是台收款机;8岁时,还是小学生的汉普森就在学校里经营一个糖果贩卖机。

2007年,15岁的汉普森在一个星期内,帮朋友卖掉一窝小狗,共获利1200美元。

这次偶然的机会,让他发现了"金矿"。于是,还在上高中的汉普森当上了幼犬买卖中介人:收购和销售幼犬。其中大部分在网上完成,他的网站也成了著名的犬类育种网站之一。

现在,生意做大了,他还雇了两位员工:53岁的母亲芭芭拉负责接听电话,21岁的姐姐负责打扫狗笼。

2008年,汉普森的公司有望赢利7万美元。不过,他并不满足,希望扩大生意,包括卖外国狗及狗服装等。他说:"有一天,我会成为比尔·盖茨。"

小发明赚了百万元

斯塔舍夫斯基不但爱梦想,还能让梦想成真。1995 年,10 岁的他跟着父母去夏威夷度假。在潜水时,他发现了一只大海龟,想让爸爸也看看,但无论怎么喊,爸爸都没听见。他非常恼火。

"那也许是个很疯狂的想法,"斯塔舍夫斯基说,"但我就是想在水中说话。"回到加利福尼亚的家中,他便潜心研究水中对讲机,有时整天泡在浴缸里。

两个星期后,"水中对讲机"诞生了。新发明很快吸引了众人的眼球。一家大型玩具公司一次订购了 5 万件。有这么大的市场,斯塔舍夫斯基成立了一家公司。后来,他又有 8 项同类发明。如今,斯塔舍夫斯基已是圣地亚哥大学一年级的学生。早在 2001 年,他就将公司变卖,潜心学习。

不过,赚钱对他来说,的确非常简单,此前的那些发明已为他带来超过 100 万美元的收益。至于他的下一项发明是什么,也许只有他自己知道了。

兄妹俩成了"巧克力农场"场主

埃莉斯从 3 岁起就跟着祖母做巧克力,从此就再也没停下来。她的妈妈凯瑟琳回忆说,那时家里的微波炉中到处都是熔化的巧克力,但是,"我让她做自己喜欢做的事情"。

经过 7 年的"研制",1998 年,埃莉斯 10 岁时,她做的巧克力果然不同凡响:巧克力的形状像黄牛、小猪、小海龟,栩栩如生。

埃莉斯决定在网上销售这些"杰作"。她的想法得到了哥哥伊万的大力支持。伊万为此拟订了商业计划书,兄妹俩还从银行贷了 5000 美元作为启动资金,建立一个名为"巧克力农场"的网站。

经过 6 年的发展,埃莉斯和伊万的网站已有 40 名员工,公司年均收益 100 万美元。去年,兄妹两人还夺得美国邮政创业大奖。如今,伊万是大学一年级学生,而埃莉斯还是高中生。

🌹 **路经纬**

财商悟语

> 牲口的粪便可以卖,狗服装可以出售,普普通通的巧克力也能做成不同的花样换来收益。什么东西值钱,什么东西不值钱,其实都是相对的。有敏锐的头脑,独特的眼光,就能发现被别人忽视了的机会。有细心和恒心,这种机会还可能翻倍。(陶 然)

卖鸭蛋的启示

鸭蛋利薄,但是多销,所以利润远远大于周转慢的文具。

像许多领袖人物一样,宏碁集团董事长施振荣的少年时代充满坎坷。父亲在他 3 岁时就因病去世,留下他和母亲相依为命。为了谋生,母亲卖过鸭蛋、织过毛衣,甚至还摆起槟榔摊。施振荣成功后,不止一次提到他童年时卖鸭蛋的经验。

他曾经帮母亲在店里同时卖鸭蛋和文具。鸭蛋 3 元 1 斤,1 斤只能赚 3 角,差不多是 10% 的利润,而且容易变质,没有及时卖出就会坏掉,造成经济上的损失。相比之下,文具的利润高,做 10 元的生意至少可以赚 4 元,利润超过 40%,而且文具摆着不会坏。看起来卖文具比卖鸭蛋划算得多。但在施振荣的讲述中,卖鸭蛋远比卖文具赚得多。

鸭蛋利润薄,但最多两天就周转一次;文具利润高,有时半年一年都卖不掉,不但积压成本,利润也早被利息吃光了。鸭蛋利薄,但是多销,所以利润远远大于周转慢的文具。施振荣后来将卖鸭蛋的经验运用到宏碁,建立了"薄利多销模式",即产品售价定得比同行低,虽然利润低,但客户量增加,资金周转快,库存少,经营成本大为降低,实际获利大于同行。

财商悟语

施振荣很聪明,他有一个成功的秘诀,就是薄利多销。他让自己手里的钱"活"了起来。同样的,我们在生活中、学习中,也有自己成功的秘诀。不断地学习,获得的虽然是一点点,但是得到的知识却越来越多;努力地思考,得到的感受虽然不一样,但是理解会越来越深,我们也会变得越来越聪明。

（赵　航）

聪明的报童

渐渐地,第二个报童的报纸卖得越来越多,第一个报童能卖出去的越来越少了,不得不另谋生路。

在某一个地区,有两个报童在卖同一份报纸,二人是竞争对手。

第一个报童很勤奋，每天沿街叫卖，嗓门也响亮，可每天卖出的报纸并不是很多，而且还有减少的趋势。

第二个报童肯用脑子，除去沿街叫卖外，他还每天坚持去一些固定场合，一去之后就给大家分发报纸，过一会儿再来收钱。地方越跑越熟，卖出去的报纸也就越来越多，当然也有些损耗，但很小。渐渐地，第二个报童的报纸卖得越来越多，第一个报童能卖出去的越来越少了，不得不另谋生路。

为什么会如此？第二个报童的做法中大有深意：

第一，在一个固定地区，对同一份报纸，读者客户是有限的。买了我的，就不会买他的，我先把报纸发出去，这些拿到报纸的人是肯定不会再去买别人的报纸，等于我先占领了市场；我发得越多，他的市场就越小。这对竞争对手的利润和信心都构成打击。

第二，报纸这东西不像别的消费品，有复杂的决策过程，随机性购买多，一般不会因质量问题而退货；而且钱数不多，大家也不会不给钱，今天没零钱，明天也会一块儿给，文化人嘛，不会为难小孩子。

第三，即使有些人看了报，退报不给钱，也没什么关系，一则总会积压些报纸，二则他已经看了报，肯定不会去买别人的报纸，还是自己的潜在客户。

陈 琛

财商悟语

第二个报童的成功在于他肯动脑筋，他清楚地意识到，自己能不能赚到钱，不仅在于沿街叫卖，更在于和第一个报童有力地竞争。我们做事情，也应该有自己的目标，也应该有自己要超过的对手。你的目标是什么？想超过的那个人又是谁呢？　（赵　航）

硬币储存财商

买东西时特意讨价还价；不买东西时，把钱都储存起来。

我家闺女今年刚满 9 岁。小小年纪，很会理财，她知道把钱留着慢慢享用。一个存钱罐被她装得满满的，整天摇着"哗哗"响，好不自豪！

其实，早在女儿 3 岁的时候，我就有意识地培养她独立理财的能力。就拿买零食来说吧，她找我要零食吃，我说可以，不过前提条件是要她自己去买。刚开始她不愿意去，我也坚决不帮她买，她忍了两次，最终敌不过糖果的"诱惑"，找我要钱亲自下楼去买了。一买回来，她非常兴奋，我趁机赞扬她说："小小长大了，能自己独立买东西了。"她听了也很高兴，后来吃的东西她全包了——当然指"跑路"。渐渐地，家里日常需要的一些小东西她也愿意"效劳"。再后来，她 7 岁了，我就奖赏性的在零食费里多加跑路费给她，但不是直接给，而是宣布说她拿的钱买完东西后剩余的可自己留着自由支配。这下，她高兴得蹦起来。再去买东西时，她都会主动跟老板"讨价还价"，有时价格还得可以的话她一次可私留 4～6 元钱。不过问题也跟着出来了。因为我给她的是纸币，她好不容易"磨嘴皮"留下的钱被她不知不觉地一天拿一点没几天就全花完了。我觉得这不是办法，没有达到我预期的目的。于是，我又想了另一个办法：给孩子硬币。效果果真很好，女儿的存钱罐又一天天饱满起来,而且已经连续保存了两个多月。我问女儿为啥不花钱,她说:"满满的,摇起来很响,很好听!"我想,女儿只是说到了我想法的一个方面,其实还有别的好处她不知道:

一、硬币一枚一枚积攒起来,沉甸甸的,很有分量,很容易让人心里产生满足感。

孩子们年龄小,他们往往不会计较钱面值的大小,反而会在意钱数量的多少,把纸币兑换成同等价值的硬币,会很容易满足孩子的心理。

二、多数量的硬币储存可带动孩子听话的自觉性。一次给孩子5元以上的钱,兑换成硬币有一叠,给孩子支配,孩子觉得有自主权,心里会很高兴的,而且在其他方面也愿意听父母的话。

三、储存硬币,会让孩子主动学理财。硬币数量在减少时,是很容易感觉得到的,孩子心里会有种失落感。因此,孩子在支出时会有种舍不得的感觉,无形当中孩子会有意识地减少对货币的支出,通常他们有两个办法来解决:1.买东西时特意讨价还价;2.不买东西时,把钱都储存起来。

也许,小小的硬币还远不止如上那些好处。但无论多少,我想孩子们应该会喜欢这种存钱理财的小方法,你不妨也试试看!

蒹 葭

财商悟语

每个人都可以创造财富,做财富的的主人。我们只要靠自己的劳动去换取财富,把一枚枚硬币存入你的存钱罐,就能享受掌控财富的乐趣。不要小看自己的能力哦,小小的我们也可以有不菲的收获。

(黄 磊)

犹太人的财商教育观

"赚钱从娃娃抓起"才是最好的教育方式。

最近在网络论坛上流行一个热帖，题目叫《犹太人的家庭教育或许能给我们一些启示》，讲述了一名中国单亲妈妈和她的三个孩子在以色列的故事。

一直以来，这位母亲秉承着中国"再苦不能苦孩子"的原则，做着合格的中国式妈妈：先把孩子们送去学校读书，他们上学的时候我卖春卷。到了下午放学的时候，他们就来春卷摊，我停止营业，在小炉子上面给他们做馄饨下面条。然而一天，邻居过来训斥老大："你已经是大孩子了，应该学会去帮助你的母亲，而不是在这里看着你母亲忙碌，自己就像废物一样。"

于是孩子们从最简单地卖春卷开始，走上了各自的经商之路，只在短短数日之间，以前只会黏着我撒娇的孩子就摇身一变成了精明的小犹太商人。一年以后，老大靠售卖中国文具，已经赚到了超过 2000 谢克尔（折合人民币 4000 多元）；老二以他 14 岁的年龄和文笔，竟然在报纸上开设了自己的专栏，专门介绍上海的风土人情，每周交稿两篇，每篇 1000 字，每月 80 谢克尔；老三是女孩子，她学会了煮茶和做点心，两个哥哥都很喜欢；不过，这些点心不是免费的，两个哥哥需要支付点心费用。

犹太人从来不觉得赚钱是一个需要到达一定年龄才能开展的活动，他们始终觉得"赚钱从娃娃抓起"才是最好的教育方式。在犹太家庭里，孩子们没有免费的食物和照顾，任何东西都是有价格的，每个孩子都必须学会赚钱，才能获得自己需要的一切。这样的教育在学校里同样也被灌输。犹太人财商教育最重要的一点，是培养孩子延后享受的理念，就是指延期满足自己的欲望，以追求自己未来更大的回报。他们会对孩子说："如果你喜欢玩，就需要去赚取你的自由时间，这需要良好的教育和学业成绩。然后你可以找到很好的工作，赚到很多钱，你就可以玩更长的时间，玩更昂贵的玩具。如果你搞错了顺序，整个系统就不会正常工作，你就只能玩很短的时间，最后的结果是你拥有一些最终会坏掉的便宜玩具，没有玩具，没有快乐。"

或许受中国一句老话"君子言义，小人言利"的影响，中国的家长总觉得孩子们的主要任务是学习，离金钱越远越好，很多家长担心孩子乱花钱，会"剥夺"孩子们掌控钱的机会。比如要买什么东西，统统向父母伸手要钱；孩子们得到的压岁钱，家长们也会全数地收回去。因此，许多孩子养成了花钱就伸手，一有钱就赶快花光的习惯，而缺乏对消费的规划意识。至于理财能力，家长们认为长大了可以无师自通。可事实远非如此，现在的成年人大多有这样一种体会，经常感觉自己在消费、金融管理等知识面前一片茫然，何况孩子们呢？

❀庄 岩

财商悟语

赚取财富是一个人生存的必要条件之一。懂得如何去赚钱，其实也就是懂得如何去生存，也就懂得了这个社会的生存法则。知道自己消费的源头，并且用实践去完成这一源头的"开采"，这比书本上的知识来得还要真实可靠。　　　　（皖　苏）

在这个世界上，那些善于创造财富的人，大多在他们的早年就学会了怎么赚钱。

第三辑

金钱的价值

一次,李嘉诚去停车场取车,不小心掉了一个 2 元硬币,硬币刚好滚到车轮底下,只要车子开动,那硬币便会掉进路边的水沟,于是他蹲下身来,试着把硬币拾起来。这时,一个更夫钻到车下,帮他拾起了硬币。李嘉诚收起硬币,并掏出 100 元递给那个更夫。李嘉诚说:"如果我不拾回这个 2 元硬币,车子一开它便会在世上失去了价值,而现在它可继续有它的用途。我另外给你 100 元,这些钱也是有用的,它们的价值都不会消失。"

李嘉诚的行为,看似有悖"常理",实是一种面对金钱的良好修养。这种财富修养正是他创造巨大财富的源泉所在。因此,有什么样的金钱观,是提高财商的根本。

出人意料的遗嘱

孩子，我并不需要蜻蜓，我需要的是你们捉蜻蜓的乐趣。

一位富商，英年早逝。临终前，见窗外的市民广场上有一群孩子在捉蜻蜓，就对他 4 个未成年的儿子说，你们到那儿给我捉几只蜻蜓来吧，我许多年没见过蜻蜓了。

不一会儿，大儿子就带了一只蜻蜓回来。富商问，怎么这么快就捉了一只？大儿子说，我用你送给我的遥控赛车换的。

富商点点头。

又过了一会儿，二儿子也回来了，他带来两只蜻蜓。富商问，你这么快就捉了两只蜻蜓？二儿子说，我把你送给我的遥控赛车租给了一位小朋友，他给我 3 分钱，这两只是我用两分钱向另一位有蜻蜓的小朋友租来的。爸，你看这是那多出来的一分钱。富商微笑着点点头。

不久老三也回来了，他带来 10 只蜻蜓。富商问，你怎么捉这么多蜻蜓？三儿子说，我把你送给我的遥控赛车在广场上举起来，问谁愿玩赛车，愿玩的只需交一只蜻蜓就可以了。爸，要不是怕你急，我至少可以收 18 只蜻蜓。富商拍了拍三儿子的头。

最后到来的是老四。他满头大汗，两手空空，衣服上沾满尘土。富商问，孩子，你怎么搞的？四儿子说，我捉了半天，也没捉到一只，就在地上玩赛车，要不是见哥哥们都回来了，说不定我的赛车能撞上一只落在地上的蜻蜓。富商笑了，笑得满眼是泪，他摸着四儿子挂满汗珠的脸蛋,把他搂在了怀里。

第二天,富商死了,他的孩子在床头发现一张小纸条,上面写着:孩子,我并不需要蜻蜓,我需要的是你们捉蜻蜓的乐趣。

🍂 刘燕敏

财商悟语

在追求财富的过程中,如果我们因此而艰辛劳顿、身心受创,即使最终得到财富,也得不到真正的幸福;如果我们一直快乐地做一件事情并由此聚集起财富,那么我们就会体味到一种完美的生活享受。

(刘 济)

20 美元的价值

我们不应该不花一点儿时间来陪那些在乎我们、关心我们的人而让时间从手指间溜走。

将这个故事与你所喜欢的人分享。

一位爸爸下班回到家已经很晚了,他很累并有点烦,看到他5岁的儿子靠在门旁等他。"爸,我可以问你一个问题吗?"

"什么问题?""爸,你一小时可以赚多少钱?""这与你无关,你为什么问这个问题?"父亲生气地问。

"我只是想知道,请告诉我,你一小时赚多少钱?"小孩哀求。"假如你一定要知道的话,我一小时赚 20 美元。"

"哦,"小孩低下了头,接着又说,"爸,可以借我 10 美元吗?"父亲发怒了:"如果你只是要借钱去买毫无意义的玩具的话,给我回到你的房间并上床。好好想想为什么你会那么自私,我每天长时间辛苦地工作着,没时间和你玩小孩子的游戏。"

小孩安静地回到自己的房间并关上门。

父亲坐下来还在生气。后来,他平静下来了,觉得自己可能对孩子太凶了——或许孩子真的很想买什么东西,再说他平时很少要过钱。

父亲走进小孩的房间:"你睡了吗,孩子?""爸,还没,我还醒着。"小孩回答。

"我刚刚可能对你太凶了,"父亲说,"我将今天的气都爆发出来了,这是你要的 10 美元。""爸,谢谢你。"小孩欢叫着从枕头下拿出一些被弄皱的钞票,慢慢地数着。

"为什么你已经有钱了还要?"父亲生气地问。

"因为这之前不够,但我现在足够了。"小孩回答,"爸,我现在有 20 美元了,我可以向你买一个小时的时间吗?明天请早一点回家——我想和你一起吃晚餐。"

将这个故事与你所喜欢的人分享,但更重要的与你所爱的人分享这价值 20 美元的时间。这只是提醒辛苦工作的各位,我们不应该不花一点儿时间来陪那些在乎我们、关心我们的人而让时间从手指间溜走。

唐继柳

财 商 悟 语

财富是什么?我们都会给出自己理想中的答案,我们也都知道答案绝不仅仅是金钱。生命、亲情、友情、爱情等等,都是更值得我们去努力、去珍惜的财富!

(采 露)

富豪说钱

花钱需要物有所值,这样才能体现金钱的价值。

有一次, 比尔·盖茨和一位朋友开车去希尔顿饭店。到了饭店前,他们发现停了很多车,车位很紧张,而旁边的贵宾车位却空着不少。朋友建议把车停在那儿。

"噢,这要花 12 美元,可不是个好价钱。"盖茨说。

"我来付。"朋友坚持道。

"那也不是个好主意,他们超值收费。"

在盖茨的坚持下,他们最终还是找了个普通车位。

盖茨最讨厌物不等值,对应花的钱,他从不小气,看看他这些年为慈善机构捐款的数字就知道了。

洛克菲勒到饭店住宿,从来只开普通房间。侍者不解,说:"您儿子每次来都要最好的房间,您为何这样?"

洛克菲勒说:"因为他有一个百万富翁的爸爸,而我却没有。"

话是这样说，洛克菲勒在捐资支持教育、卫生等方面却毫不含糊，数以亿计。

财富修养

对不起，我到桌下寻找雪茄，因为我的母亲告诉我，应该爱护自己的每一个美分。

悉尼奥运会上曾经举办过一个以"世界传媒和奥运报道"为主题的新闻发布会，在座的有世界各地传媒大亨和记者数百人。

就在新闻发布会进行之中，人们发现坐在前排的炙手可热的美国传媒巨头 NBC 副总裁麦卡锡突然蹲下身子，钻到了桌子底下，他好像在寻找什么。大家目瞪口呆，不知道这位大亨为什么会在大庭广众之下做出如此有损自己形象的事情。

不一会儿，他从桌下钻出来，手中拿着一支雪茄。他扬扬手中的雪茄说："对不起,我到桌下寻找雪茄,因为我的母亲告诉我,应该爱护自己的每一个美分。"

麦卡锡是一个亿万富翁,有难以计数的金钱,他可以挥金如土,可以买到一切能用钱买到的东西,一支雪茄,对于他来说,简直微不足道。

如果照他的身份,应该不理睬这根掉到地上的雪茄,或是从烟盒里再取一支,但麦卡锡却给了我们第三种令人意料不到的答案。

记得媒体也报道过香港首富李嘉诚的一些逸事,其中有一则是关于李嘉诚捡钱的故事。有一天李嘉诚外出乘坐汽车的时候,把一枚硬币掉在了地上,硬币滚向阴沟。他便蹲下身来准备去捡,旁边一位印度籍的保安便过来帮他拾起,然后交到他的手上。

李嘉诚把硬币放进口袋,然后从口袋中取出 100 元作为酬谢交给保安。

为了一枚硬币,却花了 100 元的代价,这无论从哪个角度来看都是不划算的,可这件事却偏偏发生在香港首富李嘉诚的身上。

有记者曾问起这件事,他的解释是:"若我不去捡那枚硬币,它就会滚到阴沟里,在这个世界上消失;而我给保安 100 元,他便可以用之消费。我觉得钱可以去用,但不能浪费。"

他的解释与麦卡锡所说如出一辙。照常人的眼光来看,这都是有悖"常理"的。但对于两个智慧而又巨富的人来说,他们的所为又不是可以用经济规律直接解释得通的。

我更偏向于认为这是一种财富修养,或者说是一种人生修养。这种修养正是他们创造巨大财富的源泉所在。一个人的价值,并不在于你做了些什么,而在于你所做的对社会是否有益,是否增加了社会的财富。

我们能够发现,他们对待财富的修养,正是成功者与普通人的最大区别。

🌸 流 沙

金钱的价值

金钱的真正价值,常常不在于它本身的面值,而是取决于它背后的艰辛。

　　做铁匠的父亲,含辛茹苦地养着一个儿子。可是这儿子并不成器,花起钱来毫无节制。父亲终于忍不住了,将儿子逐出家门,要他去尝尝挣钱的苦头。

　　母亲心疼儿子,偷偷塞给儿子一把铜板。儿子在外面逛了一天,晚上,他把铜板交给父亲:"爸,这是我挣的钱。"父亲把铜板拿在手上掂了掂,生气地说:"这钱不是你挣的!"说着就丢进了熔炉。

　　儿子无奈,只好来到农场里。当他付出了一身臭汗一身泥的代价之后,农场主赏了他半把铜板。儿子兴冲冲地回到家里,把铜板交给了父亲,没想到父亲这次看都不看,又丢进了熔炉!儿子立时暴跳如雷,一边吼叫着一边竟向红彤彤的熔炉扑去!父亲一把按住他,良久,他露出一脸神秘的笑容："孩子,你终于知道心疼这些钱了,我相信,这钱是你挣的。"

金钱的真正价值,常常不在于它本身的面值,而是取决于它背后的艰辛,那些让你弥足珍贵的,必定与自身血汗相关。

财商悟语

花钱人人都可以无师自通,但挣钱却是需要一个磨炼的过程。通过劳动获得的一分钱和其他途径得到的一分钱,意义是完全不同的。因为挣钱的过程,对于我们每个人而言都是一笔可以的财富。

(黄 磊)

成败只差1角钱

只有懂得坚持自己权益的人,才能够维护公司的利益。

那一次求职让我受益一生。

当我和另外一名对手过关闯隘接受决战时,我对最终取胜充满信心。奇怪的是,面试公司总经理并未提问,而是带领我和对手去另一家公司签单。距要去的公司只有一站路,总经理建议乘公共汽车去,并递给每人一张5角钱的纸币,嘱咐每人买自己的票。

票价4角钱,因缺少零币,公共汽车乘务员已养成收取5角钱不找零的习惯，我便没有索要应找回的 1 角钱，总觉得为 1 角钱开口，太丢面子。没想到，我的对手却向乘务员索要找零。乘务员轻蔑的眼神如刀般看了几眼我的对手，才递出 1 角钱。一旁的我，幸灾乐祸地想，对手的"财迷"表现或许将让他落败。到站下车，总经理拍着对手的肩："你被聘用了——只有懂得坚持自己权益的人，才能够维护公司的利益。"

澜　涛

财商悟语

　　棋逢对手的时候，鏖战激烈，不分胜负，处于拉锯战之际，往往一点风吹草动的细小事情，就能决定一方的胜利和另一方的失败。懂得爱自己的人才会去爱别人，懂得维护自己的合法权益的人才会去维护集体的利益。

（罗　刚）

柏林的街灯

德国未来的首都，街上点的仍有煤气灯。

　　夜色中，柏林的街灯典雅地亮着，光色迷柔，蕴满诗般的朦胧，了无新富赤裸的刺亮。

　　我凝望着它们。

　　"它们是煤气灯。"一个德国人告诉我。

我不相信，怕听错了，也怕他说错，我们都在讲英文，我们都不讲自己的母语。

"Gas."他重复了这个字。

煤气灯于中国好像是世纪初的事。"柏林还用煤气灯？"

"煤气比电便宜呀。"

"柏林街上为什么还用煤气灯？"我问第二个德国人。

"煤气便宜。"

德国将移都柏林，整个柏林在大兴土木，财气十足，派头十足。于是我问："柏林不会缺这点钱吧？"我亲眼看见一幢好端端的市政大厅被伤筋动骨地翻造，说是其隔热材料石棉有碍健康。

"柏林市开支一向很紧，总有更需要花钱的地方，"他像个当家的，说着柴米油盐的难处，"这些街灯是很老了，可还能用，挺结实，煤气又比电便宜。去年市政府总算有了钱换这些街灯，可是百姓不同意，说它们像古董了，不让换。于是，还用它们。"

德国未来的首都，街上点的仍有煤气灯。

不怕寒碜。

回来了。白天街上一道道刷刷冒出来的崭亮幕墙让人神满气足，有一日千里追上欧美之感。

晚上，柏林的街灯却叫我惕然。

吕 怡

财 商 悟 语

有着良好财商素养的人，既不做"守财奴"，也不做挥霍浪费者。如果旧的东西仍然能用，并且从另一个角度看，它还有新的东西无法取代的价值，我们应该节约一下，依然使用旧的东西。

（黄 磊）

只是 2 美元而已

朋友们都来向哈诺丁祝贺并流露出羡慕的目光,但哈诺丁只是淡淡地说:"没什么好开心的,不过就是 2 美元买来的东西而已。"

哈诺丁是一个没有正式工作的年轻人,不过他自己并不怎么着急。在他看来,现在无忧无虑、自由自在的生活没什么不好。他唯一的爱好就是每天买一张 2 美元的彩票,虽然总是什么奖也没有中到,可他依然乐滋滋地过着每一天。

有一天好运突然降临到他头上,他买的彩票居然中了特等奖,奖品是一栋价值 500 万美元的别墅,另外还赠送了诸如阿富汗地毯、罗马家具以及景德镇瓷器之类的名贵物品。朋友们都来向哈诺丁祝贺并流露出羡慕的目光,但哈诺丁只是淡淡地说:"没什么好开心的,不过就是 2 美元买来的东西而已。"

一个阳光明媚的午后,哈诺丁抿完咖啡后,惬意地抽着雪茄烟,在别墅豪华客厅的沙发上慵懒地睡去。不知不觉中,烟蒂掉在了名贵的阿富汗地毯上,星星之火迅速呈燎原之势。等哈诺丁惊醒逃脱后,500 万美元的豪华别墅和阿富汗地毯、罗马家具以及景德镇瓷器一起,已在熊熊烈火中化为灰烬。朋友们再次聚集在哈诺丁面前,七嘴八舌地安慰哈诺丁不要为失去这么多财产而难过,哈诺丁依然只是淡淡地说:"没什么好难过的,烧掉的只是 2 美元而已。"

财商悟语

俗话说:"得不喜,失不忧。"用这样的心态奋斗在人生道路上,无论成功,还是失败,自己的心情一定都是快快乐乐的。心情高兴,思维必定不乱,头脑一定清醒,这样,只要时机来到,自己就能够迅速地把握住机会大干一场。 （罗　刚）

寻狗启事

当酬金涨到使全城的市民都感到惊讶时，乞丐返回他的窑洞。可是那只狗已经死了。

富翁家的狗在散步时跑丢了,于是在电视台发了一则启事:有狗丢失,归还者,付酬金1万元。并有小狗的一张彩照充满大半个屏幕。

送狗者络绎不绝,但都不是富翁家的。富翁太太说,肯定是真正捡狗的人嫌给的钱少,那可是一只纯正的爱尔兰名犬。于是富翁把酬金改为2万元。

是一位乞丐在公园的躺椅上打盹时捡到了那只狗。乞丐没有及时地看到第一则启事,当他知道送回这只小狗可以拿到2万元时,乞丐真是兴奋极了,他这辈子也没交过这种好运。

乞丐第二天一大早就抱着狗准备去领那2万元酬金。当他经过一家大百货公司的墙体屏幕时，又看到了那则启事，不过赏金已变成3

万元。乞丐驻足想了一会儿，这赏金增长的速度倒挺快，这狗到底能值多少钱呢？他改变了主意，又折回他的破窑洞，把狗重新拴在那儿。第四天，悬赏额果然又涨了。

在接下来的几天时间里，乞丐没有离开过这只大屏幕，当酬金涨到使全城的市民都感到惊讶时，乞丐返回他的窑洞。

可是那只狗已经死了，因为这只狗在富翁家吃的都是鲜牛奶和烧牛肉，对这位乞丐从垃圾桶里捡来的东西根本受不了。

🌹 朱春芳

财商悟语

本来有两万元从天而降已经是意外的横财了，乞丐却一等再等，终于断送了财路。适当的欲望是一种动力，而胃口太大却会让人失去发财的机会。控制住自己的欲望，将会让我们走好人生的每一步。

（陶　然）

花 钱 的 事

世界十大富豪之一的科鲁奇在给子女的零花钱上约法三章:他交给每个人一个小账本,要求他们清楚地记下每笔钱的用途,每逢领钱时,再交给大人们审查,做到账钱两清,且用途正当。小小的记账本,使孩子们从小就学会了当家理财的本领。

花钱的难度比挣钱还大。罗伯特·T.清崎说:"有一天你会成为富人,那时,你将拥有力量和责任,你不要用你的财富使人们变成金钱的奴隶,而是要帮助人们成为金钱的主人。"这些话已不仅仅是在教人如何投资理财,更是告诉人们在打理金钱时候应具备的品质。

花钱与幸福

如果有一天你能管理好你的欲望，即使金钱增长的速度不快，你的幸福感也会增加。

花钱的艺术是什么?因为有些人在挣钱的时候有是非,花钱的时候有不安,也惹是非,所以人的一生,特别是买卖人,当你挣到钱以后,花钱就变成一个更难的事情。所以,现在花钱的难度比挣钱还难。

花钱的艺术关键是要把三件事情协调好, 这对现在很多所谓首富十分重要。第一件事,就是要找到花钱与幸福之间的平衡。前一阵子国内有两个老板在上海不约而同买了两艘游艇,请我去参观。他们举行了一个聚会。66尺的游艇,十分豪华,不愧为海上的"豪宅"。还有一次我从海南回来,赶上美国湾流公司来推广,让我们坐那架飞机回来。"湾流"就是空中的劳斯莱斯,现在我知道国内有两个朋友订了。这种奢侈消费很多,层出不穷,但到底怎样花钱才能找到更多的幸福感却是一个大问题。很多时候,花钱跟幸福并不成正比,并不是说经济越发达,花钱越多,你的幸福指数就越高;全世界幸福指数最高的是一个海湾国家,不是欧洲,不是美国,也不是亚洲。

那么幸福是什么呢? 幸福就是自由、快乐、健康、满足感、成就感、被人尊敬等。如果你花钱买一架飞机,却没有安全感,这等于花钱却没有幸福。

花钱的艺术就在于你花了钱能否增加自由, 增加快乐, 增加安全感,增加一种个人自我实现的感觉。所以在花钱与幸福之间要找到一个点,既把钱花出去了,又备受尊重,就会很满足、很有幸福感。比尔·盖茨很懂得花钱的艺术,他把几百亿美元捐出去,而且他生活并不奢侈。

王石把他所有工资以外的收入都捐掉了,比如捐给登山协会,推动了中国的登山活动,带动了很多人参与这项运动,得到了户外运动各方人士的尊重。

第二个花钱的艺术就是要管理好欲望,解决好金钱跟欲望的平衡。比如我想吃肉,没肉我就去买,通过满足欲望的手段和资源扩张后取得一种幸福感;我买到肉了,吃了,我就幸福。但为什么全世界沿着这条路走的人最终都解决不了幸福的问题呢?原因就在于欲望永远比满足欲望的手段跑得快,而且欲望是永远满足不完的。例如,当肉还没买回来的时候,你又想喝酒了;等到酒拿来了你又觉得酒不好,要喝洋酒;洋酒来了你又觉得环境不好,得换个好环境来喝。所以说金钱永远赶不上欲望的脚步,人类在世界上之所以有很多烦恼,就是这么造成的。因此要想使自己的金钱能够买到幸福,就要在花钱的艺术上把握好,实际上就是要驾驭金钱增长的速度,同时管理好你的欲望。

那么怎样管理好欲望呢? 可以采取一个办法,不管财富积累,而是要你欲望的增长速度慢一点,或者让你欲望的结构发生变化,让你的欲望增长的方向发生变化。比如让你去关爱别人,把这个欲望增长,而把吃肉的欲望减少。所以,你不必让你的财富奔跑,而应该让你的欲望停下来。如果有一天你能管理好你的欲望,即使金钱增长的速度不快,你的幸福感也会增加。

第三个花钱的艺术就是必须在私利和公益之间找到平衡。美国有三大基金会——洛克菲勒、卡耐基和福特,奠定了美国社会富人财富使用的一个方法。这是我觉得我们要特别关注的,中国社会目前出现的问题,很多人都质疑是社会差异、财富两极分化造成的,但怎么解决? 我不赞成用剥夺富人的办法来解决,而希望像卡耐基讲的"财富的福音",既能保持生产领域里的效力,又能解决社会当中的不和谐和社会差别造成的矛盾。现在巴菲特、盖茨沿着卡耐基等先辈指出的这条理性的道路在走，这是一条最有希望的道路。

 冯　仑

财商悟语

　　并不是花的钱越多，我们买到的幸福就越多。不管我们用金钱买来物质的东西，还是用金钱去做慈善事业，只要能让我们感觉到自由、快乐、健康、满足感、成就感、被人尊敬，这钱花得就值。但我们一定要学会控制对钱和物质的欲望，因为这种欲望越大，也就越难以感受到幸福。

（采　露）

花 钱 的 事

在我看来，钱的最大用处是买心安。

　　据说，我家祖上若干代都是地主，典型的乡下土财主，其愚昧、吝啬全都跟我写过的我的那位太姥爷差不多：一辈子守望着他的地，盼望年年都能收获很多粮食，很多粮食卖出很多钱，很多钱再买下很多地，很多地里再长出很多粮食……如此循环再循环，到底为了什么他不问。而他自己呢，最风光的时候，也不过是一个坐在自己的土地中央的邋里邋遢的瘦老头儿。

据说，一代代瘦或不瘦的老头儿们，都还严格继承着另一项传统：不单要把粮食变成土地，还要变成金子和银子埋进地里，意图是留给子孙后代，为此宁可自己省吃俭用。

但随着时代变迁，那些漂亮的贵金属最终也不知都让谁给挖了去，反正我是没见过。我的父辈们，也因此得到了一个坏出身。

在我看来，钱的最大用处是买心安。必须花时，不必吝啬，无须它们骚扰时，就让它们都到隔壁的银行里去闹吧，你心安理得地干些你想干的事、做些你想做的梦，偶尔想起它们，知其"招之即来，来之能用"，便又多了一份气定神闲。

我肯定是有点儿老了。不过陈村兄教导我说："年轻算个什么鸟儿，谁没有年轻过呢？"听说最时髦的消费观是：不仅要花现有的钱，还要花将挣的钱，以及花将来未必就能挣到的钱，还说这叫超前消费，算是一种大智大勇。依老朽之见，除非你不怕被人当成无赖——到死也还不完贷款，谁还能把我咋样？否则可真是辛苦。守财者是奴，还贷款的就一定不是？我见过后一种奴——人称"按揭综合征"，为住一所大宅，月以继月地省吃俭用不说，连自由和快乐都抵押进去；日出而作，日落而不敢息，夜深人静屈指一算，此心情结束之日便是此生命耗尽之时。这算不算是住在了桥上？抑或是在桥下，桥墩似的扛起着桥面？但明智之士还是说我傻："扛着咋啦？人家倒是住了一辈子好房子！你呢，倘若到死还有钱躺在银行里，哥们儿，你冤不冤？"这倒像是致命一击。不过此题还有一解：倘若到死都还有钱躺在银行里，岂不是说我一生都很富足，从没为钱着急过吗？尤其是当钱在银行里饱受沉浮之苦时，我却享受着不以物喜、不为钱忧的轻松，想想都觉得快慰，何奴之是？

我还是相信庄子的一句话：乘物以游心。器物之妙终归是要落实于心的。什么是奴？一切违心之劳，皆属奴为。当然，活于斯世而彻底不付出奴般的辛苦，先是不可能，后是不应该——凭啥别人造物，单供你去游心呢？但是，若把做奴之得，继续打造成一副枷锁，一辈子可真就要以桥为居了。

史铁生

以前的守财奴拼命挣钱，舍不得花，现在的"按揭综合征"呢？不但花没挣到的钱，还花将来挣不到的钱。这两种人，都是很辛苦，其实跟穷人没有什么区别，都不能真正地享受到钱的好处，他们都是"奴"。我们不能成为钱的奴隶，而是要让钱为我们服务。处理好这两者的关系，才是一个真正会花钱的人。

（采　露）

借　　　钱

每当他们把钱还回来时，我便有金钱与朋友一起失而复得的感觉。

　　台湾名作家刘墉某日到一位教授家拜访，适逢教授的一位朋友去还钱。那人走了之后，教授就拿着钱感叹说："失而复得的钱，失而复得的朋友。"

　　刘墉听了，不解地问后一句话的意思。

　　教授说："我把钱借给朋友，从来不指望他们还。因为我想，如果他没钱而不想还，一定不好意思来；如果他有钱而想赖账，也一定不好意思再来，那么我吃亏也就一次，等于花点钱，认清了一个坏朋友。谈到朋友借钱，只要数目不太大，我总是会答应的，因为朋友应该有通财之谊。至于借出去之后，我从不去催讨，因为这难免伤了和气。因此每当我把钱借出去时,总有既借出去钱又借出去朋友的感觉;而每当他们把钱还回来时,我便有金钱与朋友一起失而复得的感觉。"

财商悟语

借出去的不是钱,是情义。如果向朋友借了钱,就不要让朋友为难,朋友愿意把钱借给我们,是对我们的信任,也是借给我们情义,一定要及时还给人家。如果不还,就没有下次了,人家也不把我们当朋友看了。借了钱是否及时偿还,这也反映了一个人的人品和素质问题。

(采 露)

零花钱与"财商"

金钱就是一种观念,你想让它成为什么东西,它就成为什么东西。

在传统教育中,我们几乎不和孩子谈钱的话题。但回避钱,不等于他们长大成人后也能一路回避下去,这就是继智商、情商之后出现的又一个问题:财商。

有人说,财商教育就是能够帮助你把职业工作中挣到的钱变成永久财富并实现财务安全的教育。而作为一个孩子,应该接受的金钱观念绝不仅仅是"注意节约"之类的空洞说教。在一本新书《富孩子·聪明孩子》里,那位著名的"富爸爸"说:"金钱就是一种观念,你想让它成为什么东西,它就成为什么东西。如果你说:'我可付不起。'那么你将永远付不起。"富爸爸还说:"有一天你会成为富人,那时,我想让你意识到一旦你获得金钱,你将拥有力量和责任,你不要用你的财富使人们变成金钱的奴隶,而是要帮助人们成为金钱的主人。"其实这些话已不仅仅是在教人如何投资理财,因为自信和勇气是人人都应具备的品质。看来,无论是大道理还是小道理,给孩子一定数量的零花钱,有目的地让孩子去花钱是必要的,这样会有利于孩子身心健康。这主要在于:1.可培养孩子的自理能力和独立生活的能力。当有一定数量的钱掌握在孩子手中时,他必然要考虑该将这有限的钱用于何处,怎么个用法。2.可提高孩子的运算能力。在使用零花钱时,孩子必然进行计算并考虑积累,其运算能力因此得到锻炼。3.可了解社会分工和人际关系,对劳动创造财富获得感性认识,从而提高对整个社会的认识,如儿童在花钱时能得知买学习参考书要去书店,而买玩具可到商场、超市、小玩具店等。4.养成珍惜和爱护财物用品的习惯。因为认识到各种物品是用钱买来的,而钱又是父母用血汗挣来的,了解了这一循环过程,他们会更加珍惜、爱护财务用品。5.反之,如不给孩子一定数量的零花钱买必需物品,且以"爸妈没钱","我们家比不了别人家"之类的推脱之词拒绝孩子,势必在孩子幼小的心灵中产生一种危机感、自卑感,严重的还会打破孩子心理平衡,使孩子悲观失望,不利于孩子的身心健康。

可怎样给孩子零花钱呢?是不是给孩子的钱越多越好呢?当然不是。这里我想说说"富爸爸的'吝啬'"这个故事:

美国弗吉尼亚州的科鲁奇,拥有财富 81 亿美元,曾经位列世界十大富豪之九,可谓腰缠万贯。然而他在给子女的零花钱上却约法三章,给每个未成年的孩子发一个小账本,要求他们清楚地记下每笔钱的用途;每逢领钱时再交给大人们审查;如果账钱两清,且用途正当,领钱时就增发一定数量的零花钱,反之,则毫不留情地减发。小小的记账本,使科鲁奇家族的子孙们从小就学会了精打细算和当家理财的本领。

当前有不少年轻人有他们理所当然得到钱这个观念,认为父母给钱天经地义。针对这种情况,家长给孩子零花钱时必须注意方式方法。

前几天,我看到一位朋友给了他的孩子 100 元钱,孩子接过来,放进口袋中,转过身,什么也没说就走了出去,我的朋友随便问道:"你不想说些什么吗? 难道你连句'谢谢'都不说?"

这个 16 岁的男孩转过身说道:"谢你什么? 这是我应得的,而且学校里的其他孩子比我拿得还多。但是,如果你想让我说'谢谢',我会说的。谢谢你。"这个男孩把钱往口袋里又塞了塞,走出房门。

这是今天许多年轻人都有的"理所当然"心理的典型例子。不幸的是,我看到这一切发生得太频繁了。莎郎·莱希特称之为:"父母已成了孩子们的自动取款机。"孩子们会把零花钱看成是"理所当然",还是会把零花钱视作完成一项协商好的任务或履行了一项职责后得到的一笔津贴? 我想很重要的一点是父母不应该培养孩子认为每周他们都理所当然地得到一定数额的零花钱的思想。请比较以下两种情况的不同之处,并认真考虑给孩子零花钱的目的与方式:

"孩子,你已经 12 岁了,应该给你一些零花钱了,以后每周五我都会给你 50 元钱的零花钱,你愿意怎样花就怎样花。"

"孩子,每天晚上你做作业,并参加各种学习活动,我们都认为你很努力,我们愿意鼓励你参加这些活动。你这么积极地参加各项活动,以后每星期你都会收到 50 元的零花钱。"

究竟哪种方式更好,相信读者朋友都能够明白。

杭荣珍

财商悟语

了解赚钱、用钱的整个流程,是很重要的。了解它,并按照规律去完成这一流程,其实也就懂得了我们在社会上所需要承担的一切。赚钱,让我们知道如何用劳动去换取财富;消费,则让我们领悟的更多:金钱的价值、运算的能力以及如何独立生活。 (黄 磊)

奥克斯的小气

看着她把螺丝钉归入专门的盛具，萨瓦斯先生很感意外，没想到费这么大劲儿只是为了找两个螺丝钉。

　　阿根廷客商萨瓦斯先生在实地走访了国内几家知名空调企业后，把一份价值 500 万美元的订单下达给了奥克斯空调公司。这个数值，约占到萨瓦斯此番在华空调采购总量的 4/5。其在奥克斯逗留期间发生的一段故事，或许对此事有推动作用。

　　那次，有 5 家空调企业被列入该海外采购团的考察行程表——都是先前已有了初步意向，只等最后定夺——外商一行 3 人进入厂区后，照例是参观展厅、听企业介绍，然后考察生产现场。在车间一圈儿走下来，正好到了员工下班去吃午饭的时间。萨瓦斯先生游移的目光，忽然被一名普通的流水线操作工吸引住了。因为，那人的动作有点儿"怪"：单腿跪在地上，弯着身子，用一把扫帚费力地从操作台底下向外拨拉着什么。

　　钱币？戒指？萨瓦斯先生不觉在她背后停住了脚步，饶有兴味地看她到底能找出什么宝贝来。

　　不一会儿，扫帚底下出现一枚小小的螺丝钉；过了一会儿，又是一枚。那位员工这才直起身子。看着她把螺丝钉归入专门的盛具，萨瓦斯先生感到很意外，没想到费这么大劲儿只是为了找两个螺丝钉。

　　既然已到中午，厂方准备了午餐。参观车间后一直若有所思的萨瓦

斯先生,随接待人员来到了员工餐厅。饭菜极简单,但很精美,两荤一素,装在不锈钢托盘上,外加一道汤。因为是贵宾,所以有两点搞了"特殊化":一是没像员工一样排队依序打饭,而是由陪同的空调公司老总吴方亮代劳了;二是没跟员工坐在一起,被请进了与外间隔一道玻璃的"干部交谈室"里——据说那是奥克斯经理人员利用午餐时间互相沟通交流、开小会的地方。在这里用餐的,还有该公司的几名外籍员工。

三天后,吴方亮就接到了萨瓦斯的确认电话。后者表示他已决定于次日飞赴宁波。不过这次不再是考察,而是专程到奥克斯签约!萨瓦斯说:"奥克斯的企业实力和产品优势,与其他几个同为中国顶尖品牌相比倒也并不突出,但一顿快餐、两枚螺丝钉的经历给我留下了极为深刻的印象。"

财商悟语

　　细节决定成败。一个企业能够在其他企业中脱颖而出,很大一部分靠的是自身具有的独特品质和创业精神。而作为学生,我们应该从现在开始,培养自己严谨、求实的精神,这样我们才能收获一个成功的人生。

(陈　牧)

世界巨富教子用钱

要想提高自己的财商，成为金钱的主人，就要既学会开源，又懂得节约和珍惜。

斯坦利先生是《财富》杂志评出的全美 500 家最大公司之一的总裁。他在培养孩子如何对待金钱和树立理财观念上，提出了一些独特的看法，值得我们参考和借鉴。

1.爱心加物质并不够。许多父母往往忽略的一点就是在子女独立生活之前，必须在投资理财和金钱观念上教他们一些东西，比如失业率上升，我手上的股票有什么反应等基本知识。如果没有一些必要的熏陶，子女走进这个充满风险和竞争的年代，就很容易被淘汰。

2.小节约等于大浪费。孩子，许多时候我都提醒你要厉行节约，但必须记住，不要为节约 1 美分的钱财而绞尽脑汁。这意味着你的理财观念已经钻了牛角尖，你应该用更多的时间去开源，而不是节流！细小的节约意味着巨大的浪费。

3.口头承诺不可信。在没见到钱之前，不要轻信任何口头承诺。在未确定对方信用程度之前，必须具备这样的观念。因为一旦对方失信，时间和金钱的耗费将使你苦不堪言。

4.旧的不去，新的不来。每个假期你希望痛痛快快地度假还是在家中修你的破单车？如果是我就绝对选择前者。愉快的休息和消遣总能带给人充沛的工作精力，当你将更多的时间和精力投入新一轮的工作,新单车就来了。同样,投资理财也须有这样的意识。

5.辛苦钱最值得珍惜。孩子,当爸爸还是大巴司机时,微薄的薪水仅够家里紧巴巴的开支。但你们是否觉得,那时买的巧克力特别香、糖特别甜、玩具更好玩,有没有感到钱的珍贵? 辛苦钱最值钱。

财商悟语

玩转钱有什么秘诀? 世界巨富斯坦利先生总结的五条独特的经验值得我们学习和借鉴。要想提高自己的财商,成为金钱的主人,就要既学会开源,又懂得节约和珍惜。　　　　　(刘 济)

扶你助我

犹太人"扶贫"的方式,委实令人钦佩。

全球 2600 万犹太人,虽然不是个个富甲一方,但是,至少你不会见到有流落街头、靠乞讨为生的犹太人。只要你是犹太人,哪怕身无分文来到异国他乡,只要当地有犹太人组织,只要找到他们,吃饭住宿等问题就会立刻得到解决。当然,犹太人组织不是永远提供慈善服务的机构。他们很快会找到一个愿意帮助落难者的犹太商人。这名商人怎么帮助自己的同胞呢? 他的方法很妙。假如他是一个鞋商,他会对落难的同胞说:"我这鞋店目前只在西边发展,这座城市的东面还没一家分店,你就到东面去开分店吧。我借钱给你去租店铺,货由我提供给你,等你卖掉了鞋,赚到了钱,再连本带利还给我。你站住脚了(这应该没问题,我会帮你站住脚),我就是你的长期供货商。"

这种帮助人的方法是高明的,犹太人将它作为一个传统,长期坚持不懈。这样,犹太人不但帮助了落难者自立,同时又扩张了自己的生意。正因为这种帮助人的模式对提供帮助者本身是有利的,因此,这种慈善行为能够长期延续下来。犹太人"扶贫"的方式,委实令人钦佩。

🌸 **魏信德**

财商悟语

"一只筷子能掰断,十只筷子抱成团",这就是团队的力量。在一个集体中,我们不能让一个人掉队,少了一个人就少了一分力量,何况人与人之间都是有联系的。我们帮助了别人,别人强大了,也会对我们有益。人生的道路上,我们应学会遵循这个道理。 (采 露)

为自己买单

我来到咖啡机前,发现不知道什么时候,上面的小贴示换了——您真的想喝一杯咖啡吗?请您为自己买单!

毕业于名牌大学艺术系的我,在一系列漫长艰辛的应聘中,击败了所有的对手,来到这所中国人少得被称做"外国人"的意大利独资装潢

设计公司，成为设计部的一名员工。

上班第一天，一个栗色长发的外籍女孩子很明媚地冲我微笑："嗨，我是 Marla。先来杯咖啡怎么样？"什么，"麻辣"？我看着她，忙不迭地打招呼："你好，我是阿楠。"她歪着头望着我，等待什么似的停顿了十几秒钟，见我没有更多的反应，转身走向格子间尽头的咖啡机。不一会儿，她端着一杯热腾腾的咖啡从我面前走过。奇怪，这位"麻辣"小姐不是问我要不要咖啡吗？

我好奇地走到咖啡机前，发现上面贴了一个说明——投入 10 美分硬币，您将品尝到纯正的蓝山咖啡。10 美分，还不足人民币一元钱。这个"麻辣"小姐不会为了区区一元钱而舍不得给我买一杯吧？

一个多小时后，Marla 又探过头："楠，想喝一杯咖啡吗？"我正忙着手头上的事，便头也没抬，随口应了声："好啊！"可 10 多分钟过去了，我发现这个意大利女子正津津有味地品尝咖啡，似乎完全忘记了她的问话。注意到我诧异的表情，她一扬眉毛："你真的要喝咖啡吗？"我这才恍然大悟，赶忙摸出一枚 10 美分的硬币递过去。一分钟之内，咖啡摆在了我面前。

有来无往非礼也。下班前，我也问"麻辣"小姐："Marla，要咖啡吗？"她递过来硬币："有劳！"我一边啜饮，一边注意到，这里每个人喝咖啡都是自己付费，虽然仅仅只有 10 美分，却没有一个人提出代付或者请客。

不久，在这奇怪得有些冷漠的环境中，我终于联系上了第一位客户。无奈他是一位从小在日本长大的先生，不会讲英文，而我的日文又太差，双方的沟通很成问题，我只好求助于其他人。设计部除了"麻辣"小姐，还有一位同事可以用日文进行对话。那位同事的手头已经有两个客户在谈，只好烦劳"麻辣"小姐了。"麻辣"小姐看了一下客户的情况，湖水色的眼睛眨也不眨，却非常认真地问我："楠，你想好了吗？"

我并没有意识到这就是将单子拱手让人。"麻辣"小姐开始事无巨细地进行前期沟通，我则忙着自己的事情，等待她将情况处理好之后，由我来进行进一步规划。当我开始忐忑不安的时候，客户的电话、传真和 E-mail 已经陆续转移到了"麻辣"小姐那里，而计算机里所有关于这个客户的数据，也都被"麻辣"小姐严密封锁。这可是我的第一笔单！我急了，忍不住吼："Marla，你怎么抢我的客户？""麻辣"小姐放下手中的报表，不慌不忙地说："楠，当初是你请我接手的，怎么称得上是抢呢？你的学识不足，没办法把握这个机会，请不要把责任推到别人身上。在这里买一杯咖啡都需要你亲自付费的。"

我把牙咬得咯咯响，却一句反驳的话也说不出来。的确，我的日文达不到接下那份单子的程度。坐享其成一杯咖啡都不可能，何况几十万元的客户订单。没有人会为你的人生买单。

半月之后，清扬房产的瞿总过来参观。清扬房产是设计部最大的客户之一，一旦和清扬签下它名下楼盘的设计以及装潢合同，全公司至少半年内衣食无忧。这个项目一直由"麻辣"小姐负责。临近签约的日子，对方还是放心不下，提出要过来看看。设计部严阵以待，负责全程陪同客户、解答疑问的"麻辣"小姐更是全副武装。

路过行政部的时候，一位中年男士的叫嚷声吸引了瞿总的目光。我一惊，正是我负责的客户刘先生。那是一笔不大的单子，他认为我为他作出的设计报价有水分，多了几千元。宾主尽欢之际，却突然发生这种事情，场面顿时陷入了尴尬的境地。

若是以前，我绝不会开口，挨过去再说。而这一次，当着重要客户的面，我站了出来，只要是我的错误，就不能等待和回避："刘先生，先请坐下，我和您一起再核算一下，可以吗？"花了大约 15 分钟的时间核算，瞿总一直站在旁边仔细观看。原来，是刘先生误加了一份工时费。找出问题的症结之后，刘先生显得有些不好意思，连连道歉说："我这笔小单子耽误你接待大客户了。"

我站起身，非常诚恳地对刘先生说："没关系，对我们公司来说，客户带来的效益可能有大小之分，但是在公司的眼里，每一位客户都是值得尊敬的。所以，就算有瞿总这样重要的客户在场，我们也不能停止为一位普通客户服务。而且，每分钱都应该算得明明白白，这既是对客户负责，也是对自己和公司负责。"

听到这里，瞿总紧锁的眉头舒展开了，微笑着对经理说："看来，我们是一定要合作的了！"

于是，当天下午双方就举行了签字仪式。

下班前，经理把我和"麻辣"小姐一起叫进了办公室，希望我们能合作完成这笔单子的设计任务："看到阿楠勇敢地承担起自己的责任，我相信你们一定能把这一仗赢得漂漂亮亮！"其实，我只是为自己的事情买单，却意外地得到了上司的赏识。

走出经理室，我来到咖啡机前，发现不知道什么时候，上面的小贴示换了——您真的想喝一杯咖啡吗？请您为自己买单！

吴 楠

财商悟语

我的责任我负责，我的收益我享受。在日常生活中，我们会经历很多事情，做每一件事，我们都要尽心尽力地去完成。同时，要敢于承担责任，更能为自己做错的事情承担责任。只有这样，才能有下一次成功和收获。

（海 星）

积沙成塔、水滴石穿、许下一个宏愿容易、年复一年毫不松懈地朝那个愿望努力、数年如一日去积累、去追求却是极其不易的。

读懂金钱的"语言"

詹森·斯维斯彭在19岁时创办"心想事成"网站,一举成名。有人惊叹:"难道他是下一个比尔·盖茨吗?"詹森的公司收益了上亿美元的资金,创造了一个"财富神话"。不久,股市风云突变,詹森公司的股票狂跌,公司被宣布破产,他又变成了一个身无分文的人。几经坎坷后,詹森说:"我终于明白了,金钱只认得金钱,它不会认得人。"

财商教育的本质是让我们读懂金钱的"语言",在一个个看似简单的故事中,寻找金钱运动的规律,看清财富运行的规则,用金钱去创造财富。

越用钱越有钱

钱本来就是要用的，必须让它动起来。钱生钱越快，来的钱就越多，致富就越快。

老婆是个节约的人，不太敢花钱，吃穿都拣便宜的来。平时上街，看到贵一点的东西，无论自己多么喜欢，都赶忙走开，怕花钱。而我，虽然工资不高，但对用钱从来不在乎，看到如意的就要买，还嘴馋，总想吃点好的。两人为这事经常意见不统一，闹点小矛盾。

一天，我急了，板着脸对她说："钱，钱，钱，难道钱少就不能用？钱用了还会再来，越是没钱，越用钱，那才叫境界。"

老婆则反唇相讥："这算什么，你要是能越用钱，口袋里越有钱，那才叫境界。"我哑口无言，但又不得不佩服老婆说得有理。老婆不经意之间道出了理财的最高境界——越用钱，越有钱。

怎样才能越用钱又越有钱呢？

我想，首先，一定得用钱。这自然是一句大白话，甚至是废话。但对于小部分惜财如命的人来说，还是有点现实意义的。老婆虽然算不上惜财如命，但怕用钱，这肯定有缺乏理财基因的因素在里面。要理财，一定要改掉这毛病，要敢用钱。钱只有用了，动起来了，才有可能活起来，并渐渐多起来。

我的老家在湖南农村，邻居中有一对地主的儿子，20世纪80年代落实政策时得到一笔补偿款。老大深知生活的艰难，而且过惯了俭朴的日子,于是把钱原封不动地存进了银行,从来也不取来用,为的就是以备不虞之需。别人无论怎样诱导他,向他借钱,他都不为所动,甚至由此得罪了很多亲朋好友。在现代这样一个有计划的通胀时代,他的钱无可挽回地贬了值,当初 5000 元,可以盖一栋红砖房;到了 90 年代末期,这笔钱连同利息及平时积累的血汗钱,用来盖一层楼房都不够。他七拼八凑盖了一层楼房之后,再也没有能力加盖第二层了。而小兄弟,用这笔钱开了个小卖部,两年后嫌小卖部来钱太慢,又跑到外面做冶金生意。几年下来,他成了当地的首富,恢复了当初他们家族的荣华。

这样的故事在农村不知道有多少,所诠释的道理也就一个:钱本来就是要用的,必须让它动起来。钱不动了就成了死钱,并最终失去价值,化为乌有。

当然,让钱动起来,肯定不是如我单纯的消费,到商场里买样衣服或电器什么的,或者,像贵小姐、阔太太那样拼命地购物,花了钱,口袋里的钱少了,心里才痛快。钱要越用越多,必须用在投资上,诸如买样衣服或电器,不是用来自己消费,而是搞转手经销。

以钱生钱,精明理财,莫如温州人。一个广为媒体所转述的炒楼"神话"是:温州人能以 10 万元身家起步,进入楼市炒楼,经过一年的倒腾,盘子能滚到 1 亿,真是匪夷所思。大致过程是:10 万元的首付买下价值 40 万元房子,再以此房为抵押从银行贷款 40 万元再买 4 套房子,接着以此 4 套房子为抵押贷款 160 万买下价值 640 万元的房子……一年下来,几经循环,钱就滚到了 1 亿。

我讲这个故事,当然不是鼓励人们去做投机生意,只是阐明一个道理:要越用钱越有钱,就得用钱生钱。鸡生蛋、蛋生鸡的故事让国人笑话了上千年,但这其实是万古不易的真理,只是人们的理解和执行有问题罢了。温州人的这个故事就让这大笑话变成了大神话。

这故事还证明:钱生钱越快,来的钱就越多,致富就越快。

在这一点上,很多人不理解,认为自己才那么一点钱,怎么去赚大

钱,成富翁呢?温州人的解决办法就是让钱的循环周期尽可能短一些,由于他循环得快,他的 10 万元能抵得上别人的 40 万,甚至 160 万。

曾经有个著名公司的老总,放言自己的 1 亿抵得上别人的 2 亿。他为什么这样牛?就是因为公司资金的周转周期短,别人的产品半年才卖出去,他们公司的产品一个季度就卖完了。他 1 亿一季度周转一次,而别人 2 亿半年才周转一次,相比之下占了很大优势。

在现代的商业竞争中,资金周转周期就是一门大学问,厂家拼命缩短销售渠道,拉近与消费者的距离,事实上也是争取销售的畅通和快捷,从而也缩小资金的周转周期。而我们平民老百姓,没有大公司的资金周转压力,但也没有大公司的资金实力,所以,要让钱来得快,来得多,就一定要记住:用钱要用得快。

只有这样,才可能越用钱越有钱。

李良政

财商悟语

温州人可以在一年内使自己的财富从 10 万增长到 1 亿,这就是投资与理财的智慧!假如也给你 10 万,你会做什么呢?随便花了,或存进银行,似乎都不是最好的选择;如果用来投资,说不定就会有更大的惊喜。要想越用钱越有钱,就要好好儿地培养一下我们的财商了,从小小的"压岁钱"做起,学习培养我们的财商。 (赵 航)

商人和小贩

这样的人,生活中还真不少,因为一时的贪婪,卖掉了本不该卖的东西,最后,却要花出多倍的代价来赎回。

有一位商人和一位卖烧饼的小贩同时被洪水困在一个野外的山冈上。

洪水不知道什么时候才能退去。过了两天,商人身上所带的食物都吃光了,他饿得受不了了;而小贩手里还有一大袋烧饼。

于是,商人提出一个建议,要用 10 块钱买烧饼贩子的一个烧饼。到哪里还能有这么便宜的事情?但烧饼贩子却不同意。他认为发财的机会到了,就提出要买下他所有的烧饼才行。商人同意了。

又过了一天,洪水还是没有退下去。商人吃着从烧饼贩子手里买来的烧饼,而烧饼贩子则饿得饥肠辘辘。最后他实在忍不住了,希望从商人那里买回一点烧饼。商人答应了,但告诉小贩,他得出 50 元钱才能买到一个,小贩只好硬着头皮答应了。

又过了好几天,洪水终于退去了,烧饼也都全部吃光了。商人不只从小贩那里收回了他买烧饼的钱,反而白白多得了好几百元。

财商悟语

生活中的许多事情都像文中那样,往往因为一时的贪婪而损失更多。所以在追求财富的过程中,切不可贪得无厌,否则你就会像这个小贩一样一无所得。

(赵 航)

樵夫的"财商"

生活中，我们常常会自以为是或妄自菲薄，面对一个简单的道理时，却往往犯迷糊。

樵夫和学者同乘一小舟。无聊之中，学者提议做猜谜游戏，并约定，学者输了，付给樵夫 10 块钱，反之则由樵夫付给学者 5 块钱。樵夫略加思考问："什么东西在水里重 1000 斤而在岸上仅 10 斤？"学者苦思不得其解，遂付樵夫 10 块钱，转问对方谜底为何，樵夫答："我也不知道。"并找还学者 5 块钱，学者愕然。

长久以来，人们总以为，只要自己拥有了较高的智商，便可在商场扬鞭立马，无往不胜，其结果往往却是几多征战，几多愁。原因何在？他们缺乏的是克敌制胜的关键因素——财商。要想在市场竞争日益激烈的今天脱颖而出，不仅要靠丰富的知识、敏锐的判断力，对待金钱的态度也非常重要。从某种角度说，人们用怎样的心态和情感去发掘财富是成功与否的关键。

还是开头那则故事。樵夫也许胸无点墨，学者也许满腹经纶，但这并不能成为衡量其心智的砝码。樵夫敢于跟学者比智力，出道子虚乌有的偏题，迷惑学者，考倒对手，足见其智商也不低。先搅混目标利润，再欲擒故纵，一进一出中，净赚 5 块钱，其财商更是不同凡响。

生活中，我们常常会自以为是或妄自菲薄，面对一个简单的道理时，却往往犯迷糊。许多时候，我们这些坐在写字楼里号称调节社会财富的人,其"财商"恐怕还不如砍柴的樵夫。反之,理论知识并不丰富的大款、老板在我们身边比比皆是。

思 言

财商悟语

要想取得财富路上的成功,就要有一定的财富意识,而这需要我们虚心地向别人学习、请教,因为每个人都有自己的特长。这在学习中也用样适用。我们在学习和生活中,不能轻视他人,要学会重视、学习他人的长处。

（黄 磊）

富豪只借一美元

有头脑又有金钱的人是幸运的,因为他们能用头脑支配金钱。

一位富豪走进一家银行,来到贷款部,举止得体地坐下来。

"先生,您有什么事需要我们服务吗？"贷款部经理一边打量着来者,一边热情地问道。

"我想借点钱！"富豪回答。

"可以。您想借多少呢？"

"一美元。"

"一美元？只借一美元？"贷款部经理惊诧地看着他。

"是的，我只需要借一美元。可以吗？"

"当然。只要有担保，借多少都是可以的。"经理彬彬有礼地说。

"好吧。"那人从皮包里取出一沓股票、债券放在桌上，"这些票据做担保可以吗？"

经理清点之后说："先生，总共 50 万美元，做担保足够了。不过……先生，您真的只借一美元吗？"

"是的。"富豪不动声色地回答。

经理干脆地说："好，请办理手续吧。年息 6%，只要您付出 6% 的利息，一年后我们便把这 50 万美元的股票、债券都还给您。"

"谢谢！"富豪办完手续后，从容离去。

一直在一旁观望的银行行长怎么也不明白，一个拥有 50 万美元的人，怎么会跑到银行来借一美元呢？于是，他追了上去，大惑不解地问这位富豪："对不起，先生，我想问您一个问题。我实在弄不懂，您拥有 50 万美元的家当，为什么还要借一美元呢？"

"好吧，我可以把实情告诉你，我到这里来办事，需要一段时间，随身携带这些有价票据很不安全。我曾到过几家金库，想租他们的保险箱，但租金都很昂贵。我知道贵行的保安很好，所以就将这些票据以担保的形式寄存在贵行。况且借款利息很便宜，一年只要支付六美分……"

行长恍然大悟：有头脑又有金钱的人是幸运的，因为他们能用头脑支配金钱；而只有金钱没有头脑的人则是不幸的，因为他们的头脑被金钱所支配。

经商斗智，善谋者胜。

蒋光宇

财商悟语

> 这个富翁太聪明了，他把应该放在保险箱里的 50 万美元的股票和债券，通过担保的形式交给银行保管。如果租借保险箱，他要花费昂贵的租金；而如果将其作为担保，只需要付出 6 美分的利息。很多事情，如果换一种方法来解决，你会发现可以收到意想不到的效果。
>
> （赵　航）

老外买柿子

生活在当今这个世界，光会种"柿子"，只知道"柿子"值钱那是远远不够的啊！

美国的一个摄制组，想拍一部中国农民生活的纪录片。他们来到中国某地农村，找到一位柿农，说要买他 1000 个柿子，请他把这些柿子从树上摘下来，并演示一下贮存的过程，谈好的价钱是 1000 个柿子给 160 元人民币，折合 20 美元。

这位柿农很高兴地同意了。于是他找来一个帮手，一人爬到柿子树上，用绑有弯钩的长竿，看准长得好的柿子用劲一拧，柿子就掉下来。下面的一个人就从草丛里把柿子找出来，捡到一个竹筐里。柿子不断地掉下来，滚得到处都是；下面的人则手脚飞快地把它们不断地捡到竹筐里，同时还不忘高声大嗓地和树上的人拉着家常。在一边的美国人觉得这很有趣，自然全都拍了下来；接着又拍了他们贮存柿子的过程。

美国人付了钱就准备离开，那位收了钱的柿农却一把拉住他们，说你们怎么不把买的柿子带走呢。美国人说不好带，也不需要带，他们买这些柿子的目的已经达到了，这些柿子还是请他自己留着。

天底下哪有这样便宜的事情呢？那位柿农心里想。于是他很生气地说："我的柿子很棒呢，质量好得很，你们没理由瞧不起它们。"美国人耸耸肩，摊开双手笑了。他们就让翻译耐心地跟柿农解释，说他们丝毫没有瞧不起他这些柿子的意思。

翻译解释了半天，柿农才似懂非懂地点点头，同意让他们走。但他却在背后摇摇头感叹说："没想到世界上还有这样的傻瓜！"

那位柿农不知道，他的1000个柿子虽然原地没动就卖了20美元，但那几位美国人拍的他们采摘和贮存柿子的纪录片，拿到美国去却可以卖更多更多的钱。

那位柿农不知道，在那几个美国人眼里，他的柿子并不值钱，值钱的是他们那种独特有趣的采摘、贮存柿子的生产方式。

那位柿农不知道，一个柿子在市场上只能卖一次，但如果将柿子制成"信息产品"，一个柿子就可以卖一千次一万次甚至千千万万次。

那位柿农很地道，很质朴，很可爱，但他在似懂非懂的情况下就断定别人是傻瓜，他的可爱也就大打折扣了。

这样的"柿农"，乡村里有，城市里也有。生活在当今这个世界，光会种"柿子"，只知道"柿子"值钱那是远远不够的啊！

子　荣

财商悟语

　　财商就是一种财富智慧，用头脑来赚钱。学会换一种思维换一个方式，我们会收获更大的财富。　　　　　　　　（赵　航）

价 值

刚才被烧掉的邮票全世界只剩两张，一张 500 万美元，可是现在只剩这一张了，你们说，这张价值多少？

在英国的一个拍卖会上，最后要拍卖的是一张很古老、很值钱的邮票，全世界只有两张。经过一番激烈角逐，富商洛克中标。

洛克走上前台，高高举起那张价值连城的邮票，得意扬扬地向台下的观众展示，大家既羡慕，又忌妒。这时洛克拿出一个漂亮的打火机，当着众人的面把邮票给烧了。全场哗然，大家指责他说："这是价值 500 万美元的邮票，怎么说烧就烧呢？如果你嫌钱多，干脆捐给我们好了……"

洛克笑而不语，他的助理从一个金色的盒子里拿出一张一模一样的邮票，洛克接过来说："各位请看，刚才被烧掉的邮票全世界只剩两张，一张 500 万美元，可是现在只剩这一张了，你们说，这张价值多少？"

文 彦

财商悟语

洛克先生真是一个另类的天才。他灵机一动，就把稀世珍品变成了绝无仅有的"孤品"，身价当然更加不同凡响了。对于身边的某些东西，我们是不是可以动动脑筋，让它身价倍增？当然，我们应该采取积极的创造性的方法，而不是破坏性的手段。

（陶 然）

成功就是成为最小的笨蛋

整场博弈中的最大赢家,实际上不过是损失最小的那个笨蛋而已。

一位推销员从总公司被派到欧洲分公司,他报到的时候,带来了公司 CEO 写给分公司总经理的一张字条:"此人才华出众,但是嗜赌如命,如你能令他戒赌,他会成为一名百里挑一的出色推销员。"

总经理看完纸条,马上把这位推销员叫到自己的办公室:"听说你很喜欢赌,这次你想赌什么?"

推销员回答:"什么都赌,比如,我敢说你左边的屁股上有一颗胎痣,假如没有,我输你 500 美元。"

这位总经理一听大叫道:"好。你把钱拿出来!"

接着,他十分利索地脱掉裤子,让那位推销员仔细检查了一遍,证明并无胎痣,然后把推销员的钱收了起来。事后,他拨通了 CEO 的电话,扬扬得意地告诉他说:"你知道吗?那位推销员被我整治了一下。"

"怎么回事?"于是总经理把事情的经过讲了一遍。CEO 叹了口气回答说:"他出发到你那里之前,同我赌 1000 美金,说在见到你的 5 分钟之内,一定能让你把屁股给他看。"

停了一会儿,CEO 又说:"不过,我和董事长打赌 5000 美元,说你会让这个推销员参观你的屁股。"

在这场环环相扣的博弈中,每个人都很聪明,但每个人又都是笨蛋,因为他们在把别人当做筹码的同时,又成为别人赌局中的一个筹码。但是笨蛋又有大小之分,整场博弈中的最大赢家,实际上不过是损失最小的那个笨蛋而已。

安 东

财商悟语

笨蛋也有大小之分,这是一个新鲜的概念。故事中每个人都有赚有赔,分别只是赚得多还是赔得多。从赚钱金额来说,CEO是最大的赢家;但从只赚不赔的角度来看,推销员是最小的笨蛋。我们所要学会的,就是成为"最小的笨蛋"。 (陶 然)

谁付啤酒账

当他喝完两杯啤酒之后,钱袋里的钱却 1 分也没有少,仍然有一个比索。

一条边界线把 A 镇分为两半,一边属墨西哥而另一边则属美国。尽管如此,小镇上的居民还是不受国别束缚自由往来。快乐的青年佛朗西斯科住在 A 镇的墨西哥一侧,他的唯一嗜好是喜爱杯中物,却经常囊中空空。为了一杯啤酒,佛朗西斯科整天在墨西哥和美国之间来回穿插寻找机会。终于,他发现了在墨西哥和美国之间存在着一种特殊的货币情况:在墨西哥,1 美元只值墨西哥货币的 90 分;而在美国,1 比索(1 墨西哥比索 =100 分)只值 90 美分。

一天，佛朗西斯科决定把他的发现付诸实践。他先走进一家墨西哥小酒吧，要了一杯价格为 10 墨西哥分的啤酒。喝完之后，他用 1 墨西哥比索付账而要求找补美元。接着，他怀揣找回的 1 美元（在墨西哥只值 90 墨西哥分）越过边境又进了一家美国酒吧。这次，他仍旧要了一杯价格为 10 美分的啤酒喝起来，然后，他用刚才在墨西哥小酒吧找回的 1 美元付账，根据他的要求又找回 1 个墨西哥比索（在美国只值 90 美分）。

现在，佛朗西斯科发现，当他喝完两杯啤酒之后，钱袋里的钱却 1 分也没有少，仍然有一个比索。于是，他继续不断地重复这一方法，整天在墨西哥和美国之间愉快地喝啤酒。

问题是，谁在真正支付佛朗西斯科的啤酒账？

财商悟语

这不是一道数学题，也不算一个智力题，而是一个启示。为什么别人都没有发现其中的奥秘，只有佛朗西斯科想到了呢？这就是财商。拥有了财商，你就可以品尝到"免费的啤酒"。　　（陶　然）

富翁的西瓜

要想成功，就要学会放弃，只有放弃眼前的小利，才能获得长远的大利益。

一个年轻人非常羡慕一位富翁取得的成就，于是他跑到富翁那里去询问他成功的诀窍。

富翁弄清楚了青年的来意之后，什么也没有说，只是转过身从厨房拿来一个大西瓜。青年有些疑惑不解，不知道富翁要做什么，他只是睁大眼睛看着，只见富翁把西瓜切成了大小不同的3块。

"如果每块西瓜代表一定的利益，你会如何选择呢？"富翁一边说一边把西瓜放在青年的面前。

"当然选择最大的一块！"青年毫不犹豫地回答。

富翁又笑了笑说："那好，请用吧！"

于是，富翁把最大的那块递给了青年，自己却吃了最小的一块。当青年还在津津有味地享用最大的那一块时，富翁已经吃完了最小的那一块。接着，富翁很得意地拿起了剩下的一块，还故意在年轻人眼前晃来晃去，然后，又大口大口地吃了起来。

其实，最小的那一块和最后的那一块加起来的分量比最大的那一块要大得多。青年马上就明白了富翁的意思：富翁开始吃的那块瓜虽然没有自己吃的那块大，可是最后却比自己吃得多；如果每块西瓜都代表一份利益，那么富翁赢得的利益自然要比自己的多。

吃完西瓜，富翁讲述了自己的成功经历，最后对青年语重心长地说："要想成功，就要学会放弃，只有放弃眼前的小利，才能获得长远的大利益，这就是我的成功之道。"

澜 涛

财商悟语

如果富翁选择那块最大的西瓜，那他将不可能得到第三块西瓜。我们在学习、生活中，也经常会遇到同样的难题，是先玩乐还是先学习？聪明人会选择先学习，表面上看，你放弃了眼前的玩乐，其实，等你将来学业有成之后，再尽情地玩乐也不迟。　　（曹 强）

无 用 之 用

这世上本没有天生无用、天生失败或者天生成功的人，关键是你处在什么位置，或者选择了什么样的道路。

美国有一个叫罗伯特的人，收集了7万多件"失败产品"，然后创办了一个"失败产品陈列室"，并一一配上了言简意赅的说明。由于这一展览给人以真实深切的警示，开展后观者如潮，给罗伯特带来了滚滚财源。

妙！展览"无用"的废品竟创造了成功！联想到一句西方的幽默：所谓垃圾，就是放错了地方的好东西。既然放错了地方，就不妨给它换个位置，谁找准了这个"地方"，谁就能让那些"垃圾"大放光彩！

有一位旅行者，走到了一个十分偏僻的地方。在那里他发现了一大片兰草。经仔细辨认后，他确定那是兰花中的珍品：佛兰。旅行者惊喜至极，决定把这些花带回城里出售。旅行者找到一户农户，想借一把锄头。当憨厚的男主人明白了旅行者的来意后，很爽快地把锄头递给他，只是提出一个要求：跟着他去看一看是怎样的一种花儿，竟让旅行者如此着迷。

看过之后，农民很失望："原来是这种自生自灭的小草，我们这里的人谁都不要，这草是没用的，我们曾割回去喂牛，可是它嗅也没嗅一下呢。"说完，农民遗憾地走了。几天以后，旅行者回到城里，带回去的几十株佛兰，很快使他成为富翁。

庄子说，人皆知有用之用，而莫知无用之用。其实，世上本没有绝对无用的东西或失败的事物，只是利用的方式不同罢了。同一种事物,在不同的人眼里,或者在不同的际遇里,往往会有不同的价值。

人生也是如此,这世上本没有天生无用、天生失败或者天生成功的人,关键是你处在什么位置,或者选择了什么样的道路。所以不要说自己一无所有,一无所能,只不过你就像那株佛兰一样,还没有被发现而已。那么,我们何不换一个角度看自己,试着走出去,充分展现自己的长处,在"平庸"中挖掘亮色,从"无用"中寻找价值呢。

因循守旧,只能让人的生命围于一种苟且的状态;创新求变,则会让人生焕发出耀眼的光芒。

📖 章剑和

财商悟语

把"垃圾"放在适合它的地方,"垃圾"也能给我们一个惊喜的回报。不因循守旧,敢于创新,积极去寻找放错地方的"垃圾",我们就能得到意想不到的收获。　　　　(赵　航)

利　润

把这一切都加起来,扣除那条工装裤和那双鞋,剩下的都是利润。

小镇上一位颇有钱的五金店老板把支票放在棕色大信封内,把钞票放在雪茄烟盒内,把到期的账单都插到票插上。

　　那个当会计师的儿子来探望他，说："爸爸，我实在搞不清你是怎么做买卖的，你根本无法晓得自己赚了多少钱。我替你搞一套现代化会计系统，好吗？"

　　"不必了，孩子，"老头说，"这一切，我心中有数。我爸爸是个农民，他去世时，我名下的东西只有一条工装裤和一双鞋。后来我离开农村，跑到城市，辛勤工作，终于开了这家五金店。今天我有——三个孩子，你哥哥当了律师，你姐姐当了编辑，你是个会计师。我和你妈妈住在一座很不错的房子里，还有两部汽车。我是这家五金店的老板，而且没欠人家一分钱。"

　　老头儿停顿了一下接着说："好了，说说我的会计方法吧——把这一切都加起来，扣除那条工装裤和那双鞋，剩下的都是利润。"

　　高国防／译

财商悟语

　　五金店老板生意做得不错，原因是他的财富心态非常好。在他看来，钱财固然重要，但更重要的是那些无形的财富：亲人、亲情，等等。正是这种积极的财富心态，使他摆脱贫穷，开办了自己的商店，并培养出了三个优秀的孩子。

　　　　　　　　　　　　　　　　　　　　（白文林）

第六辑

神奇的致富公式

　　台湾著名投资理财专家、财商培训师黄培源提出了一个"神奇的致富公式"：假定一位身无分文的年轻人，从25岁开始每年存下1.4万元，如此持续40年；如果他每年存下的钱都能够进行有效投资，并获得每年平均20%的投资收益率，那么40年后，他能累积多少财富？答案是1.0281亿！成为亿万富翁困难吗？关键是看我们的财商是否能够在投资理财领域得到发挥。

财商从哪里来

把自己也当做商品，想使自己成为最有价值的商品，就要不断地增加对你的"求"。投资不单是有形的金钱投资，更重要的是对大脑的投资。

我进入华尔街后的第一份工作是做投资风险管理软件。要做这份工作，必须对金融知识有所了解，所以，老板 Juan 几乎每天都抽空教我几招。他是哈佛企业管理的硕士、纽约大学的金融博士，每次和他聊天都有"与君一席话，胜读十年书"之感。

一天，Juan 对我说："你知道华尔街的大脑是什么吗？"见我疑惑的样子，他马上解释道，"华尔街的大脑就是犹太人。华尔街 80% 以上的投资产品，全是犹太人发明的，要论财商，谁都比不了他们。"

随后，他将我们部门的一个犹太人同事尤尼介绍给了我，让他帮助我尽快进入角色。尤尼对我非常友善，时常在午餐时间给我"上课"。第一次"上课"时，他给我讲了一个小故事，令我终身难忘！

话说有一个亿万富翁(犹太人)，全家要出去度假一周。在出去前，他去银行贷款 5000 美元。银行的业务员问他准备拿什么做抵押。他说他有一辆劳斯莱斯，不知行吗。"劳斯莱斯？当然行啦！"那个业务员脱口而出。于是，当场拍板成交。我算了一笔账：当时短期贷款的利率是每年 18%，5000 美元借一周只有不到 20 元钱的利息；而他们全家出游，如果将劳斯莱斯交给保险公司的话，至少要付 50 美元。他借 5000

美元,不就等于只花了 20 美元的保费吗?银行的车库比一般保险公司的车库还保险呢,好精明的犹太人!

尤尼的故事令我眼界大开,第二天,我便向他讨求犹太人成功的秘诀。尤尼大笑:"哪有什么秘诀呀!其实金融是再简单不过的了,只需要基本常识就可以分析了。"

他的话让我一头雾水,尤尼又补充说道:"实话告诉你,金融归根到底是一种供和求的关系。任何东西的价格都是由它们而定,供为分母,求为分子。你一定知道华尔街就是靠交易量而存在的。那怎样才能产生并增加交易量呢?华尔街的'供'是什么,是各种股票和债券。而人的本性是贪婪的,我们就是要设法将他们的贪婪转化为需求。"

他接着说道:"什么东西最有价值,是那些不可再生物,同时又是很难取代的东西。"

第三次的午餐,我准备好了几个问题,有备而来。刚坐定后,我就问道:"昨天你说了,最有价值的,就是那些不可再生的,而同时又是很难取代的。我想那就只有土地了,是吗?"

尤尼笑着反问道:"土地是不可再生的吗?你能确定吗?"

我回道:"那当然,土地肯定是不可能再生的!"

尤尼答道:"你不是从上海来的吗?上海边上有好几个岛,几百年前,也几乎都不存在,而且这些岛的面积至今依然在不断增长着。你是上海人都不知道?"

我脸一红,原先想好的几个问题都缩了回去,只能听着尤尼继续说下去:"不过,土地的确很难被取代。但是,不是所有的土地都是有价值的,依然是供求关系来决定的。"

听到这儿,我忙问道:"我看了几篇文章,都说买股票的风险很大,股票是摸不着看不见的东西,而房子是实打实看得见的东西,特别是位置好的地段,比较踏实一些。你看呢?"

尤尼清了清嗓子,慢慢说道:"日本的经济在 70 年代开始腾飞,那儿的房价也随之上升,房价和股市同步一日三蹿。结果呢,90 年代初开始崩盘，不到两年，很多地方便跌回到70年代初。记住，没有一棵树能够永远朝上长。"

我打断了他一下："那我们怎么来判断房价是否贵了呢？"

他笑道："看一个地区的房价有没有泡沫，首先可以看房价和收入之比，也就是当地的平均房价和当地居民的平均收入之比，参考位置地点，一般在5以内属于合理，而超过6就离谱了。还有一个房价与租金之比更为准确，一般在10到15之间属于合理范围。注意一下香港，我有个朋友在那儿，他租了一套市价为500万港币的房子，每年只付不到15万，房价与租金之比超过30了，我看那儿的房价是极其被高估了！"

尤尼的话是对的，投资房地产不见得都赚钱。他的话后来在香港、泰国、马来西亚等地都得到了应验。这充分证明了没有一棵树能够永远朝上长那句话。直到尤尼离开公司的时候，我才知道，他原来是哈佛的一个著名教授，曾是Juan的老师，前些日子只是客串过来做一个项目。临别之时，他对我说："几千年来，犹太人遭受了无数次的劫难，我们为何能一次次地站起来呢？因为我们真正的财富在脑子里，那是抢不去夺不走的。"他微笑地看着我，停顿了一下又说道，"当今社会什么都是商品，你要把自己也当做商品，想使自己成为最有价值的商品，就要不断地增加对你的'求'。投资不单是有形的金钱投资，更重要的是对大脑的投资。这也就是我还要回去做教授的原因。我要是留在华尔街，就只有一个尤尼，而回到哈佛后，我能培养出一百个、一千个尤尼来。"

陈思进

财商悟语

人不是天生什么都知道、什么都会做，都要经过学习和实践才行。同样，人的财商也是在学习和实践中得来的。只要我们虚心地向书本学习，向老师学习，向懂得这方面知识的人学习，就会学到我们需要的知识，迅速提高我们的财商。 （孟　翼）

你为什么是穷人

很多穷人都有过梦想，甚至有过机遇，也有过行动，但最终没能坚持到底。

有个人很穷，一位富人很可怜他，想帮他致富。富人送给他一头牛，嘱咐他好好开荒，春天撒下种子，秋天就可以脱离贫穷。

穷人满怀希望开始奋斗。可是没过几天，牛要吃草，人要吃饭，日子比过去还艰难。于是他想，不如把牛卖了买几只羊，先杀一只吃，剩下的可以生小羊，小羊长大了可以卖更多的钱。

穷人的计划如愿以偿。只是吃了一只羊之后，小羊迟迟没有生下来，日子又艰难了，忍不住又吃了一只。穷人想，这样下去不得了，不如把羊卖了买些鸡，鸡生蛋的速度要快一些，日子应该能够好转。

穷人按计划买了几只鸡回来，但是日子并没有改变，反而更艰难了，于是又忍不住杀鸡。终于杀到只剩下一只鸡时，穷人的理想彻底破灭了，心想，致富是无望了，不如把鸡卖了，打壶酒，一醉解千愁。

春天来了，富人兴致勃勃地送来种子，发现穷人醉卧在地上，房子里依然一贫如洗。富人转身走了，穷人继续贫穷。

很多穷人都有过梦想，甚至有过机遇，也有过行动，但最终没能坚持到底。据一个投资家说，他成功的秘诀是：没钱时，即使再困难，也不动用投资和积蓄，压力会使你找到赚钱的新方法。

古 古

　　有恒心者事竟成。在龟兔赛跑的故事中,虽然兔子具备成功的条件,但就是因为没有恒心,而输给了乌龟。在我们奋斗的过程中,目标既然确定,就该勇往直前,不要见异思迁,要有不达目的誓不罢休的决心,才能成就大业。

（赵　航）

神奇的致富公式

理财观的改变彻底扭转了基金的命运,到 1993 年,诺贝尔基金的总资产已增长到 2.7 亿美元。

　　黄培源是台湾著名的投资理财专家,他多次提到一个创造亿万富翁的神奇公式。假定一位身无分文的年轻人,从现在开始能够每年存下 1.4 万元,如此持续 40 年;如果他每年存下的钱都投资到股票和地产上,并获得每年平均 20% 的投资收益率,那么 40 年以后,他能积累多少财富?

　　一般人猜的金额,多落在 200 万到 800 万之间,最多的也不超过 1000 万。然而依照财务学计算复利的公式,正确的答案应该是:1.0281 亿,一个众人不敢想象的数字。

　　那个神奇的公式表明,一个 25 岁的上班族,如果依照这种方式投资,到 65 岁退休时,就能成为亿万富翁。黄培源认为,将钱存入银行,短期是最安全的,长期却是最危险的理财方式。因为这种方式的年收益率太低,不适合作为长期投资工具。他以诺贝尔奖为例,诺贝尔基金会成立于 1896 年,由诺贝尔捐献 980 万美元。随着每年奖金的发放与基金运作的开销,50 多年后到 1953 年,该基金的资产只剩下 330 万美元。眼见基金消耗殆尽,基金管理者及时觉醒,将基金由银行转移到股票和房地产上。理财观的改变彻底扭转了基金的命运,到 1993 年,诺贝尔基金的总资产已增长到 2.7 亿美元。

财商悟语

想通过储蓄来成为富翁,是不太可能的,就好像把种子只放在仓库里而想得到丰收一样。要丰收,必须把种子播种到地里去,让种子活起来,才会长出很多粮食来。同样,把有限的钱储蓄起来,不用在投资上,使钱再生钱,那结果将永远与富翁无缘。

(刘海伟)

简单者更幸运

现在我来思量以前的那么多的考虑,当时并没有错。但一放到目前的情境中,就成了一种错误。

5 年前,他买下了靠江的一套房,花了 10 万元钱。我知道后,连连嗟叹,说这地方的房子哪值那么多钱。

他大惑不解。我说："这地方现在没有开发，出行也不方便，配套设施也几乎没有，10万元都可以买城区的商品房了。"

他听后就有些懊丧。

我知道，他为人十分简单，许多问题都不会多加考虑。他到那家房地产公司去退房，但对方要收1万多元的违约金。他思前想后，还是没退。后来，他每次遇上我，总是说："哎，要是早听你的就好了。"

而事实正如我判断的那样，因为那个地段没有纳入城市规划的范围，给他的居家生活带来了许多不便。最让他烦心的就是孩子的上学问题。傍晚又得提前从单位下班，接孩子回家。遇上雨天，那地段满路是泥水，需要穿着长雨靴才能走过。

相对于他来说，我是一个凡事都深思熟虑的人，我不会轻易做出一个重大决定。譬如买房，我前前后后与房主谈判了将近6个月，最后房主都不愿意理我了，我才决定把那房买下来。

3年前，他又遭遇另外一个重要问题。他的单位形势不妙，而有一家单位正在招聘技术人员。他让我给他出出主意，我认为那家单位是私企，经营规模不大，前途并不光明；而在原单位，有人际关系可以依托，而且单位形势不妙是阶段性的。

他若有所悟。

但令我意料不到的是，他却辞职去了那家私企。后来他向我解释，他说那家私企开出了两倍于原单位的工资。

我还是认为他行事太简单，我认为他将来必会后悔。

5年后，我发现自己错了。他买的那套房成为江景房，可卖60多万元了。他原来的单位去年也改制了，成为私人企业，不久因为经营不善而破产；而他在那家私企已是部门主管了。

现在我来思量以前的那么多的考虑，当时并没有错。但一放到目前的情境中，就成了一种错误。

流　沙

财商悟语

生活需要我们有一颗善于思考的头脑，但思考不是顾虑重重、畏首畏尾，那样反而做不好任何事情。因为许多事情的成败和时间相关，等你考虑好后，往往错过了时间，考虑再好又有何用？把复杂事情简单处理的人，往往赢得了时间，也赢得了成功。

（海　星）

负债人生

戈苏塔不怕负债的勇气来自于他的胆量、智慧和眼光。

美国可口可乐公司的前任董事长伍德拉是位极保守的金融家。他一生最厌恶负债，经济大萧条前夕，他刚好还清公司的全部贷款。一次，公司里一位主管财务的负责人要以 9.75% 的利息去借 1 亿资金兴建新建筑，伍德拉马上说："撤了他，可口可乐永远不借钱！"他的谨慎策略使可口可乐在经济大萧条中免受灭顶之灾，但也因此产生副作用，使可口可乐公司长期得不到发展，不能进入美国特大公司之林。

后来，戈苏塔担任了公司董事长的职务，一改前任的作风，看准方向，大举借款。他接手时，可口可乐公司资本中不到 2% 是长期债务，从那以后，戈苏塔把长期债务猛增到资本的 18%，这种举动使同行们大惊失色。戈苏塔用这些资本来改造可口可乐公司的瓶装设备，并大胆投资于哥伦比亚影片公司。他说："要是看准了兼并对象，我并不怕增加公司的债务负担。"这种不怕负债的勇气将可口可乐公司从困境中解脱出来，公司的利润一下增加了 20%，股票也开始上涨。

戈苏塔不怕负债的勇气来自于他的胆量、智慧和眼光。他不是盲目滥借债款，加重企业负担，而是将债款用到生产的关键环节上。这样，暂时的借款就会赢得长期的赢利。如果畏首畏尾，不敢冒借债的风险，企业就会失去快速发展的机会。

🌿 胥子伍

财商悟语

借款好，还是不借款好，这要根据实际情况决定。胆量的后台是把握。一般来说，没有一定的还贷把握，盲目借款还不如不借的好。进行任何一个决定都不该是盲目的举动，而是我们胆量和智慧的结合。

（白文林）

睿智的远见

人生和事业都是如此，只有具有睿智的远见的人，才是获得成功的人。

威勒是 18 世纪美国最负盛名的房地产商和银行家，但他在发迹之前不过是一家银行里一个普通的职员。他本来是在一个亲戚的店铺里帮忙,因为勤快肯干,深为亲戚信任,就让他负责跑银行的业务。由于经常到银行去,就同银行里的人熟悉了。银行老板看他机灵诚实,决定聘请他做银行的职员。

在银行里,威勒的才华很快显露出来,又被升为主管,负责对房地产方面的投资。

18世纪正是美国历史上大规模的开发建设时期,房地产开发炙手可热。在华盛顿的近郊有一块地皮,威勒认为有无限的开发前景,应该买下来。银行里其他的同事没有人同意他的观点,他们认为那里偏僻荒凉,不会有开发的前景,进去很可能就烂在了那里。但是威勒凭自己的看法认为,美国的经济正在进入大发展的时期,无数的农民涌到城市里来,华盛顿用不了几年就会人满为患,到那时必须扩大城市规模,而那块地皮无论从哪个方面说都是开发建设的首选。同事们不以为然,老板也拿不准。

但是凭着自己对威勒的信任,老板决定让威勒放手去买这块地皮,并负责那里的开发。

也就在威勒买下地皮,办完有关的法律文件,刚刚开始开发的时候,华盛顿市政府作出了一个决定,要在那里兴建新的商业中心,作为华盛顿的新城。威勒一年前买下的地皮在一夜之间飞涨了10倍。所有的同事都对威勒佩服得五体投地。威勒的这个决定让银行老板一夜之间挣了数百万美元。老板为了表彰威勒,奖励了威勒10万美元。

在那个时候的美国,拥有10万美元已经是了不起的事情。威勒决定以这些资金为资本,自己干一番事业。他从自己熟悉的房地产开始,逐步扩大到其他行业,后来成了美国著名的房地产开发商和银行家。

威勒成功的秘密就是他与众不同的睿智和远见。

远见就是在一个机会还没有显示出它的价值的时候,在别人都不以为意的时候,你能够发现它潜在的趋势。在股市里,所有那些追涨的人都肯定会成为套牢一族，原因是你到了所有人都发现了它的价值的时候才发现它。只有当所有的人都不认为它有投资价值的时候，才会有机会来临。这就需要睿（ruì）智的远见。

人生和事业都是如此，只有具有睿智的远见的人，才是获得成功的人。

鲁先圣

财商悟语

在我们的生活中，处处需要睿智的远见。有远见的人，在学习上，会暂时放下眼前的玩乐，紧紧抓住长远的利益；在待人处事方面，则不会为一点鸡毛蒜皮的小事情，和人斤斤计较，伤了同学的感情和友谊。有远见才能有未来。

（赵 航）

无限放大有限的价值

把自己有限的知识和才华无限地放大，淋漓尽致地挥洒，生命就会焕发出强大的活力，放射出无穷的光彩。

早年一位美国商人破产了，他很伤心地把三个儿子叫到身边说，我留给你们的财产只有可怜的三样东西，一本价值 100 美元的经济论著，一辆折合 1000 美元刚刚购买的大卡车，以及 500 美元的现金。你们各自挑选一样吧,以后就靠各自去努力了。

老大挑了经济论著,老二选了卡车,老三要了现金。

一年之后,三兄弟聚在一块,聊起了一年来各自的收获。老大率先开口:我花了半年时间认真拜读和钻研了论著,之后用半年时间到大学里讲学,挣了5000美元。老二骄傲地说:我这一年相当辛劳,用那辆不错的卡车为商场运货,还经常跑长途,已经纯赚20000美元。

老三平静地说:其实,当初我最想要的是卡车,可是二哥选走了。我拿着那500美元,足足想了两天三夜,然后去了二手车市场,以100美元一辆的价格买了4辆旧卡车,之后花了80美元对卡车进行维修;剩下的20美元花在旧书店里,我买了一本和大哥一样的二手经济论著。我雇用了4个司机,让他们跑长途运输。平时,我的任务就是联系业务,抽空看书充实自己,把学到的东西拓展到运输业务当中。赚来的钱,我一部分用来为司机发工资,另一部分用来再购买二手卡车,扩大再生产。我现在的资金和固定资产不低于100万美元。

老大和老二听后,都对三弟佩服得五体投地,要知道,当时百万富翁屈指可数。

其实,无论是100美元的经济论著,还是500美元现金,抑或是1000美元的卡车,对于一个想成就大事业的商人来说,价值都是有限的。三兄弟中的老三聪明之处就在于,将有限的价值无限地放大。不难想象,即使老三得到的是那本经济论著,他同样会发财,他一定会把讲学得到的钱用来购买二手车。如果他得到了那辆1000美元的大卡车,那就更好了,他会以新换旧购买8辆二手车,业务一定比现在做得更大。而老大和老二只是在利用"一本书"和"一辆车"的有限价值,仅此而已。

无限放大有限的价值,不仅对商人有用,其实对每一个奋斗中的人都有借鉴意义。把自己有限的知识和才华无限地放大,淋漓尽致地挥洒,生命就会焕发出强大的活力,放射出无穷的光彩。

🌸 周 毅

需 要 胆 识

一句"算了吧"，就把到手的成功机会轻轻地放弃了。

　　一个园艺师向一个日本企业家请教说："社长先生，您的事业如日中天，而我就像一只蚂蚁，在土里爬来爬去的，没有一点儿出息，什么时候我才能赚大钱，能够成功呢？"

　　企业家对他和气地说："这样吧，我看你很精通园艺方面的事情，我工厂旁边有 2 万平方米空地，我们就种树苗吧！一棵树苗多少钱？"

　　"40 元。"

　　企业家又说："那么以 1 平方米地种两棵树苗计算，扣除道路，2 万平方米地大约可以种 2.5 万棵，树苗成本刚好 100 万元。你算算，3 年后，一棵树苗可以卖多少钱？"

　　"大约 3000 元。"

"这样，100万元的树苗成本与肥料费都由我来支付，你就负责浇水、除草和施肥工作。3年后，我们就有600万元的利润，那时我们一人一半。"企业家认真地说。

不料园艺师却拒绝说："哇！我不敢做那么大的生意，我看还是算了吧。"一句"算了吧"，就把到手的成功机会轻轻地放弃了。

李剑红

财商悟语

一件事情，在没有做之前，没有人敢肯定会百分之百的成功；但是如果不去做，却百分之百不会成功。不管什么事情，想到了，觉得正确的，就该去做，否则机会失去，将不会再来。就像这个园艺师，一句"算了吧"，使他失去了一个绝好的机会。不要轻言放弃，先试试再说，也许会走出不一样的人生路。 （赵 航）

第一桶金只有十几元

再苦再难的事，只要自己不放弃，就能坚持下来；而只要坚持下来，就能成功。

曾经有个记者问我："你创办新航道学校，也算个企业家了，你的第一桶金是多少？是怎么挖到的？"在他看来，我的第一桶金一定赚了不少钱。

当时我这样回答他："我的第一桶金只有十几块钱，是一担一担地挑土挣的。"他听后摇摇头。

我说的是真的。那是我生平挣的第一笔钱，数目不大，对我的人生而言，却价值不菲。

那年我 12 岁，初二上学期刚上完。寒假中，我向父母提出要打一份工给自己赚学费。父母起初不同意，因为当时在乡下只有体力劳动能够赚一点钱。但禁不住我的再三请求，他们终于答应让我试试。

村子附近的沱江正值枯水期，河床露出来，下面厚厚的黄土，是砖瓦厂烧制砖瓦的原料，村里许多人都趁着农闲去挣这份辛苦钱。父母便让我也去给砖瓦厂挑土，反正是按重量计价，挑多赚多，挑少赚少，自己可以量力而为。当时正好有一个外村来找活儿干的表叔也要去挑土，父母就让我和他一起去。

第一天，我拿了锄头和竹筐跟着村里的人下了河床。湖南的冬季空气湿度大，风一吹寒冷刺骨，但为了方便干活我只穿了件衬衫，冻得直哆嗦。从挖土的河床到收土过秤的地点有一公里多路，还要爬上高高的河岸，劳动强度很大。在长蛇阵一般的挑土队伍中，我的年龄最小，个头最矮，挑着的担子一路歪斜着，根本就不敢停步，生怕放下担子就再也没有力量挑起来。好不容易走到收土的地方，因我的个子太矮，踮起脚，竹筐也挂不到秤钩上，司秤阿姨拿过几块砖让我踩上去，才把土称了。

一天下来，肩膀肿了，担子一压上去就针刺一样疼，晚上回到家浑身上下没有一块肌肉不酸痛。第二天早上我费了好大的劲才从床上爬起来，胳膊疼得不行，腿又酸又胀，肩膀好像比前一天更痛。真想好好休息一下，可是我感觉到只要自己一休息，肯定就不会再去挑土了，今天坚持不住，前一天付出的努力就白费了。吃完早饭我拿了工具又直奔河床。第二天干下来，手上的血泡和肩膀上的皮肤全都磨破了,火辣辣地痛,苦得简直没法说,晚上躺在床上我偷偷问自己:"明天还继续干吗?"

第三天早上,和我一起挑土的表叔先打了退堂鼓:"实在干不动,太累了!"他的手上也磨出了血泡,肩膀上磨掉了一层皮。送走表叔,父母让我不要再去挑土了。这时候我的犟脾气却让我不服输:我就不信坚持不下来。

那挑土的长蛇阵中,只有一半的人坚持到了最后一天,我就是其中的一个。我的手上已经长出了老趼,肩膀早被压麻木了。

砖瓦厂年三十发工钱。为了领钱,我刻了生平第一枚私章,看着上面的"胡敏"两个字,我特别有成就感。当我把十几元钱交给母亲时,我看见眼泪在她的眼睛里打转,我也不由得笑着流出了眼泪,我终于可以挣钱帮补家用了。

按照家乡的规矩,年三十晚必须洗一个澡,换一身干净衣服。脱衣服时我才发现,肩膀上结了一层厚厚的血痂,这层血痂已经跟身上穿的衬衫粘在了一起,不用说脱衣服,一拉都痛得钻心。我不想让母亲看到这些,就简单擦洗了一下,之后把新换的衣服直接套在了旧衬衫上。

晚上母亲洗衣服,找不见旧衬衫,就问我:"你那旧衬衣呢?"

我说:"我放在那里了。"

"在哪里呀?"母亲来回翻找。

我看瞒不过去,才说还穿在身上。

母亲让我把旧衬衫脱下来,我脱下了外面的衣服,露出了那件脱不下来的旧衬衫。当母亲见到衬衫上的血痂,泪水一下就涌了出来。

我平生挣的这第一笔钱,十几块钱,挣得很辛苦,真的是血汗钱。但正是挣这第一笔钱的经历,让我明白了一个道理:再苦再难的事,只要自己不放弃,就能坚持下来;而只要坚持下来,就能成功。

🌸 胡 敏

执著是成功的关键。我们如何做到执著呢?那就是不怕苦不怕累,具有一定要成功的信念。如果我们做到了,就能取得别人不能取得的成绩。学习也是一件艰苦的事情,但是,只要我们坚持下来,不怕苦和累,一定会取得成功。

(采 露)

630 元能做什么

一旦你拥有了改变人生的信念并付诸实践,630 元就能变成 630 万元,甚至 6.3 亿元。

6 年前,他只是一个穷打工仔,家庭负担重,打工薪水很低,挣的钱除了维持温饱之外,所剩无几。老乡给他介绍了一个对象,女孩长得很漂亮,他打心眼里爱她。半年后,在女孩的生日舞会上,他没有钱给她买她想要的宝石项链,女孩负气而去。

望着女孩的背影,他落泪了。从这一天起,他发誓要努力,成为一个顶天立地的男子汉。

女孩离去第三天, 他领到打工生涯中最后一个月的工资——630元,他花 530 元买了一辆高级人力三轮车,用剩余的钱办了一个营业执照。在车篷顶上,他用大红油漆写了一副标语:"三秦风味昔日始皇东游车,旧韵再现今朝可享帝王福。"他蹬上三轮车,在最热闹的街头燃起一挂鞭炮,立即引来众人围观,于是纷纷坐他的车以享"帝王之福"。

他的生意不错,3个月后,已净赚1.2万元,但游客的新鲜感有所下降。他又灵机一动,将三轮车改成"出气车":凡来乘坐的人,均可在他的手中抽奖,中奖者可免费乘车一次,不中奖者,可踢它一脚"出气"。大家觉着这玩法新鲜有趣,游客又纷至沓来,他的生意更加红火。

一年后,他的积蓄超过4万元。他卖掉三轮车,买了一辆旧中巴,请来司机搞中山至广州的长途客运。长途客运赢利快,半年净赚3万元。由于热情、诚信、准时,他很快便声名远扬,先后有5辆被他抢了生意的个体中巴车主要求与他联营。思索再三,他收编了他们,正式成立联营公司。

3年后,他的公司已拥有10辆中巴客车。他用6辆搞长途客运,4辆搞"孙中山故居"等市内景点的旅游服务,正式涉足旅游业。第二年夏季,他的公司已拥有客运车20辆,资产达500万元。接着他把目光投向省外,新购6辆大巴,每星期都向江西、湖南、广西等外地市级城市发车。凡乘车的客人,都尽量绕道送到其家门附近,所以,他的车站总是客流不断。又两年后,公司的客运车已超过50辆,固定资产超过1200万元。生意越做越红火,他购进10辆大货车,成立了一个货运车队。

他叫张成,其公司叫"轱辘车转营运公司"。如今,他的公司已拥有300辆客车和100辆货车,总资产超过8000万元。6年前,他只是个揣着630元钱的穷小子,靠着这区区630元,如今他已是一位声名远播的"大款"。

在常人眼里,630元能做什么?可以请一次客,或者买几袋米、几十公斤肉。但一旦你拥有了改变人生的信念并付诸实践,630元就能变成630万元,甚至6.3亿元。

诗 秀

微不足道的东西,如果利用得好,它也会为你创造出巨大的价值。在未来,当我们开始做第一笔生意的时候,条件肯定不好,困难肯定很多,但是只要我们有坚定的信念,一步一个脚印,认准方向,充分利用我们的智慧,成功就会离我们越来越近。(采 露)

一日元钓大鱼

富士通公司最后报价竟是象征性的一日元,逼得其他公司纷纷退场,从而一举中标。

有一年,日本广岛市水道局打算将埋在市区的电线、煤气管和自来水管的阀门位置、各类管道和铺设时间等,绘制出一幅能用电子计算机控制的示意图。水道局的预定价格为 1100 万日元。

当时有多家公司参加投标,各公司的报价都很高,只有富士通公司例外,他们最后报价竟是象征性的一日元,逼得其他公司纷纷退场,从而一举中标。

富士通为什么要这样做?

原来日本政府建设省早已发出通知,要求包括东京在内的 11 个大城市,都要把铺设在地下的管道绘制成电子计算机能够控制的示意图,广岛不过是率先付诸实施的城市而已。富士通若能在广岛中标并绘制成功，便可为在其他 10 个城市的招标竞争增加必胜的实力。

更为重要的是，日本政府的最终计划是要根据绘制出的示意图来设计和安装专用计算机。

富士通顺利中标，争取到了示意图的设计权，就可以设计出符合自己计算机特点的图纸，也就等于把非富士通品牌的计算机的硬件、软件统统排斥出这一市场，进而垄断市场。

放弃 1100 万日元的小利，却能赚到比这大几十倍乃至上百倍的利润，富士通可不是傻瓜。

罗有嘉

财商悟语

富士通公司放弃小利，而赢得了巨大的利润。盯着蝇头小利，抠着几角几块，拘泥于眼前得失的人，注定不能成为成功者。做事要有远见，"放长线钓大鱼"说得正是这个道理。　　　　（陶　然）

黑暗舞者的财智人生

人们一般不会想到在黑暗中也能吃饭，它打破了人们的惯性思维，逆向而行，创造了一种绝无仅有的体验。

陈龙在复习 GMAT 考试时，无意中发现一个英文单词"Darkness Restaurant"，让人没有想到的是，他就是因为这样一个单词成就了一份精彩人生。"Darkness Restaurant"的中文意思是"黑暗餐厅"。人怎么可能在一个完全没有光线的地方吃饭呢？陈龙一下子被吸引住了，顿时来了精神。接着他上网一查才知道这是一家盲人餐厅的名字，1999年由一位盲人牧师在瑞士苏黎世创办，宗旨是给盲人提供就业机会，并让健康人体会盲人的黑暗世界。餐厅一经推出，迅速席卷欧美，其他城市纷纷效仿，相继开设了类似的餐厅；此后，黑暗餐厅声名大振，遍布欧洲。

陈龙凭直觉判断，黑暗餐厅完全颠覆了人们原先对餐馆的理解，这简直是一件不可思议的事情。黑暗餐厅的特色经营肯定能在中国产生轰动效应，于是陈龙就有了自己也开一家这样的"黑暗餐厅"的创意。

经过4个月的精心准备，2006年12月22日，亚洲第一家"巨鲸肚"黑暗餐厅在北京建外SOHO正式营业了。餐厅的名字源于陈龙多年前读过的一本小说《巨鲸历险记》带来的灵感。于是，陈龙给餐厅取名为"Whale Inside"，"鲸鱼肚子里的黑暗场景能让大家联想到餐厅里的环境一丝光亮都没有，暗示着进入黑暗餐厅的客人就像进入一条巨鲸的肚子里冒险一样刺激有趣！"

让人没有想到的是，就在正式营业的那天下午3点左右，当晚餐厅的80个座位便被预订一空！接下来的一周，黑暗餐厅每日的营业额更是超过了万元，其中圣诞节那天高达3万多元，成为北京建外SOHO所有店铺中日收入最高的。

黑暗餐厅的经营模式并不复杂，很容易就会被人模仿，那怎么样才能让自己的店独树一帜呢？陈龙明白，只要不断创新，自己会永远走在模仿者的前面。为此陈龙陆续推出了一系列活动，如"黑暗陶艺"、"都市黑暗交友沙龙"、"黑暗话剧"等，使黑暗体验项目成为都市年轻人的一种时尚。

不出陈龙所料，开业不到半年，2007年4月，"巨鲸肚"黑暗餐厅作为餐饮业唯一代表入选《财富》"2007年中国酷公司"，并被列为同时入选的14家"酷公司"之首，荣登当月《财富》中文版的封面明星公司！

而这位"黑暗舞者"在短短的一年时间里不仅收回了自己的成本，并且还赚取了高达300万元的人生第一桶金。

2007年10月，陈龙正在与两家风险投资商接洽，计划融资400万美元，其中第一笔外来投资即将到位。面对眼前的大好形式，他已经构想好了自己的战略步伐：到2008年年底，"巨鲸肚"黑暗餐厅将在亚洲各国开设约40家分店，其中中国内地开设30家左右，亚洲其他国家和地区开设约10家，4年内将在亚洲开设80~100家。

如今的陈龙已经踏上了一条成功的创业之路。陈龙的黑暗餐厅的独特创意给了我们很多启示：人们一般不会想到在黑暗中也能吃饭，它打破了人们的惯性思维，逆向而行，创造了一种绝无仅有的体验。但是，光有这个概念远远不够，要想摆脱竞争者的模仿，还需要不断地创新，不断地为餐厅注入新的生命力，只有这样，才能把黑暗变成一个财富金矿。

这个26岁的清华大学毕业生，用独特的创意为自己的人生打开了一扇窗。对渴望创业的年轻朋友，小有成就的陈龙举起拳头说："行胜于言！如果你想到一个新颖的好的方案，就赶快付诸实践吧。机会留给有准备的人，更留给抢先行动的人。"

毛学艺

财商悟语

同样发现了金点子，有的发现者成了富翁，有的发现者却是两手空空，为什么呢？就是因为没有立即行动，错过了机会。行动的成功者，也不能一劳永逸，仍然还要想出新的其他点子，不断付诸实践，击败竞争者的模仿。

（刘海伟）

施氏与孟氏

一个人必须能够见机行事，懂得权变，因为处事并无固定法则，这些都取决于智慧。

鲁国姓施的一家有两个儿子，一个爱好学问，另一个爱好兵法。爱好学问的那个儿子以仁义的道理去游说齐国的国王，结果，齐王接纳了他，并让他担当众公子的老师。爱好兵法的那个儿子用兵法来游说楚王，楚王很高兴，遂任命他为军师。这两个儿子的俸禄使他们家变得富有，两人的官位使他们的亲人感到荣耀。

施家的邻居姓孟，也有两个儿子，他们的专长跟施家儿子一样，一个爱好学问，一个爱好兵法。孟家苦于贫穷，非常羡慕施家的富有，于是就前来请教致富之道。施家的两个儿子便据实告诉他们。

后来，孟家的一个儿子到秦国，以仁义的道理游说秦王。秦王说："当前诸侯争战激烈，最感迫切需要的不外乎练兵与筹饷，倘若用仁义来治理我国，则是自取灭亡。"于是，秦王就对他施了宫刑，然后释放了他。

孟家的另一个儿子前往卫国，以兵法游说卫国的国君。卫王说："我们是个很脆弱的国家，而且目前正夹在大国之间，对于大国，我们要服从它们；对于小国我们要安抚它们，这是我们求取平安的方法。倘若依靠兵力，那么我们很快就会亡国。如果让你全身而退，你再到别国游说，那对我国可能造成的祸害可就不轻啊！"卫王遂命人砍掉他的双脚,再放回鲁国。

孟家的两个儿子回到鲁国后,他们父子捶胸顿足地向施氏抱怨。

施氏说:"大凡能把握时机的就能昌盛,而断送时机的就会灭亡。你的儿子们跟我的儿子们学问一样,但建立的功业却大不相同。原因是他们错过时机,而非他们在方法上有何错误。况且天下的道理并非永远是对的,天下的事情也非永远是错的。以前所用,今天或许就会被抛弃;今天被抛弃的,也许以后还会派上用场。这种用与不用,并无绝对的客观标准。一个人必须能够见机行事,懂得权变,因为处事并无固定法则,这些都取决于智慧。假如智慧不足,即使拥有孔丘那么渊博的学问,拥有姜尚那么精湛的战术,哪有不遭遇挫败的道理?"

孟家父子听完这番道理,顿时怒气全消,并说道:"我们懂这个道理了,请不必再说!"

财商悟语

　　知识是肉体,智慧是灵魂。没有灵魂的肉体,只是行尸走肉;没有智慧的知识,也发挥不了大作用。施氏的事业成功,是知识和智慧结合的结果;孟氏儿子的失败,则是智慧和知识分离的结果。我们要把智慧和知识紧密地结合在一起,才能顺利地开拓出一条前进的路来。

(海　星)

从穷人到富人只要三步

了解自己在投资、储蓄与消费上的比例，才有助于平衡生活，同时作出明智的投资决定。

轰轰烈烈的"理财"旋风已经席卷大街小巷，无论"才"女还是"财"女，似乎都有了一个共同的奋斗目标：为了更加美好的生活，学会管理钱包，做个富女人。

第一步：储蓄

储蓄？大部分读者会质疑，这第一步也太平凡了。没错，致富的第一步就是储蓄，储蓄未必能成富翁，但不储蓄绝对成不了富翁的。对于大部分年轻人来说，水电、房租、聚会、看电影、买新衣服……不知不觉似乎就没有了能储蓄的钱，那怎样才能存到钱呢？

不妨在每个月发工资时，计算好必需的支出后，将剩余资产的一部分立即进行银行定存或者基金定投。若能坚持实施，成效一定会令你大吃一惊。

第二步：记账

明明记得自己这个月只花了 1400 元，而钱包里却少了 2600 元，剩下那 1200 元哪里去了呢？仔细想想，时尚包包、超炫小饰品还有一顿必胜客……不经意间花的一些小钱，最终导致了财富的悄然"蒸发"。

要养成记账的好习惯，在看到自己的小账本后，聪明的女性会很清晰地判断出什么是必要的支出，什么是头脑发热后的浪费，而在今后消费时加以避免；或者使用信用卡，轻而易举地追查每一笔花销的来龙去脉，提醒自己开源节流。总而言之，了解自己在投资、储蓄与消费上的比例，才有助于平衡生活，同时作出明智的投资决定。

第三步：选对投资工具

每月投资 5000 元，多少年后能变成 100 万呢？若选择年投资回报率 2% 的定存方式需要 15 年；选择年投资回报率 5% 的基金，需要 12 年；选择年投资回报率 10% 的投资工具需要 10 年。可见，如果能选择正确的投资工具，那么无疑能大大加快致富的步伐；当然，希望取得高回报的同时，也应承担较大的投资风险。

夏晟兰

财商悟语

想当个富人，有两个环节，第一个是学会节省，杜绝乱花钱。储蓄和记账就是很好的两个方法，储蓄会把我们的闲钱由少集多，记账能让我们及时知道什么钱是浪费掉的，以便及时改正。第二个环节，就是投资，选对好的投资工具，会让我们的金钱滚滚而来。

（采 露）

很多人都有过梦想、甚至有过机遇、也有过行动，但最终没能坚持到底。据一个投资家说，他成功的秘诀是：没钱时，即使再困难，也不动用投资和积蓄。压力会使你找到赚钱的新方法。

打造高财商的心态

　　"钻石之王"哈里·温斯顿有一次要卖一颗钻石给一位富商。他让公司的一名专家为富商做介绍,专家细致地讲解后,富商拒绝了。温斯顿接过那颗钻石,他没有用任何术语,而是抒发了自己对它的热爱:它在阳光下是多么灿烂夺目,多么晶莹剔透,它的美是多么令人心动。仅廖廖数语便打动了富商,马上成交。温斯顿解释说:"专家了解自己卖的每颗钻石,而我热爱自己卖的每颗钻石。"

　　一个财商知识很丰富的人,如果失去良好的心态,那么一切知识都帮不上忙。温斯顿式的热爱是一种好心态,但是还不够,还需要面对财富的冷静、乐观、自信、坚定……

"热爱"的魔力

有种本事，他没有，我有。如果他能学会那本事，我会毫不犹豫地给他开双倍工资。

被誉为"钻石之王"的哈里·温斯顿，除了拥有精湛的技艺和高超的欣赏水平外，还是一位成功的商人。他创立的哈里·温斯顿公司，从一个小作坊发展成世界闻名的珠宝连锁店。在他的众多传奇中，有这样一则耐人寻味的小故事。

一次，温斯顿听说有个荷兰富商正在收集某种钻石。温斯顿打电话给这位富商，说哈里·温斯顿公司刚好有这样的钻石，并邀请他来纽约面谈。

于是荷兰富商应邀飞到美国。双方见面后，温斯顿让公司的一名专家为富商介绍一颗昂贵的钻石。专家详细地讲解了钻石一流的质地、高科技的切割工艺以及各种珠宝鉴定指数……富商听了，只是点点头。等专家介绍结束后，他站起身说："谢谢你，这确实是很棒的钻石，但不是我想要的。"

一直坐在后排的温斯顿上前拦住富商："让我再给您介绍一下这颗钻石，可以吗？"客人再次坐下。温斯顿从专家手里接过那颗钻石，他没有用任何术语，而是抒发了自己对这颗钻石的热爱：它在阳光下是多么璀璨夺目，它是多么晶莹剔透，它的美是多么令人怦然心动。寥寥数语就打动了荷兰富商，他马上说："请把它卖给我。"

后来，一个助手问温斯顿："为什么顾客已经拒绝了专家，可您几句话就让他改变了主意呢？"

温斯顿说："那位专家是钻石界为数不多的几个权威之一，他对钻石的知识远胜于我，我为此付给他高额的薪水。但有种本事，他没有，我有。如果他能学会那本事，我会毫不犹豫地给他开双倍工资。"

"什么本事？"助手问。

"他了解自己卖的每颗钻石，而我热爱自己卖的每颗钻石。"

[加拿大]迈克·利波夫　荣素礼/译

财商悟语

　　成功者之所以能成功，都有一个共同的原因，那就是对自己所从事的事业的热爱。只有热爱才能全身心地投入其中，获取成功。学习也是如此，热爱才能更有效地提高成绩。　　（采　露）

打不过就跑

要拿自己的长处和别人的短处竞争，打得过就打，打不过就跑。

曾经问一位企业家朋友，他成功的秘诀是什么。他毫不犹豫地告诉我，第一是坚持，第二是坚持，第三还是坚持。我心里暗笑。没想到朋友还意犹未尽，又"狗尾续貂"了一句，第四是放弃。

放弃？作为一个成功的企业家怎么可以轻言放弃？该放弃的时候就

要放弃。朋友说，如果你确实努力再努力了，还不成功的话，那就不是你努力不够的原因，恐怕是努力方向以及你的才能是否匹配的事情了。这时候最明智的选择就是赶快放弃，及时调整，寻找新的努力方向，千万不要在一棵树上吊死。

据说乾隆皇帝曾经在殿试的时候给举子们出了一个上联："烟锁池塘柳"，要求对下联。一个举子想了一下就直接回答说对不上来，另外的举子们还都在冥思苦想时，乾隆就直接点了那个回答说对不上的举子为状元。因为这个上联的五个字以"金木水火土"五行为偏旁，几乎可以说是绝对，第一个说放弃的考生肯定思维敏捷，很快就看出了其中的难度；而敢于说放弃，又说明他有自知之明，不愿意把时间浪费在几乎不可能的事情上。

"童话大王"郑渊洁也曾经说过："每个人都有自己的最佳才能区，除非他是白痴。要拿自己的长处和别人的短处竞争，打得过就打，打不过就跑。"

🌸 泉　涌

财商悟语

在追逐梦想的过程中，会有很多条路。可有的人在一条路上不断碰壁，却从没有真正静下心来反思一下，这条路究竟适不适合自己。因此，在前进的路上，我们要学会适时停下来思考，找到适合自己的路，以便发挥出自己最大的能量来获得成功。　　　（赵　航）

让我们感恩吧，而不是乞求

让我们学会感恩吧，感恩是一种积极的生活心态，在这种心理暗示下，我们对生活的态度才会积极，才会热爱生活。

著名跨国公司职业经理人、哈佛大学企业管理博士后余世维先生，在《成功经理人》讲座上，谈到这样一件事：每年大年初一，他和妻子都要去寺庙烧香，但余博士是个很有意思的人，他从来不进寺庙。这个时候，他妻子很奇怪地问他，为什么不进去？他说，我是个奸商，做尽了坏事，没那个脸走进圣堂去见菩萨。你可能不知道，在这之前，余博士经历了一件事情：他去德国，在一座教堂前，看到一女子跪在那里。余博士很好奇地走过去问："尊敬的女士，你为什么不进教堂里祷告呢？"那女士说："亲爱的先生，我从事着龌龊的行业，没那个脸走进耶和华的圣堂。我那生病的孩子现在好了，我只好在这里祷告，向上帝感恩。"原来这女人是个妓女。

这件事对余博士影响很大。看看国人，那些贪官污吏，做了多少坏事，还大摇大摆神气活现地走进教堂、寺庙，乞求上帝、菩萨的保佑。余博士的妻子是位很明智的人，她走出来的时候余博士问："你乞求什么？"他妻子就说："何来乞求，我在那里赎罪——你这家伙不知道做了多少坏事，我在替你赎罪。"其实，他妻子是在那里向菩萨感恩呢！他们都是受过高等教育的人，在他们眼里只有赎罪和感恩。是的，世界上没有什么神灵可以乞求，有的只是让你去感恩。

这里还有一个故事：一个人上山拜佛，跪在菩萨像前，这时也有一个女子跪在那里，他发现那女子和圣殿里的菩萨长得一模一样。他很吃惊，就问那女子是谁。那女子说："我是菩萨。"那人更奇怪了，说："你怎么给自己跪下了？"女子说："是的，我在求己。"

如果你还有兴趣的话，这里还有个笑话：有个司机把护身符贴在身上，一路闯红灯，结果出车祸死了。在天上见了菩萨，他就问："我把你的护身符贴在身上，你怎么还让我出车祸？"菩萨说："你开得太快了，我追不上你。"

这两个人正是习惯乞求，还不会感恩，因此神启示他们乞求的错误。

凡喜欢乞求的人，大都有潜意识的依赖心理。在这种心理的暗示下，人对生活的心态会变得阴暗和消极。想想看，我们真的去乞求，所谓的上帝会给我们带来什么？余博士是懂得这个道理的，他说："我们只有向神感恩，而不可以要求。"让我们学会感恩吧，感恩是一种积极的生活心态，在这种心理暗示下，我们对生活的态度才会积极，才会热爱生活。让我们再听听余世维博士的话："就是一个残疾人，也要向上帝感恩。断了一条腿，就应该想：感谢上帝，没有让我断了两条腿——况且断的还是左腿！"

🌹 王奉国

财商悟语

我们拥有健康的身体，能坐在教室里安静地学习，有疼爱我们的师长，同时拥有聪明的大脑和健全的个性，这些东西都需要我们感恩，感恩生活的赐予，从而积极地生活。　　（罗　刚）

快乐是成功的开始

生活是一面镜子,你对它笑,它就对你笑;你对它哭,它就对你哭。

"八佰伴"集团是日本一家从事零售业的公司,在总裁和田一夫的苦心经营下,它从小到大,不断发展,成为全国最大的零售集团。可是市场无情,竞争激烈,他在 72 岁时遭受到了严重的挫折,事业跌入谷底。看到和田一夫这位闻名遐迩的世界级企业家一夜之间从事业的顶峰掉入苦难的深渊,人们议论纷纷。有人认为他元气大伤,肯定是穷困潦倒,了此一生。有的人甚至猜想,面对命运如此之大的反差,他一定会用自杀来结束自己的生命。

然而,事实使大家出乎意料。和田一夫并没有一蹶不振,更没有自寻短见,而是坚强地站了起来,重新开始自己的征程。他很快调整好心态,与几个年轻人携手合作,开办了一家网络咨询公司,向自己陌生的 IT 行业发起了新的挑战。虽然和田一夫在这个领域完全是一个新手,知之甚少,可是他虚心好学,不耻下问,运用过去经营零售业时积累起来的经验，没过多久就把生意做得红红火火。

当别人问和田一夫为何能够反败为胜，东山再起时，这位优秀的管理者说，是快乐的心情和积极的心态使他在失败时没有失去成功的希望，让他在事业的低潮和人生的重创面前，看到光明的前途。的确，与快乐同行是和田一夫制胜的法宝。

早在涉足商场之初，和田一夫就开始培养一种良好的习惯：督促自己每天坚持写一篇"光明日记"，里面记录的全是快乐的事情。后来在担任"八佰伴"集团总裁期间，他把每个月末召开的工作例会取名为"快乐例会"。在具体检查和布置工作之前，要求各部门的负责人用3分钟的时间向大家汇报一下本月以来最快乐的事情。每一次，和田一夫总是带头发言。这种别具一格的工作例会调整了与会者的心情，在调动积极性方面发挥了很好的作用。

在商场的长期拼搏奋斗中，和田一夫悟出了这样一个道理：生活是一面镜子，你对它笑，它就对你笑；你对它哭，它就对你哭。

境由心造，对于同一种遭遇，各人的心境各不相同。作为管理者，当然也不例外。在企业陷于困境或出现危机时，情绪悲观的人眼里出现的必定是沮丧和绝望——"山重水复疑无路"；而情绪乐观者看到的，却是险峰上的无限风光——"柳暗花明又一村"。

李忠东

财商悟语

痛苦把人赶进地狱，快乐把人送上天堂。在我们面对失败的时候，你选择痛苦还是快乐，直接决定着你的未来。失败的时候选择快乐，可以让你调整心态，拾起信心，重新再来；而如果你选择痛苦，那表明你已经选择了放弃，也就失去了任何再来的机会。

（罗　刚）

财 富

你拥有的这些并不是人人都能够幸运地拥有,当你不幸失去它们中的任何一个时,你才能体会到它们的可贵呀。

一位年轻人成天闷闷不乐,抱怨自己的贫困。一天,他去找一位算卦先生,问自己何时才能拥有财富。

先生慢悠悠地说:"小伙子,你现在就有很多财富啊!"

"在哪里?"年轻人急切地问。

"在你身上。你的眼睛是财富,你用它看见世界和一切美好的东西,并可以读书学习;你的双手是财富,你可以用它劳动工作,还可以拥抱心爱的人;你的双腿是财富,你可以健步如飞,去任何你想去的地方;还有大脑,心灵……"

"这也是财富? 这些人人都有啊!"

"这是财富,小伙子。你拥有的这些并不是人人都能够幸运地拥有,你愿意把眼睛给我吗?我可以给你很多钱。还有,虽然许多人都有这些财富,他们却并没有意识到。他们的心里不但没有对上苍的感激之情,还在不停

地抱怨上苍对他的不公。当你不幸失去它们中的任何一个时，你才能体会到它们的可贵呀。"

如花的心情

每一个从她手中买去花的人，都能得到她一句甜甜的软语——"鲜花送人，余香留己。"

一家信誉特好的大花店欲以高薪聘请一位售花小姐，招聘广告张贴出去后，前来应聘的人如过江之鲫。经过几番口试，老板留下了三位女孩让她们每人经营花店一周，以便从中挑选一人。这三个女孩长得都如花一样美丽，一人曾经在花店插过花、卖过花，一人是花艺学校的应届毕业生，余下一人只是一个待业青年。

插过花的女孩一听老板要让她们以一周的实践成绩为应聘硬件，心中窃喜，毕竟插花、卖花对于她来说是轻车熟路。每次一见顾客进来，她就不停地介绍各类花的象征意义以及给什么样的人送什么样的花，几乎每一个人进花店，她都能说得让人买去一束花或一篮花。一周下来，她的成绩不错。

花艺女生经营花店，她充分发挥从书本上学到的知识，从插花的艺术到插花的成本，都精心琢磨，她甚至联想到把一些断枝的花朵用牙签连接花枝夹在鲜花中，用以降低成本……她的知识和她的聪明为她一周的鲜花经营也带来了不错的成绩。

待业女青年经营起花店，则有点放不开手脚，然而她置身于花丛中的微笑简直就是一朵花，她的心情也如花一样美丽。一些残花她总舍不得扔掉，而是修剪修剪，免费送给路边行走的小学生；而且每一个从她手中买去花的人，都能得到她一句甜甜的软语——"鲜花送人，余香留己。"这听起来既像女孩为自己说的，又像是为花店讲的，也像为买花人讲的，简直是一句心灵默契的心语……尽管女孩努力地珍惜着她一周的经营时间，但她的成绩比起前两个女孩相差很大。

出人意料的是，老板竟然留下了那个待业女孩。人们不解——为何老板放弃能为他挣更多钱的女孩，而偏偏选中这个缩手缩脚的待业女孩呢？

老板如是说：用鲜花挣再多的钱也只是有限的，用如花的心情去挣钱才是无限的。花艺可以慢慢学，可如花的心情不是学来的，因为这里面包含着一个人的气质、品德以及情趣爱好和艺术修养……

肖加山

财商悟语

好心情如好的身体一样，都是用钱买不来的。培养积极的生活态度，始终保持一份心情愉悦的心情，对学习、对生活，对我们长足的发展是有益的。所以，拥有理想中的人生，先从培养好心态开始吧。

（罗 刚）

改　心

走出度假村时，我忽然有一种天高路远、跃跃欲试的感觉和欲望——原来心情和心态也是可以修改的啊！

在某外资企业供职时，我曾接受过一次别开生面的强化训练。那是在青岛的海滨度假村，我和同伴们沉浸在飘忽而又幽婉的轻音乐里，指导老师发给每人一张 16 开的白纸和一支圆珠笔。这时，主训师已在一面书写板上画了一个大大的心形图案，并在图案里面写上了三个字：我无法……然后，要求每个成员在自己画好的心形图案里至少写出三句"我无法做到的……我无法实现的……我无法完成的……"再反复大声地读给自己、读给周围的伙伴们听。我很快写出三条：

我无法孝敬年迈的父母！

我无法实现梦寐以求的人生理想！

我无法兑现诸多美好的愿望！

接着，我就大声地读了起来，越读越无奈，越读越悲哀，越读越迷茫……在已变得有些苍凉的音乐里，我备感压抑和委屈，泪眼模糊起来。

就在这时，主训师却把写字板上的"我无法"改成了"我不要"，并要求每位成员把自己原来所有的"我无法"三个字画掉，全改成"我不要"，继续读。于是，我又接着反复地读下去：

我不要孝敬年迈的父母！

我不要实现梦寐以求的人生理想！

我不要兑现诸多美好的愿望！

结果，越读越别扭，越读越不对劲，越读越感到自责和警醒……在轰然响起的《命运交响曲》里，我终于觉悟到：我原来所谓的许多"我无法……"其实是自己"不要"啊！

而此时，主训师又把"我不要"改成了"我一定要"，同样要求每位成员把各自的所有"我不要"三个字画掉，全改成"我一定要"，继续读。

我似乎已经领会主训师的用意所在，大声地读着：

我一定要孝敬年迈的父母！

我一定要实现梦寐以求的人生理想！

我一定要兑现诸多美好的愿望！

越读越起劲儿，越读越振奋，越读越有一种顿悟后的紧迫感……在悠然响起的激荡人心的歌曲里，我思绪漫卷、豪情满怀……走出度假村时，我忽然有一种天高路远、跃跃欲试的感觉和欲望——原来心情和心态也是可以修改的啊！

潘荣华

财商悟语

我们有没有不好的心情和心态呢？有的话就应该立即动手修改，改成积极向上，为自己打气加油的心态。让我们愉快起来，这样才更容易找准未来的方向，努力前行！记住：在我们的人生旅途中，心情和心态是可以修改的。 （罗　刚）

奇迹诞生的途径

我要的不是一座普通的教堂，我要的是在人间建造一座伊甸园。

1968 年的春天，罗伯·舒乐博士立志在加州用玻璃造一座水晶大教堂，他向著名的设计师菲力普·强生表达了自己的构想：

"我要的不是一座普通的教堂，我要的是在人间建造一座伊甸园。"

强生问他预算，舒乐博士坚定而明快地说："我现在一分钱也没有，所以 100 万美元与 400 万美元的预算对我来说没有区别，重要的是，这座教堂本身要具有足够的魅力来吸引捐款。"

教堂最终的预算为 700 万美元。700 万美元对当时的舒乐博士来说是一个不仅超出了能力范围甚至超出了理解范围的数字。

当天夜里，舒乐博士拿出一张白纸，在上面写上"700 万美元"，然后又写下 10 行字：

一、寻找 1 笔 700 万美元的捐款；

二、寻找 7 笔 100 万美元的捐款；

三、寻找 14 笔 50 万美元的捐款；

四、寻找 28 笔 25 万美元的捐款；

五、寻找 70 笔 10 万美元的捐款；

六、寻找 100 笔 7 万美元的捐款；

七、寻找 140 笔 5 万美元的捐款；

八、寻找 280 笔 25000 美元的捐款；

九、寻找 700 笔 1 万美元的捐款；

十、卖掉 10000 扇窗,每扇 700 美元。

60 天后, 舒乐博士用水晶大教堂奇特而美妙的模型打动富商约翰·可林捐出了第一笔 100 万美元。

第 65 天, 一位倾听了舒乐博士演讲的农民夫妇,捐出 1000 美元。

90 天时, 一位被舒乐孜孜以求精神所感动的陌生人,在其生日的当天寄给舒乐博士一张 100 万美元的银行支票。

8 个月后, 一名捐款者对舒乐博士说:"如果你的诚意与努力能筹到 600 万美元,剩下的 100 万美元由我来支付。"

第二年,舒乐博士以每扇 500 美元的价格请求美国人认购水晶大教堂的窗户,付款的办法为每月 50 美元,10 个月分期付清。6 个月内,一万多扇窗全部售出。

……

1980 年 9 月,历时 12 年,可容纳一万多人的水晶大教堂竣工,成为世界建筑史上的奇迹与经典, 也成为世界各地前往加州的人必去瞻仰的胜景。

水晶大教堂最终的造价为 2000 万美元, 全部是舒乐博士一点一滴筹集而来的。

🌸 亚　萍

财商悟语

身无分文,却建造了一座价值 2000 万美元的水晶教堂,这简直叫人不敢相信! 坚定的信念让舒乐博士产生智慧,通过坚持与努力,筹集到了高额的捐款,终于创造了神话般的奇迹。我们没有 700 万美元不要紧,要紧的是要有能争取到 700 万美元的信心。　（罗　刚）

皮鞋与芒果

童年时，我们每一次面临竞争的心态和行为，往往教会我们一生做人与做事的态度。

在报纸上看到一个富商和一个罪犯回忆他们的童年，提到了相似的一件事。

犯人说，小时候，妈妈给我和弟弟买了两双鞋子，一双是布鞋一双是皮鞋。妈妈问我们，你们想要哪一双？我一看那双皮鞋，好漂亮，我非常想要。可是弟弟抢先喊："我要皮鞋！"妈妈看了他一眼，批评他说："好孩子要学会谦让，不能总把好的留给自己。"于是我心里一动，改口说："妈，我要布鞋好了。"妈妈听了很高兴，就把那双皮鞋给了我。我得到了我想要的东西，从此也学会了撒谎。以后，为了得到每一件我想得到的东西，我都不择手段，直到我进了监狱。

富商说，小时候，妈妈给我和弟弟买了两只芒果，一只大些一只小些，我一看那只大芒果，很好吃的样子，我非常想要。妈妈问我们，你们想要哪一只？我想说，我要大的，可是弟弟抢先说："我要大的！"于是我就跟妈妈说："妈妈，我和弟弟都是你的孩子，我们应该通过比赛得到那只大芒果，因为我也想要大的。"于是我和弟弟开始比赛，把家门外的木柴分成两组，谁先劈好谁就有权得到大芒果，最后，我赢了。以后，为了得到每一件我想得到的东西，我都会努力争取第一，因为我知道通过努力，就能得到奖赏。

童年时,我们每一次面临竞争的心态和行为,往往教会我们一生做人与做事的态度。皮鞋与芒果,两种迥然的人生。

孙 丽

财商悟语

> 获得自己想要的东西,应该用公平的手段。用一些小伎俩,可能会获得一时的成功,但自己的能力不仅得不到锻炼,同时还会失去公平竞争的正确心态和意识。这样往往会导致我们迷失自己,最终走上歧途。因小失大,实在不值。 （黄 磊）

两种贫穷

可是当他走出他们的家门后,又马上改变了主意:他看到这户人家的房前屋后都长着极适合做筷子的竹子。

一

这是两个人写的。

一个人写道:一位富甲一方的企业家到西南某省的一个贫困地区考察。当他目睹当地一户贫困人家吃饭的情形时,禁不住直落泪。原来这户人家全家老小吃饭装饭的碗,竟是几只破得不能再破的陶罐;更让他吃惊的是,全家连一双筷子也没有,吃饭时都是直接用手抓。

菩萨心肠的企业家无比地同情，便许诺给这户人家物质的帮助。可是当他走出他们的家门后，又马上改变了主意：他看到这户人家的房前屋后都长着极适合做筷子的竹子。

　　另一个写道：一位记者到一位生活在贫困线以下的女工家里"送温暖"。这位女工的男人早几年病逝，欠下了好多钱，两个孩子，其中一个有点残疾。女工微薄的薪水养三个人，还要还债。但记者在见到这位女工时，却发现她脸上的笑容就像她的房间一样明朗：漂亮的门帘是自己用纸做的，灶间的调味品尽管只有油盐两种，但油瓶和盐罐却擦得干干净净。记者进门时女工递给她的拖鞋，鞋底竟是用旧解放鞋的鞋底做的，再用旧毛线织出带有美丽图案的鞋帮，穿着好看又暖和。

　　女工说，家里的冰箱洗衣机都是邻居淘汰下来送给她的，用用蛮好；孩子很懂事，做完功课还帮她干活……

二

　　这是两个人看到的。

　　一个人看到：在一个美丽的乡村，一天来了一个乞丐，这个乞丐看上去只有三十来岁，长得很结实。乞丐每天端着一个破碗到村民家中讨饭，他的要求不高，无论是稀饭还是馒头他从不嫌弃。

　　日子稍稍长了，便有人看中他的身材和力气，想让他去帮着打打零工，并许之以若干工钱。岂料此等好事，该乞丐竟一口回绝。说："给人打工挣点钱多苦，远不如讨饭来得省力省心。"

　　另一个看到：每天傍晚，某居民新村都会有一个老人到垃圾箱里捡垃圾。老人是个驼背，这使得他原本就矮小的身材愈发显得矮小。老人每次从垃圾箱里捡垃圾都仿佛是在进行一场战斗。为了捡到垃圾，他必须将脸紧紧地靠在垃圾箱的口子上，否则他的手就不足以够到里面的"宝贝"，而那个口子正是整个垃圾箱最脏的地方。

　　老人每次捡完垃圾都像打了一场胜仗，他完全不顾及别人脸上的那种鄙夷。看着那些可以换钱的"战利品",走在新村的小路上,他总是显得格外的高兴。

❤ 瑜 光

财商悟语

很多人贫穷,不是他们没有体力,而是他们没有去做;很多人落魄,不是因为他们没有能力,而是他们不愿去做。这个世界上,要想成功,要想活得更好,要想富裕,首先一点,就是要行动起来。只要积极面对生活,通过自己的实际行动去努力,我们就会过上幸福而快乐的生活。

(罗 刚)

聪明的商人

我们只能这样做,孩子,再没有其他的办法可以救我们的命!

从前,有位商人和他长大成人的儿子一起出海远行。他们随身带上了满满一箱子珠宝,准备在旅途中卖掉,但是没有向任何人透露过这一秘密。一天,商人偶然听到了水手们在交头接耳。原来,他们已经发现了他的珠宝,并且正在策划着谋害他们父子俩,以掠夺这些珠宝。

商人听了之后吓得要命,他在自己的小屋内踱来踱去,试图想出个摆脱困境的办法。儿子问他出了什么事情,父亲于是把听到的全告诉了他。

"同他们拼了!"年轻人断然说道。

"不,"父亲回答说,"他们会制伏我们的!"

"那把珠宝交给他们？"

"也不行,他们还会杀人灭口的。"

过了一会儿,商人怒气冲冲地冲上甲板,"你这个笨蛋小子！"他叫喊道,"你从来不听我的忠告！"

"老头子！"儿子叫喊着回答,"你说不出一句值得我听进去的话！"

当父子俩开始互相谩骂的时候,水手们好奇地聚集到周围。老人然后冲向他的小屋,拖出了他的珠宝箱。"忘恩负义的小子！"商人尖叫道,"我宁肯死于贫困也不会让你继承我的财富！"说完这些话,他打开了珠宝箱,水手们看到这么多的珠宝时都倒吸了口凉气。商人又冲向了栏杆,在别人阻拦他之前将他的宝物全都投入了大海。

过了一会儿,父子俩都目不转睛地注视着那只空箱子,然后两人躺倒在一起,为他们所干的事而哭泣不止。后来,当他们单独一起待在小屋时,父亲说:"我们只能这样做,孩子,再没有其他的办法可以救我们的命！"

"是的,"儿子答道,"您这个法子是最好的了。"

轮船驶进了码头后,商人同他的儿子匆匆忙忙地赶到了城市的地方法官那里。他们指控了水手们的海盗行为和企图谋杀他们的罪名,法官逮捕了那些水手。法官问水手们是否看到老人把他的珠宝投入了大海,水手们的回答都一致肯定。法官于是判决他们都有罪。法官问道:"什么时候一个人会弃掉他一生的积蓄而不顾呢,只有当他面临生命的危险时才会这样去做吧？"后来,水手们主动赔偿了商人的珠宝,法官因此减轻了对他们的惩罚。

财商悟语

当财富危及生命时,仅仅靠交出财富就可以保全性命吗？危急关头我们需要换一种思考方式,周全考虑整个事件的发展。换一种思考方式,不因财富而失去生命,既保全了财富,更保全了我们自己。

（黄　磊）

146

有一个人可以帮你

我将带一张支票，签好字，收款人是你，金额栏是空白的，由你填上数字。因为你介绍我认识了自己。

一个经理，他把全部财产投资在一种小型制造业上。由于世界大战爆发，他无法取得他的工厂所需要的原料，因此只好宣告破产。金钱的丧失，使他大为沮丧。于是，他离开妻子儿女，成为一名流浪汉。他对于这些损失无法忘怀，而且越来越难过。到最后，甚至想要跳湖自杀。

一个偶然的机会，他看到了一本名为《自信心》的小书。这本书给他带来勇气和希望，他决定找到这本书的作者，请作者帮助他再度站起来。

当他找到作者，说完他的故事后，那位作者却对他说："我已经以极大的兴趣听完了你的故事，我希望我能对你有所帮助，但事实上，我却绝无能力帮助你。"

他的脸立刻变得苍白。他低下头，喃喃地说道："这下子完蛋了。"

作者停了几秒钟，然后说道："虽然我没有办法帮助你，但我可以介绍你去见一个人，他可以协助你东山再起。"刚说完这几句话，流浪汉立刻跳了起来，抓住作者的手，说道："看在老天爷的份儿上，请带我去见这个人。"

于是作者把他带到一面高大的镜子面前，用手指着镜子说："我介绍的就是这个人。在这世界上，只有这个人能够使你东山再起。除非坐

下来，彻底认识这个人，否则，你只能跳到密歇根湖里。因为在你对这个人作充分的认识之前，对于你自己或这个世界来说，你都将是个没有任何价值的废物。"

他朝着镜子向前走几步，用手摸摸他长满胡须的脸孔，对着镜子里的人从头到脚打量了几分钟，然后退几步，低下头，开始哭泣起来。

几天后，作者在街上碰见了这个人，几乎认不出来了。他的步伐轻快有力，头抬得高高的。他从头到脚打扮一新，看来是很成功的样子。"那一天我离开你的办公室时，还只是一个流浪汉。我对着镜子找到了我的自信。现在我找到了一份年薪3000美元的工作。我的老板同意先预支一部分钱给我的家人。我现在又走上成功之路了。"他还风趣地对作者说，"我正要前去告诉你，将来有一天，我还要再去拜访你一次。我将带一张支票，签好字，收款人是你，金额栏是空白的，由你填上数字。因为你介绍我认识了自己，幸好你要我站在那面大镜子前，把真正的我指给我看。"

财商悟语

遇到困难的时候，也许会有很多人帮助我们来解决困难，那只是部分，却不是全部。真正帮得上我们的，不是别人，正是我们自己。

（罗　刚）

148

选 择

这三年来我每天与外界联系，我的生意不但没有停顿，反而增长了200%，为了表示感谢，我送你一辆劳斯莱斯！

有三个人要被关进监狱三年，监狱长让他们每人提一个要求。

美国人爱抽雪茄，要了三箱雪茄；法国人最浪漫，要一个美丽的女子相伴；而犹太人说，他要一部与外界沟通的电话。

三年过后，第一个冲出来的是美国人，嘴里鼻孔里塞满了雪茄，大喊道："给我火，给我火！"原来他忘了要火柴了。接着出来的是法国人。只见他手里抱着一个小孩子，美丽女子手里牵着一个小孩子，肚子里还怀着第三个。最后出来的是犹太人，他紧紧握住监狱长的手说："这三年来我每天与外界联系，我的生意不但没有停顿，反而增长了200％，为了表示感谢，我送你一辆劳斯莱斯！"

财商悟语

看见了吗？问你要什么，你在"要"之前要想清楚。否则看着一堆点不着的雪茄，或者一群大大小小的孩子，真要哭笑不得。在最不利的环境中，也要保持清醒的头脑，抓住每一个机会，不放弃奋斗的决心。

（陶 然）

我不爱跳伞

我希望跟这些热爱跳伞的人在一起，他们可以改变我。

越战时，美国最高统帅魏摩尔将军检阅伞兵，一一询问他们的体验和感受。

第一位伞兵不假思索地脱口而出："我爱跳伞！"

第二位伞兵也兴奋地说："跳伞是我生命中最重要的体验！"

魏摩尔将军频频点头，觉得部队士气高昂。

轮到了第三位伞兵，哪知答案竟是："我不爱跳伞！"

气氛大变，魏摩尔将军非常不解地问："那你为什么还要选择当伞兵呢？"

这位伞兵面不改色地回答："我希望跟这些热爱跳伞的人在一起，他们可以改变我。"

这是安泰人寿从业人员经常谈起的一则故事。在安泰的企业文化里，他们相信"成功者吸引成功者"。修过领导经理人课程的上班族都知道所谓的"领导者"的定义，他身边一定要有一群心悦诚服的追随者。

财商悟语

> 和什么样的人在一起，我们就会变成什么样的人。这是因为这个人会在潜移默化中影响着我们，以至于不断地改变我们。我们要想成功，有时候也要尽可能地接触一些优秀人士，从他们身上学一些能帮助我们成功的经验。
>
> （采 露）

当 机 立 断

只要是自己认为对的事情，不可优柔寡断，必须马上付诸行动。

华裔电脑名人王安博士声称，影响他一生的最大教训发生在他6岁时。

有一天，王安外出玩耍。路经一棵大树的时候，突然有东西掉在他的头上。伸手一抓，原来是个鸟巢，从里面滚出了一只嗷嗷待哺的小麻雀。王安决定把它带回去喂养。走到门口，他忽然想起妈妈不允许他在家养小动物。他只好轻轻地把小麻雀放到门后，急步走进屋内，请求妈妈的允许。妈妈破例答应了儿子的请求。王安兴奋地跑到门后，不料，小麻雀已经不见了，一只黑猫正在意犹未尽地擦拭着嘴巴。王安为此伤心了好久。

从这件事，王安得到了一个教训：只要是自己认为对的事情，不可优柔寡断，必须马上付诸行动。不能作决定的人，固然没有做错事的机会，但也失去了成功的机遇。

王安小时候的一个教训，让他知道了认为对的事情，不可优柔寡断，必须马上付诸行动。是啊，我们可曾遇到过像王安一样的教训吗？这个世界没有后悔药，自己认为该做的事情，如果没做，错过了就不会再来；如果我们不抓住可遇不可求的机遇，很多成功的可能就会从手中悄悄地溜走。

（赵　航）

创富者的好习惯

　　富兰克林被誉为美国的"建国之父"之一，也是一位成功的商人。他从小养成的做事认真、勇于负责的习惯，为他的成功打开大门。个性决定理念，理念决定习惯，而习惯则决定成败。

　　高财商的人不仅要有良好的消费习惯、理财习惯，一些平日里的生活习惯、工作习惯乃至思考的习惯，也往往决定着财富的走向。是让财富走向我们，还是离开我们，要看我们的习惯。

机会只青睐有准备的人

他去世后，墓碑上只简单刻着"富兰克林，印刷工人"几个字。

18 世纪，印刷厂大多是手工小作坊，作坊主往往同时也是印刷工。当时有个叫安德鲁·布莱德福特的人，手里有一份让所有印刷商眼红的合同——他包揽了所有印制宾夕法尼亚州政府文件和宣传品的活儿。虽然布莱德福特的印刷厂秩序混乱，印刷质量不高，但因为有了合同，他感觉高枕无忧。

有一次，一位宾州政府官员要在大会上宣读一篇重要的致辞，要求布莱德福特为他印制发言稿。布莱德福特又和从前一样，把文件马马虎虎排版，草草地印刷出来。另一名年轻的印刷商，注意到布莱德福特的弱点，知道他一直等待的机会来了。年轻人找来官员致辞的原稿，费尽心思地把版式设计得优美大方，又严谨地依照原稿一遍遍核对印刷品上的字。然后他把自己印制的内容精确、样式美观的致辞，送到每位政府官员手里，同时附上自己对官员致辞的见解。他还给每位参加会议的人也发了一份，并在致辞后面附上一段话，感谢他们对宾州的关心。

可想而知，第二年政府就和这个年轻人签订了印刷合同。这个年轻人就是本杰明·富兰克林。

富兰克林懂得等待时机，更懂得如何利用它。再往后的故事众人皆知：年轻人靠自己的努力，一点点从印刷工成长为作家、科学家、外交家、发明家和音乐家,并参与起草了《独立宣言》。但他去世后,墓碑上只简单刻着"富兰克林,印刷工人"几个字。

[美]本杰明·布朗　荣素礼/编译

财商悟语

我们可以从富兰克林身上学到很多东西:比如要学会等待时机;一个人要不断地努力,不断地有更高的追求。但令人感受最深的,还是他那对待工作、对待人生的态度,即力图完美,精益求精。试想,这样的人,谁不愿意和他合作呢?　　　(赵　航)

富人为什么会富有

不要拿蕨树和竹子相比,它们拥有不同的目标,但两者都同样会使森林更加美丽。

我们常常为这个世界的"不公平"而叹息,却从来没有考虑过这个"不公平"的结果是怎么发生的,如果我们能够深入了解这种"不公平"发生的前因后果,那么,作为投资者,我们就可以知道怎么去寻找有效的投资方法并走向致富的康庄大道。

富人为什么会富有? 一般,我们都觉得富人的财富太多,而穷人除了满足基本的生活以外几乎一无所有;而且穷人在很多情况下都会抱怨这个世界的不公平。事实上，富有的人除了部分是继承所得(也是他们的先辈们努力的结果)以外，大部分都是自己辛勤劳动所得。那么，这些富有的人的辛勤劳动为什么就比我们普通人的辛勤劳动更有价值呢？因为富有的人往往从小就有努力学习和细致思考的习惯，由于在年幼形成了这种仔细思考问题的习惯，因此，在成年后不管做什么事情都会经过深思熟虑，久而久之就对现实中的许多问题有了比较强的识别能力，从而能够迅速抓住所遇到的每一个机会。这就是富人与穷人的不同，以及富人之所以富有的主要原因——勤奋学习、努力思考、不断地寻找机会。

另外，富人能做到既种蕨树又种竹子。这里有一个故事，话说上帝种下蕨树和竹子，并给予它们充足的阳光和水分。蕨树长得很快，竹子的种子却不见发芽。一年过去，蕨树长得枝繁叶茂，竹子还是不见发芽。两年过去了，三年过去了，竹子仍然不见发芽。终于在第5个年头，一株小芽从土里钻了出来。跟蕨树相比，它看起来是那么弱小和微不足道。但仅仅半年后，竹子就大大超出了蕨树。其实它是花了5年时间来长根和茎。上帝总结说：不要拿蕨树和竹子相比，它们拥有不同的目标，但两者都同样会使森林更加美丽。对于我们来说，如果种下的"竹子"没有发芽，那关键的是我们能否确定种下的就是竹子的种子。而富人不仅具有确定竹子的种子的眼力，而且极有耐心和定力，静静等待竹子的破土而出；同时他还有上好的蕨树种子，在等待巨大收获的季节他也不放弃种蕨树。

章月娥

财商悟语

富人为什么富有？一般人不敢想的事情，他们敢想；一般人想不到的事情，他们能想得到。比别人早一步想到，比别人早一步先干，所以他们肯定会在获取财富的道路上遥遥领先。敢想敢为正是我们需要学习和锻炼的。

(白文林)

他终于成了富翁

成功的捷径就在你的身边,那就是勤于积累,脚踏实地。

很久以前,泰国有个叫奈哈松的人,一心想成为大富翁,他觉得成功的捷径便是学会炼金术,他把全部的时间、金钱和精力都用在了炼金术的实践中。不久,他花光了自己的全部积蓄,家中变得一贫如洗,连饭也吃不上了。

妻子无奈,跑到父母那里诉苦,她父母决定帮女婿改掉恶习。他们对奈哈松说:"我们已经掌握了炼金术,只是现在还缺少炼金的东西。""快告诉我,还缺少什么东西?""那好吧,我们可以让你知道这个秘密,我们需要3公斤从香蕉叶下搜集起来的白色绒毛,这些绒毛必须是你自己种的香蕉树上的,等到收齐绒毛后,我们便告诉你炼金的方法。"

奈哈松回家后立即将已荒废多年的田地种上香蕉。为了尽快凑齐绒毛,他除了种自家以前就有的田地外,还开垦了大量的荒地。

当香蕉成熟后,他小心地从每张香蕉叶下收刮白绒毛,而他的妻子和儿女则抬着一串串香蕉到市场上去卖。就这样,10年过去了,他终于收集够了3公斤的绒毛。这天,他一脸兴奋地提着绒毛来到岳父母的家里,向岳父母讨要炼金之术。岳父母指着院中间的一间房子说:"去把那边的房门打开看看。"

奈哈松打开那扇门,立即看到满屋的黄金,他的妻子和儿女都站在屋中。妻子告诉他:这些金子都是他 10 年里所种的香蕉换来的。面对满屋实实在在的黄金,奈哈松恍然大悟。从此,他努力劳作,终于成了一方富翁。

现实生活中,人人都有梦想,都渴望成功,都想找到一条成功的捷径。其实,捷径就在你的身边,那就是勤于积累,脚踏实地。

📚 潘　杨

财商悟语

古往今来,无数的人痴迷于所谓的"炼金术",结果只能落得家贫如洗,一无所有。现在的"炼金术",也可以指那些不愿付出劳动和智慧,就想得到巨大回报的不切实际的想法。试想,如果不勤于积累,脚踏实地,又怎么可能获得成功呢? 　　(赵　航)

 # 努力尝试才能成功

只要你努力工作并专心致志,你就会成功!

12 岁时,我们家迁到田纳西州的诺克斯维尔,我设法使一位餐馆老板相信我已 16 岁,他才雇我做便餐柜台的招待,每小时 25 美分。

餐馆老板弗兰克和乔治·雷杰斯兄弟是希腊移民,刚来美国时,他们曾干过洗盘子和卖热狗的工作。他们极为坚强,并为自己定下了非

常高的标准,但从来不要求雇员做他们自己做不到的事。

弗兰克告诉我:"孩子,只要你愿意努力尝试,你就能为我工作;如果你不努力尝试,你就不能为我工作。"他所说的努力尝试包括从努力工作到礼貌待客等一切内容。当时通常的小费是一个 10 美分的硬币,但如果我能很快把饭菜送给顾客并服务周到,有时就能得到 25 美分小费。

我记得我曾试试看自己一个晚上能接待多少顾客,结果创下了 100 位的纪录。

通过第一份工作,我认识到,只要你努力工作并专心致志,你就会成功!

[美]戴维·托马斯

财商悟语

"条条大路通罗马。"同样,通往成功的道路也不止一条。也可以这样说,每个人都有一条适合自己的成功路。但是,有的人找到了,有的人却一辈子也没有找到。找到的人,不是因为他幸运,而是他将不断尝试着寻找新路当成一种人生的习惯。 (赵 航)

尊重别人的姓名

卡内基"尊重别人姓名"的本事,使他以名得利,最后建立了他自己的钢铁王国。

美国钢铁大王卡内基在他10岁时,曾经无意间得到一只母兔子。不久,母兔生了一窝小兔,但他的零用钱有限,实在没有足够的钱买食物来喂这窝小兔子。于是,他想出了一个主意:他告诉邻居小朋友,只要他们肯拿食物来喂小兔子,他将用小朋友的名字为小兔子命名。小朋友们立刻踊跃提供食物。这件事给卡内基留下极深刻的印象——人们对自己的姓名非常在意。

有一次,卡内基与布尔门铁路公司竞标太平洋铁路的卧车合约,双方不断削价并均已无利可图。一天,卡内基与布尔门在一家饭店门口巧遇。卡内基对布尔门说:"我们这不都在作践自己吗?"布尔门说:"你此话何意呢?"卡内基向布尔门陈述恶性竞争的坏处,并提议彼此化解前嫌,携手合作。布尔门认为有点道理,就问道:"如果我们合作的话,新公司的名称叫什么好呢?"

卡内基想起兔子的往事,他果断地回答:"当然要叫'布尔门卧车公司'啦!"卡内基的回答,使布尔门的双眼顿时发亮,两人很快达成了合作的协议。卡内基"尊重别人姓名"的本事,使他以名得利,最后建立了他自己的钢铁王国。

天 戈

财商悟语

在矛盾和分歧面前,你是否选择退一步呢?如果退一步没有对我们造成任何损失,而且还有收获的话,退一步又有什么关系呢?成功并不意味着一味地永往直前,有的时候,适时的避让,寻求合作会带来更大的收获。

(陈　牧)

好运是怎样降临的

好运,就这样在细微的善举里降临了。

一个女孩子,大学毕业之后,历尽艰辛,仍没能找到一份合适的工作。这天她又来到一家公司应聘。她按招聘启事上的地址找到总经理办公室。老板椅空着,显然总经理不在。办公室里有几个人坐在沙发上谈话,女孩不好打断他们,就坐在一旁等着。当时天气很热,屋里虽然开着空调,但杯子已先后见了底,也没有工作人员进来续水。这时,女孩站了起来,为每个人的杯子都续上了水。

等了好一会儿,总经理还没有进来,女孩已为谈话的几个人续了几次水了。最后,谈话的人里面有一个中年人问她到这儿有什么事,她说是来应聘的。中年人望着她,想说什么,但又止住了,他点点头说:"你被聘用了。"女孩吃了一惊,她这才知道他就是这家公司的总经理。后来,她知道了更让她吃惊的事,这家公司根本就没有登过招聘启事,是她匆匆忙忙之中,走错了楼层……

好运,就这样在细微的善举里降临了。

财商悟语

　　这个女孩子的善举,使好运降临到她的身上。也可以说她的善举是她平时养成的一种良好的习惯。我们从小到大,父母、老师都常常在纠正我们身上的一些坏毛病,但我们总不太在意。实际上,如果我们从小就养成一些好习惯的话,才能在未来成长的道路上多一分坚实。

(刘海伟)

电 梯 原 则

就这 10 多秒钟?你必须说出报告的主要观点,还要争取他的认可和支持?

"电梯原则"来自前几年非常流行的一本书《麦肯锡观点》。

这个故事的大意是:你是某个咨询公司的经理,为了一个重要的项目你们日夜工作了 3 个月,准备了厚达 300 页的报告,当然还有几箩筐的原始资料。

客户对提案也非常重视,安排了公司所有高管出席,并请到了CEO 以及董事会的主要成员。

提案当天你们神采奕奕,准时到达客户会议室,做好一切准备工

作。CEO 和高管们也已经落座，他们将目光投向你，期待着你精彩的报告。

突然董事会秘书匆匆走进办公室，对 CEO 耳语几句，他对你点头表示歉意后离开会议室。5 分钟后他们回来，说道："非常抱歉，今天的报告不得不终止，因为我们有个非常紧急的事情，我必须马上飞去纽约。"

在你们无奈的眼神中，他们匆忙离开。然而就在 CEO 冲进电梯的那一刻，"等等，"他挡住电梯门，对你招手，"能否利用我到停车场的时间，说说你们报告的主要内容？"

就这 10 多秒钟？你必须说出报告的主要观点，还要争取他的认可和支持？你感觉血一下子冲上脑门，然而，没有第二次机会了，你马上冲进电梯，门一关上，你就转过身对着这一群人说："我们认为……"

这就叫做"电梯原则"。

阿　呆

财商悟语

　　你能够用一句话或者几句话，准确地表达你的观点吗？如果可以，那你至少是一个惜时如金的人。不仅不耽误自己的时间，还节省别人的时间。如果人人都能重视"电梯原则"，那我们的学习以及将来的工作效率不知道能提高多少倍！

（采　露）

别让时间掌控你

做时间的主人，别让时间做你的主人。

有个创意家，一直给人悠闲无事的感觉，但收入却不少。记者问他是怎么做到的？他说："做时间的主人，别让时间做你的主人。"

这话听起来有些玄妙，意思是说，你可以决定什么时间做什么事，而不是让时间来决定你应该做什么事。

时间对他而言只是桥梁，通过它，可以找到更合适的生活，而不仅仅是谋取财富。在他看来，时间还有更重要的使命："有时间的人是活人，没有时间的人是死人。"

宋国大夫戴盈之曾对孟子说："现在的赋税太重了，很想按照以前的井田制度，只征收十分之一的税，但是目前执行起来有困难，只能暂时减一点，明年再看着办，你以为如何？"

孟子不置可否，只举了个例子："有一个小偷，每天都偷邻居的鸡，别人警告他，再偷就将他送官，他哀求说，从今天开始，我每个月少偷一只，明年就洗手不干了，可以吗？"

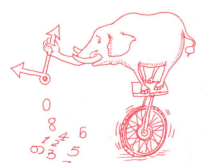

游乾桂

财商悟语

时间对每个人都是公平的。但是每个人利用时间的方法和效率却各有不同。同样的时间，由于利用方法的不同，会有截然不同的收获。如何才能收获更多一点呢？做时间的主人吧！只要你定计划、讲效率、有方法，你就一定能成功。当然，最重要的一点，那就是马上去做！

（赵 航）

你不能没有激情

激情是主宰和激励我一切才能的力量，如果没有激情，生命会显得苍白和凄凉。

我刚刚从可口可乐公司总裁位置上退下来，也没有了工作，正在找工作。我猜想，你们当中有不少人也在做着同样的事。因此，你瞧，我们大伙儿都一样。

回顾自己的一生，从依阿华州的一座农场开始，直到坐进亚特兰大一座大厦的豪华办公室，我要是能告诉你们，这是一种痛苦而令人难以忍受的经历，那就好了。然而它不是。在某些情况下，失望和忧虑的磨炼只会使生活变得快乐和振奋。你们可能会问为什么，这问题我想得很多。剧作家尼尔·西蒙说，激情是主宰和激励我一切才能的力量，如果没有激情，生命会显得苍白和凄凉。当然，他是搞艺术的，但是请相信我，朴素的真理是适用于一切活动领域的，它一直是我生活的核心。无论你们是从事商业，从事科学还是法律、宗教和教育；无论你们是绝顶聪明，还是和我们常人一样资质平平；你们是怎样的人并不重要，如果你希望生活得有成就感，希望生活得充实，有一样必不可少的东西，那就是"激情"。

今天我站在这儿，看着2400位从19岁到65岁的毕业生，经过自己的努力终于有了今天，你们取得了成功，还在准备继续前进，我请你们做到追求真善美，因为我相信真善美这三种品质代替了95%的人类工作。这个世界不可能完美无缺，但我们可以使它变得美好起来。你们必须相信自己确实能够产生影响。

什么时候才是最好的时机呢？什么时候才是办企业、写一部书、登山、冒险、完成一项壮举的最好时机呢？我告诉你们，如果你是一个悲观主义者，那就永远不会开始。我的观点是，未来是一系列无穷尽的可能和机遇，我们的责任便是充分地利用这些可能和机遇。

我把人的大脑看成是一块海绵，我们步入了社会，海绵涨得鼓鼓的，于是我们开始压挤它，为的是把脑子里存储的东西取出来。但终有一天会挤得空空的，变成又干又硬的一团。在你们的一生中，要像在校读书时一样，不断地选修新的课程，你们要从中汲取新鲜而营养丰富的生命之水。富兰克林·罗斯福总统在大法官霍尔姆斯九十寿辰时去看望他，发现老人正坐在书房的熊熊炉火之前埋首于书本之中。罗斯福便问他："大法官先生，您干什么呢？"霍尔姆斯看了看他说："我在训练我的大脑，总统先生。"其实他正在自学希腊语。

现在我劝你们用不断更新的热情对待你们的未来，你们要有梦想的勇气。审视一下自己的内心，仅仅反问一句："我究竟希望有怎样的前途？"

亲爱的毕业生们，请记住，生活不是一场彩排。生活中的成绩不是我们的目的地，而是一段旅程。

[美]唐纳德·基奥

财商悟语

在奋斗的路上,失望、忧虑都是在所难免的。我们要经受得住困难的考验,振奋精神,充满激情,在快乐和信心中,寻找可能和机遇。充分利用这些可能和机遇,我们就能闯出一条成功的道路来。

(吴 祥)

 # 一个价值百万的创意

西韦伯提醒他的朋友注意:后来的事实证明,我不是给多了,而是给少了,它至少价值百万。

艾维·李是现代公关之父,他认为应该计划好每天的工作,这样才能带来效益。比如,他的一次卖思维案例就非常出色。

伯利恒钢铁公司总经理西韦伯,为自己和公司效率极低而十分忧虑,就找艾维·李提出一个不寻常的要求:卖给他一套思维,告诉他如何能在短短的时间里完成更多的工作。

李说:"好!我 10 分钟就教你一套至少可以提高效率 50% 的方法。"

"把你明天必须做的最重要的工作记下来,按重要程度编上号码。早上一上班,马上从第一项工作做起,一直做到完成为止。再检查一下你的安排次序,然后开始做第二项。如果有一项工作要做一整天也没关系,只要它是最重要的工作就坚持做下去。如果你不建立某种制度,恐怕连哪项工作最为重要你也难以决断。请你把这个办法作为每个工作日的习惯做法。你自己这样做了之后,让你公司的人也照样做。愿意试用多长时间都行。然后送支票给我,你认为这个办法值多少钱就给我多少。"李给了西韦伯一张纸说。

西韦伯认为这个思维很有用,不久就填了张 25000 美元的支票给李。后来西韦伯坚持使用这套方法,在 5 年时间里,伯利恒钢铁公司成为最大的不受外援的钢铁生产企业,而且多赚了几亿美元,他本人成了世界有名的钢铁巨头。后来西韦伯的朋友问他为什么给这样一个简单的点子支付这么高的报酬。西韦伯提醒他的朋友注意:"后来的事实证明,我不是给多了,而是给少了,它至少价值百万。这是我学过的各种所谓高深复杂办法中最得益的一种,我和整个班子第一次拣最重要的事情先做,我认为这是我的公司多年来最有价值的一笔投资!"

著名投资大师巴鲁克曾说过:"我遭受过多少次失败,犯过多少次错误,以致我个人生活中做过的多少次蠢事,都是由于我没有先思考就行动的结果。"据说后来他用了此方法,如鱼得水,最终成为华尔街股市的风云人物。艾维·李的方法告诉我们,做任何事情都要有计划性,要分清轻重缓急,然后全力以赴地行动,这样才能获得成功。西韦伯已经买了单,不需要我们再支付巨额的使用费,我们只管放心地使用这个简单而有效的创意就行了。

姚勇军

财商悟语

马上去做,是成功的秘诀之一。但马上去做,不是想也不想地蛮干,也不是没有计划地乱做,而是先思考,做好计划,抓住最重要的事情,全力以赴地去行动。在我们行动之前,别让冲动毁了自己,要先思考一下自己有多少把握,然后再去做。 (赵 航)

差　　别

此时老板转向了布鲁诺,说:"现在您肯定知道为什么阿诺德的薪水比您高了吧?"

两个同龄的年轻人同时受雇于一家店铺,并且拿同样的薪水。

可是一段时间后,叫阿诺德的那个小伙子青云直上,而那个叫布鲁诺的小伙子却仍在原地踏步。布鲁诺很不满意老板的不公正待遇,终于有一天他到老板那儿发牢骚了。老板一边耐心地听着他的抱怨,一边在心里盘算着怎样向他解释清楚他和阿诺德之间的差别。

"布鲁诺先生,"老板开口说话了,"您现在到集市上去一下,看看今天早上有什么卖的。"

布鲁诺从集市上回来向老板汇报说,今早集市上只有一个农民拉了一车土豆在卖。

"有多少?"老板问。

布鲁诺赶快戴上帽子又跑到集市上,然后回来告诉老板一共40袋土豆。

"价格是多少?"

布鲁诺又第三次跑到集市上问来了价格。

"好吧,"老板对他说,"现在请您坐到这把椅子上一句话也不要说,看看别人怎么说。"

阿诺德很快就从集市上回来了,向老板汇报说到现在为止只有一个农民在卖土豆，一共 40 口袋，价格是多少多少；土豆质量很不错，他带回来一个让老板看看。这个农民一个钟头以后还会弄来几箱西红柿，据他看价格非常公道。昨天他们铺子的西红柿卖得很快，库存已经不多了。他想这么便宜的西红柿老板肯定会要进一些的，所以他不仅带回了一个西红柿做样品，而且把那个农民也带来了，他现在正在外面等回话呢。

此时老板转向了布鲁诺，说："现在您肯定知道为什么阿诺德的薪水比您高了吧？"

[德]布鲁德·克里斯蒂安森　华　霞／译

财商悟语

每一天都是新的太阳，每天的生活都是变化多样的。需要我们多学，多问，多听，多想，多观察。从小做个"有心人"，才能在未来的竞争中占有先机。　　　　　　　　　　　　　　（赵　航）

买件红衣服穿

成功并非你想成功就可以达到，还要有迥（jiǒng）异于他人的智慧和思想才行。

美国钢铁大王卡内基小的时候家里很穷，有一天，他放学回家时经过一个工地，看到一个穿着华丽、像老板模样的人在那儿指挥工人干活。

"请问你们在盖什么？"他走上前去问那位老板模样的人。

"要盖个摩天大楼，给我的百货公司和其他公司使用。"那人说道。

"我长大后要怎样才能像你这样？"卡内基以羡慕的口吻问道。

"第一要勤奋工作……"

"这我早知道了，老生常谈，那第二呢？"

"买件红衣服穿！"

聪明的卡内基满脸狐疑："这……这和成功有关？"

"有啊！"那人顺手指了指前面的工人道，"你看他们都是我的手下，但都穿着清一色的蓝衣服，所以我一个也不认识……"

说完他又特别指向其中一位工人："但你看那个穿红衬衫的工人，我长时间注意到他，他的身手和其他人差不多，但是我认识他，所以过几天我会请他做我的副手。"

成功并非你想成功就可以达到，还要有迥异于他人的智慧和思想才行。

李 良

财商悟语

如果连与众不同的勇气都没有，就只能跟在别人的后边跑，永远成不了优秀的领跑者。成功只青睐那些敢于创新、有主见、有思想的人。行动起来，让我们培养独立思考的意识吧，而这也正是提升财商的必要途径之一。

（赵 航）

两点之间，曲线最"短"

歇业商人谢里曼就成了发现高度发展的爱琴海文明的第一人。

德国有个叫亨利·谢里曼的商人，幼年时期深深迷恋《荷马史诗》，并暗下决心，一旦他有了足够的收入，就投身于考古研究。

谢里曼很清楚，进行考古发掘和研究是需要很多钱的，而自己家境十分贫寒，在现实与理想之间，没有直线可走，他决定走曲线。

于是，从 12 岁起，谢里曼就自己挣钱谋生，先后做过学徒、售货员、见习水手、银行信差，后来在俄罗斯开了一家商务办事处。

但谢里曼从未忘记过自己的理想。利用业余时间，他自修了古代希腊语；而通过参与各国之间的商务活动，他学会了多门外语，这些都为日后打下了基础。

多年以后，谢里曼终于在经营俄国的石油业中积攒了一大笔钱，当人们以为他会好好享受一番时，他却放弃了有利可图的商业，把全部时间和钱财都花在追求儿时的理想上去了。

谢里曼坚信，通过发掘，一定能够找到《伊利亚特》和《奥德赛》中所描述的城市、古战场遗址和那些英雄的坟墓。1870 年，他开始在特洛伊挖掘。不出几年，他就发掘出了 9 座城市，并最终挖到了两座爱琴海古城：迈锡尼和梯林斯。这样，歇业商人谢里曼就成了发现高度发展的爱琴海文明的第一人，其发现在世界文明史中有着重要意义。

此时，人们才真正明白了为什么痴迷考古的谢里曼要花费那么多时间去赚钱，因为像许多事业一样，考古研究特别是发掘需要大量资金投入，也需要衣食无忧的心态。

🌸 张国庆

财商悟语

> 生活中的很多事情，两点之间，不一定是直线最"短"。比如说，我们爬山，要想登上山顶，如果取两点之间的直线，往往会望山兴叹，而必须多走弯路，才能攀上山巅。要实现我们的梦想，有时和爬山一样，需要走几步弯路才会到达顶峰。（刘海伟）

超前思维成就亿万富翁

一个人的目标定得要合理，不能遥不可及，也不能太容易达到，要恰到好处。

美国有一家规模不大的缝纫机厂，在第二次世界大战中生意萧条。工厂主杰克看到战时百业俱凋，只有军火生产是个热门，而自己却与它无缘，于是，他把目光转向未来市场，他告诉儿子，缝纫机厂需要转产改行。

儿子问他："改成什么？"

杰克说："改成生产残疾人用的小轮椅。"

儿子当时大惑不解，不过还是遵照父亲的意思办了。经过一番设备改造后，一批批小轮椅面世了。随着战争的结束，许多在战争中受伤致残的士兵和平民纷纷购买小轮椅。杰克工厂订货者盈门，该产品不但在本国畅销，连国外的经销商也来购买。

杰克的儿子看到工厂生产规模不断扩大，财源滚滚，在满心欢喜之余，不禁又向父亲请教："战争即将结束，小轮椅如果继续大量生产，需要量可能已经不多。未来的几十年里，市场又会有什么需要呢？"

老杰克成竹在胸，反问儿子："战争结束了，你想想看人们的想法是什么呢？"

"人们对战争已经厌恶透了，希望战后能过上安定美好的生活。"

杰克进一步指点儿子："那么，美好的生活靠什么呢？要靠健康的身体。将来人们会把身体健康作为重要的追求目标。所以，我们要为生产健身器做好准备。"

于是，生产小轮椅的机械流水线又被改造为健身器生产线。最初几年，销售情况并不太好。这时老杰克已经去世，但是他的儿子坚信父亲的超前思维，仍然继续生产健身器。结果就在战后 10 多年，健身器开始走俏，不久便成为热门货。当时杰克健身器在美国只此一家，独领风骚。老杰克之子根据市场需求，不断增加产品的品种和产量，扩大企业规模，终于使杰克家族进入亿万富翁的行列。

（杨传书）

财商悟语

在成长的道路上，我们要有明确的目标，目标定得要合理，不能遥不可及，也不能太容易达到，要恰到好处。也就是说，制定的目标在经过自己的努力后能实现，并且能让自己有一种胜利的喜悦。

（赵　航）

赚取迟到的财富

该"广而告之"一亮出,就立即吸引了那些在股市上亏钱的投资者的眼球。

美国纽约曼哈顿金融街上,有一家"地中海赊账酒吧",虽然店面不大,但生意十分红火。然而5年前,这个酒吧的前身地中海快餐店却是门可罗雀,生意冷清,一度陷入濒临关门的境地。但自从老板费尔沃特·查理推出了一个别出心裁的经营项目后,立刻扭亏为盈。

8年前,费尔沃特·查理在曼哈顿金融街上开了一家规模不大的小饭店——地中海快餐店。由于经营项目与周围同行差别不大,在激烈的竞争中,很难吸引人,因此常常入不敷出。查理一度陷入沮丧之中,打算将快餐店转手。

天无绝人之路。5年前的一天,正当查理关门打烊(yáng)时,附近的一阵争吵声让他停下了手中的活。原来是一个醉汉在酒吧喝完酒之后掏不出钱,要求赊账,酒吧老板不同意,双方吵了起来。这是金融街上很常见的现象:每逢道指下跌之日,收盘后,证券交易所周围就会出现许多垂头丧气的男女,其中相当数量的人会不约而同地踏进各家酒吧,借酒消愁解闷。然而,其中一些人喝完酒后,却因囊中羞涩而难以当场付钱,因此常常闹出顾客和老板之间的不愉快。

这个平时司空见惯的现象倏地触发了查理的灵感,他决定改弦易辙,索性将"地中海快餐店"更名为"地中海赊账酒吧",换一种"先醉后

还"的思路来经营酒吧。根据每天道指的下跌情况，允许前来消费的暂时失意者赊欠一定的额度，待他们赚钱时再归还，赚取"迟到的钞票"。因为股市不会只跌不涨，这些赔了钱郁闷的人，赚钱时心情高兴，自然会来还账。

查理在酒吧里装上大屏幕电视机，随时播报道指跌涨和股市动态。

与此同时，他在酒吧外的招牌上打出这样的广告：本酒吧根据道琼斯工业指数下跌而设定消费赊账金额，每下跌一点，顾客可以赊欠 50 美分；以此类推。赊欠的上限为 50 美元。所有赊欠款项请在 3 个月内予以偿还。

该"广而告之"一亮出，就立即吸引了那些在股市上亏钱的投资者的眼球，这些失意者此时正需要"寅吃卯粮"而借酒消愁。而查理的这一招正迎合了他们的心理，他们纷纷前去光顾。查理只需将他们的社会保险号码、电话号码、所限赊的酒品数量和金额，以及各自所定下的结账日期等输入电脑即可，到时候，他们自然前来结账。

由于查理推出了与周围餐饮业完全不同的，独一无二的经营模式，现在地中海赊账酒吧天天顾客盈门，生意非常红火，平均每天营业额达近万美元。

闻　力

财商悟语

　　贫瘠的土壤里不适合栽种娇艳的花朵，但却是仙人掌繁育的好场所。同样的问题，不同的解决思路就会带来完全不同的收获。

（赵　航）

做个百万富翁

80%以上的百万富翁称,如果不把自己的职业放在心上,他们是不会成功的。

80％以上的百万富翁称,如果不把自己的职业放在心上,他们是不会成功的。

他们和你一样平凡,只是他们很有钱。看到"百万富翁"这个词,你会联想到什么？对我们很多人来说,百万富翁就是类似华尔街银行家的人士,拥有私人飞机,喜欢收藏豪华汽车,过着令人羡慕的生活。但是,很多现代百万富翁住在中产阶级社区,他们也是早九晚五忙于工作,和我们其他人一样经常光顾折扣店。驱使他们这样做的理由不是物质财富,而是更在乎金钱带来的更宽的选择空间。

既然越来越多的人变富了,那为什么你不是其中之一呢？美国的《读者文摘》12月号邀请了5名至少拥有100万美元身价的富人,分享他们的发迹史。

制 定 目 标

20年前,杰夫·哈里斯似乎与踏上财富之路很难搭边,他是一名辍学的大学生,是杂货店一名员工,在垃圾场捡一些废铜烂铁,勉强能养活妻子丹安妮和3个孩子。现在,他是一名49岁的投资顾问,也是南卡罗来纳州约克市的一名千万富翁。

杰夫脱胎换骨的一个重要原因是他相信自己一定能成为有钱人。希望成为有钱人是至关重要的第一步。"财富最大的障碍是害怕。人们害怕考虑大事；但是，如果你光考虑小事，你就只能做到小事。"他的转折点来自一次圣诞晚会，席间，他遇到了一个股票经纪人，他说："和他的一番交谈让我感觉自己发现了灵感火苗，在杂货店里闲下来的时候我开始读一些有关投资的书，我开始每个月将 25 美元投入共同基金。"接下来，他在当地一所社区学院开始教授投资课程。学生成了他的第一批客户，也让他的投资开始有所回报，杰夫说："我付出了很多努力。但是，我得到的回报使我完全相信自己能成功。"

善 于 自 学

大学毕业后，史蒂夫获得了一个工程学学位和一份高科技工作。但是，他的生活仍入不敷出，现在，他 45 岁了，已是 3 个孩子的爸爸了，住在科罗拉多州温莎市，他说："我在大学学过一堂金融课，后来为了滑雪放弃了。现在，我必须回到我的银行，向人们请教如何看懂借贷表。"

赚钱的最大障碍之一是不理解。我们中很多人不选择投资就是因为不了解投资。但是，为了赚钱，你必须是一名金融专家。史蒂夫开始看一些有关货币管理以及投资的书籍和杂志，和妻子开始应用学到的知识：他们制定了要按照自己意愿生活的目标。他们从来不会冲动购物，总是在妥善商量后才作决定。赚到够买更昂贵物件的钱后，他们会选择长时间待在家里。此外，两人还将自己年薪的 20% 用于投资。

10 年过去了，他们成了百万富翁。2003 年，史蒂夫辞去工作当上了一家公司的老板，他的公司是为一些大公司雇员开设私人理财班。他还开始转向房地产投资。现在，他拥有 3000 万美元的投资物产，包括公寓大楼，一家大型购物中心和一座石矿。

自始至终充满赚钱激情

1995 年,吉尔和她的丈夫还只是能勉强度日。和我们很多人一样,吉尔渴望实现自己的目标,所以她花钱报班向一名生活教练请教,吉尔说:"当我告诉她我的目标是一年赚到 3 万美元后,她说我的标准制定得太低了。我需要的是集中热情,而不是紧盯薪水。"

吉尔和儿子住在明尼苏达州的亚历山大市,她是一家礼品篮公司的老板,年收入为 1.5 万美元。她注意到自己让一些潜在顾客品尝茶点后,她的礼品篮出售得飞快,她就想,为什么不直接向顾客出售食品呢? 于是,她把自己的 6000 美元存款拿出来,又说服一名朋友参与投资,还向银行借了一笔款,开始在自家后院的小屋里准备美食,出售给美食鉴赏派对。虽然起步很难,但她还是坚持下来了。

积极的态度相当重要: 吉尔后院的公司 Tastefully SImple 现在成了一项直销产业,去年的销售额为 1.2 亿美元。吉尔也被《快速杂志》选为北美 25 大女商人之一。

据《富翁心智》一书的作者托马斯·J.斯坦利的调查显示,80% 以上百万富翁称,如果他们不把自己职业放在心上,他们是不会成功的。

财尽其用 投资生利

我们大多数人认为自己生活在一个薪水复薪水的无限循环中,《百万富翁制造者》一书的作者劳拉·兰格梅尔说:"摆脱这种模式最快的方法是投资生利。"将一笔款项用于一个目的,投资于一个能快速生钱的产业或者房地产。兰格梅尔说:"每个人都有销售才能。"

小收益也能让你成为百万富翁。25 年前,里克·斯科斯基曾梦想拥有一个私人训练场地,他说:"我租了一个小小的工作间,每小时收费 15 美元。赚到钱后,我没有挥霍,而是一点点存起来,攒够了再投入事业。"现在,里克的健身中心成了国际连锁健身场所,总部在科罗拉多州,在全球拥有 360 家健身中心,其资产也超过了 4000 万美元。

没有勇气就没有荣光

29 岁时戴维一文不名,他住在波士顿附近的一所小公寓里,他是当地摇滚乐队的一名成员,开始考虑 10 年后自己的境况如何,他说:"我环顾四周,心想,如果我不做出点成就来,我就会永远困在这里。"

他开始创办景区公司,贷款购买设备。那年冬天生意冷冷清清,银行一名朋友问他是否打算装修一座取消赎回权的房子。装修一段时间后他突然想,为什么不买下这些房子,再高价出售呢? 于是他冒险购置了自己的第一所房产,用房子出售的收益,买了一座又一座的房子。20 年后,他在 8 个州都拥有了自己的公寓大楼,总价值 1.43 亿美元。

不 乱 花 钱

另外,成为富翁的最大秘籍是什么? 不乱花钱。和我们对话的所有富翁都有一个共同点:绝不是一个乱花钱的人。这绝不是偶然巧合,据美国 2007 年度财富调查显示, 一些最富有的人花钱思维和中产阶级一样,他们也会剪下优惠券,等待促销,在折扣期间购买大宗物件。

杨 教

财商悟语

很多百万富翁,并不是含着金钥匙长大的,他们曾经也是入不敷出的穷人。持续不断地作出努力使他们最终取得了成功。有志者,事竟成,试一下吧,努力学习,掌握一身好本领,朝着既定目标,不断前进,不断付出,或许多年后我们就成为大富翁了。 (采 露)

第 九 辑

给欲望设定底线

　　拍卖会上,一位女子看中了一套塔罗牌,原价 20 元。朋友问她愿意付多少钱,女子说愿意多付 100 元。朋友说:"那好,120 元,就是你的最高出价,也是底线,超过这个就放弃。"在竞拍中,塔罗牌冲过了 120 元的底线。朋友安慰说:"虽然没得到那副塔罗牌,但你今天学到的东西比这副牌更有价值。你学会为欲望设定底线,很多人失败就是没控制好底线,结果成了欲望的奴隶。"

　　失去控制的欲望会吞噬人的幸福、快乐,缺少底线的欲望会让人意乱心迷,财富也会离他而去。要记住:财商需要欲望,欲望需要底线!

降低快乐的标准

很多人只记住了默多克的微笑，因为拥有亿万资产的他却为捡到一枚硬币而微笑。

　　一位媒体大亨会为捡到一枚硬币而会心一笑，一位亚太首富最美好的记忆是开了一间小店，而一位功成名就的企业家却乐于去经营即将破产的钢铁厂。这些在常人看来不可思议的事却让他们快乐无比——

　　澳大利亚开奥运会的时候，在这片土地上发迹的媒体大亨默多克当然会去捧场。

　　在现场，默多克发现座位底下躺着一枚硬币，他站起身来，然后蹲下，捡起了那枚硬币，脸上带着微笑。

　　这个细节被媒体爆炒，很多人只记住了默多克的微笑，因为拥有亿万资产的他却为捡到一枚硬币而微笑。

　　香港的记者曾问过亚太首富李嘉诚："君以为一生之中，最快乐的赚钱一刻是何时？"李嘉诚说："开了一间临街小店，忙碌终日，日落打烊时，紧闭店门，在昏暗灯下与老伴一张一张数钞票。"

　　李嘉诚的答案令记者所料不及。但这真是妙答啊，一点都不做作，谁都会对这样的快乐会心一笑。马来西亚还有位华裔企业家谢英福，当时马来西亚有一家国营钢铁厂经营不景气，亏损高达 1.5 亿元。首相找到他，请他担任公司总裁，他不假思索地答应了。在别人看来，这是一个错误的决定，因为钢铁厂债重难还，生产设备落后，员工凝聚力涣散，这是一个巨大的洞，根本无法填平的洞。

但谢英福却坦然对媒体说:"当年我来到马来西亚时,口袋里只有5元钱,这个国家令我成功,现在我要报效这个国家,如果我失败了,那就等于损失了5元钱。"

年近六旬的谢英福从别墅里搬出来,住进了那家破败的钢铁厂,3年后,工厂起死回生,开始大量赢利。

🌸 流 沙

财商悟语

在这个世界上,快乐无处不在,它慷慨得就像空气一样,到处都是。但很多人却感受不到快乐,因为他们把快乐的标准定得很高,总认为做大事才能有快乐。其实,降低一下标准,你会发现,一棵小草、一朵花、一道彩虹、一滴露珠中,都能寻找到快乐。快乐也是财富。

(采 露)

大厨与银行家

自己人生价值的实现、成功与否,不需要通过其他人的肯定来获得满足和回报。

一位在纽约华尔街附近一间餐馆打工的 MBA 留学生,一晚对着餐馆大厨再次老生常谈地发誓说:"看着吧,总有一朝我会打入华尔街去。"大厨侧过脸来好奇地询问他:"你毕业后有什么设想?"留学生利落地应声道:"当然最好是马上进跨国公司,前途和钱途就都有保障了。"大厨又说:"我没问你的前途和钱途,我问的是你将来的工作志趣和人生志趣。"留学生一时语塞起来。大厨叹口气嘟囔道:"要是经济继续低迷餐馆歇业,我就只好去当银行家了。"留学生差点惊了个跟头,他觉得不是大厨精神失常,就是自己的耳朵幻听,眼前这位自己一向视为低人一头的大老粗,跟银行家岂能扯得上。

大厨盯着惊呆了的留学生解释说:"我以前就在华尔街的银行里上班,日出而作,日落却无法息,每天都午夜后才回家,最终厌烦了这种劳苦生涯。我年轻的时候就喜爱烹饪,看着亲友们津津有味地赞叹我的厨艺,我便心花怒放。一次午夜两点多钟,我结束了一天的例行公务后,在办公室里嚼着令人厌恶的汉堡包时,便下决心辞职去当一名专业美食家,这样不仅可以满足自己挑剔的肠胃,还有机会为众人献艺。"

无论从事什么职业都无高低贵贱之分,重要的是干事业的兴趣和自在愉快。而自己人生价值的实现、成功与否,不需要通过其他人的肯定来获得满足和回报。淡泊的人生是一种享受。守住一份简朴不愿显山露水,越来越被更多的人认为是一种难得的人生境界。

[挪威]埃瑞克

财商悟语

只要是自己喜欢做的工作,不管它多么平凡,就都是开心的。有的人虽然做了大家羡慕的工作,但不是他喜好的工作,那也是开心不起来的。我们以后从事什么工作、什么行业,也需尽量以自己的喜好为标准,不要害怕别人用什么眼光看我们,自己认为好,能给自己带来快乐,我们就去做;当然了,前提是不能损害他人。　　(采 露)

书生与渔夫

鱼啊,鱼啊,你禁不住诱惑,吃渔夫送上门来的大饵。你的贪欲最终把你送上了绝路!

有一位书生准备进京去赶考,连日来急着赶路,身体有些疲惫,于是就在树下睡着了。

不知不觉中,书生睡了好几个小时,醒来时觉得头脑有些昏沉沉的,决定到附近的河边洗把脸,让自己变得更加清醒,以便能继续赶路。

到了河边,刚好见到一位渔夫钓到了一条大鱼。

"哇,好大的鱼啊!"书生禁不住叫道。

渔夫看了书生一眼,得意地笑了一下。

"这么大的一条鱼,你是怎么钓到的?"书生忍不住问道。

"这当然需要一些技巧!"渔夫笑着答道。

"能给我讲讲吗?"

"其实我也是尝试了好几次才成功的。"

"哦,怎么说?"

"我在这里钓了这么久的鱼,从来也没有钓到过这么大的鱼,所以当我发现它的时候,心里非常兴奋,下定决心一定要把它钓到。"

书生被他的话吸引住了,追问道:"然后呢?"

"然后,我就按照以往钓鱼的方法,在钓鱼钩上做饵,放在水里去给它吃。谁知道,它根本不理我。我想那条鱼可能嫌这个饵不够大。"

"那就拿掉这个小的，换上个大一点的啊！"

"是啊，于是我就把饵换成一只小乳猪，没想到这个方法还真管用，没过多久，大鱼就上钩了，当它吃到鱼饵时，我的钓线就将它的嘴巴牢牢地缠住了，使它无法动弹，当然就游不走了。"

书生听完后，感叹地说："鱼啊，鱼啊，河里有这么多的小鱼小虾，你一辈子都享用不尽，你却禁不住诱惑，偏偏去吃渔夫送上门来的大饵。你的贪欲最终把你送上了绝路！"

财商悟语

大鱼因为禁不住诱惑而走上了绝路，这是一个很好的启示。在人生路上，时刻会有各种各样的诱惑向我们招手，只有保持一颗平常心，不贪婪，我们才能收获更多。追求财富也是如此，如果你一味地贪多、贪大，最后受伤害的只能是你自己。　　（孟　翼）

金　　表

我们所得到的每一分收获，都应来自于自己的辛勤付出。

这是一个真实的故事。

两年前，在某市，发生了一起盗窃案：某高档商场被盗，其中有 8 块金表，每块价值 8 万余元。

就在案子尚未侦破时，外地的一位商人到此地进货，随身携带了近10万元巨款。早晨下飞机住到酒店后，他先去办理了贵重物品保存手续，将钱存进了酒店的保险柜中，此后，稍事休整，出门去吃早点。

早点摊上，他听旁边的人在谈盗窃案，说被偷了几块金表，案子尚未侦破等。吃完饭出去办事，不时听到身边有人在说起金表，但他也没当回事。

中午吃饭时，邻桌又有人在说金表的事，说是听说某人用4万块钱买了两块，倒手就卖了7万，还说要是这事碰到自己身上，该有多好。商人听了不禁一乐：哪会有这么好的事？

等到吃晚饭时，金表的话题又在耳边响起，众说纷纭，不一而是。当他吃完饭一人回到酒店后，就有人神秘地打来电话，说知道他是外地到此做大买卖的有钱人，愿不愿意买两块金表带走，本地不好脱手等，并说表的质量可以到附近的珠宝店检测。

商人终于动了心，这比自己这趟正经生意赚得还要多啊！于是他答应面谈，最终以9万元买下了据说是被盗8块金表中的3块。

第二天他觉得事情有些不对，再拿出金表请人检验，才知道价值也就3000余元。

当骗子们落网后，商人才知道，从他一到酒店存钱，骗子们就注意上了他，然后这一整天他听到的所有关于金表的话题，都是专门说给他一人听的。两个骗子先后雇佣了十余人来对付他，直到他掏钱买表为止；如果第一天没有奏效，第二天还有安排好的节目。

财商悟语

财富的积累依赖于诚信和不懈努力。不欺心亦不会失财。我们所得到的每一分收获，都应来自于自己的辛勤付出，诚实的汗水，才会浇灌出甜美的果实。 （采　露）

自 我 欺 骗

一个人不可能面面俱到，追求完美，关键在于努力把自己的特长发挥到极致，而把不足之处的危害降到最小。

美国国际管理集团(IMG)的创建者马克·H.迈克是世界一流的管理专家，他自己介绍，他从一位好朋友身上学到了不少东西。

这位朋友是位出类拔萃的推销员，只要他一出面，他的魅力就能充满每个角落，你只有把钱花光才会离开。不过他的长处仅此一点，在其他方面，比如说组织、资金使用、对部下的鼓励、业务细节和工作贯彻方面都一窍不通。

这种人本可以成为一个公司明星般的销售经理，但绝不是企业家。然而这位先生是个自欺欺人的大师，他过高地估计了自己的能力。连续10年，他不断地组建自己的公司，接下来就是不断地关闭。

更具有讽刺意义的是，他认为自己非凡的销售才能是人人都具备的。对他来说，销售是最简单不过的工作，他认为对别人也一样容易。于是他待在办公室中做管理，让别人出去跑销售，结果公司中没有一个人在发挥自己的特长。

一个人不可能面面俱到，追求完美，关键在于努力把自己的特长发挥到极致，而把不足之处的危害降到最小。如果把精力全部花在提高弱项方面，收效甚微，反而会影响到别的方面，成为一个毫无特色的人，自然也就难有建树。

财商悟语

有些事情你再苦再累都干不好，有的事情你轻轻松松就可以把它干好，并且干得很出色。这是因为你的才能适合做某些事情。如果我们认识不到这一点，认为自己干什么事情，都能够干得很出色，不仅是自欺欺人，而且也会让我们多走人生的弯路。（赵　航）

钱是怎么来的

父亲一气之下扔了一分钱给孩子,让他去买油,父亲心想,我看你会把钱掰成两半一半买油一半买吃的不成?

这个故事是父亲讲给我听的。

在讲这个故事之前，父亲问了我这样一个问题:钱是怎么来的?

我的回答父亲总不满意。父亲说，还是先听故事吧。

说的是一个小孩子，他有一个坏毛病，那就是好吃懒做。孩子的父亲时时刻刻都指望他能改掉这个不良习惯。然而那个孩子一点也没有改正自己缺点的意思。

父亲不得不随时随地提防自己的孩子，担心他会把家里的钱或值钱的东西偷到外面去换吃的,这位父亲觉得自己每天都活得很累很辛苦。不过说来也怪，孩子虽说好吃懒做，却从没偷过家里的钱，也没有听说过他在外面偷过左邻右舍的东西。他弄钱的办法完全是一种正当的手段。比如说你给他钱买酒,他会少买一点酒,然后把剩余的钱一股脑儿买了吃的。无论是买油盐还是酱醋,他总会用相同的办法省出钱来满足他那张不太争气的嘴……

为了使孩子的懒惰习性不再滋长,父亲决定给孩子一些力所能及的事做,包括给他钱去小店买东西。只是父亲在给钱的时候坚持了这样一个原则:少给钱多办事。尽管如此,孩子依然我行我素,把父亲的话当做耳旁风。

有一回,父亲一气之下扔了一分钱给孩子,让他去买油,父亲心想,我看你会把钱掰成两半一半买油一半买吃的不成?

孩子到了店里,售货员给他装满了油,把瓶子递给他,手却不缩回去。孩子知道售货员是要钱,就装模作样地浑身摸了一遍,然后苦着脸告诉售货员说钱掉啦。售货员无奈,只好把瓶子里的油倒出来,把空瓶子还给孩子。

孩子嘴里呷着一粒糖,双手抱着那个油瓶子,兴致勃勃地回到家里。一进门,父亲劈头就问,油呢?

孩子举了举瓶子。

瓶子壁上附的油正慢慢流回瓶底里,差不多有一小勺。

父亲大怒,这点油怎么吃?

孩子说,一分钱只能买这么多。

……

我的父亲就这样结束了他的故事,但他那期盼的目光始终在我的身上流连。我想了想,说道,这个孩子身上有生意人最完美的素质,但也有生意人最致命的弱点。

父亲赞许地点了点头,然后自言自语地说道,其实钱就是这么来的,也是这么走的。

刘学兵

190

财商悟语

这个孩子身上的财商素质是什么呢？就是想尽办法得到钱。最致命的弱点又是什么呢？就是好吃懒做，为了钱不择手段。我们要获得财富，就要明白"君子爱财，取之有道"的道理，更不能忘记要用自己的劳动和智慧创造财富。　　　　（赵　航）

出 卖 纯 净

不幸的他顿觉五雷轰顶，他知道祸首正是自己，是自己派去修路盖房的人污染了它。

有个人很想致富，见人家卖矿泉水卖得好，就出发到处去找水。

乘火车乘到铁路尽头，换乘汽车乘到公路尽头，再沿小路走了七八公里，终于找到了好水。取样化验，不仅富含几十种有益人体健康的微量元素，更可贵的是，那水没受过任何污染，纯净极了。专家说：用它做成的矿泉水，品质绝对一流。

他欣喜若狂，立即贷款、修路、投资办厂。第一批产品出来了，信心十足地投放市场，一检查，却细菌超标。检查了全部生产环节找不出原因，再回头化验生产所用的好水，毛病正出于此，水已被严重污染，急问可有办法应对，专家说：办法只有一个，从现在起完全停用，细加保养，5年后可望重新启用，投入生产，但想要它恢复到从前的纯净，怕是不可能了。

不幸的他顿觉五雷轰顶，他知道祸首正是自己，是自己派去修路盖房的人污染了它。他终于明白，纯净可以被赞美、被欣赏，甚至可以被享用，但无法出卖，一旦出卖，纯净就再也不纯净了。

🔖 莫小米

财商悟语

世界上有的东西能用钱买到，但有的东西却无法买到，比如真情、发自内心的尊重、忠诚等。我们的人生财富中，除了金钱还有更可贵的部分需要我们珍视。

（采 露）

放下手中的"核桃"

放下手中的"核桃"，放下贪念，以积极、正确的态度看待欲望，就可以生活得轻松、惬意、智慧。

读到一则小故事：在印度西部的马哈尔丛林里，人们捕捉猴子时，总是要在一个固定的盒子里放上猴子们最爱吃的核桃；而盒子上，只留一个能让猴子的前爪伸进去的小口。猴子一旦攥住那只核桃，前爪就无法抽出来，自然那只猴子就只能束手就擒了。

其实，猴子被捉的原因很简单：因为它不知道放下手中的核桃。

猴子的可悲命运在抓住核桃的瞬间就已经注定了。但由猴子而看人时，却发现在现实生活中，有些人比这些猴子还愚蠢。私欲和贪婪就像那个被紧紧攥住的核桃，导致他们如猴子般可悲的下场。

猴子喜欢吃核桃，并想拥有核桃，这是无可厚非的，就像每个人都会有自己的欲望和追求，都想实现自己的欲望一样自然。人如果没有了欲望，没有了追求，那么人自身也就没有了发展，社会也就不会进步。但凡事有度，超过了限度而把适度的欲望变成过分的私欲，必然使人变得愚蠢，当正确的追求成为贪婪，必然使人深陷绝境而不能自拔，面对形形色色的诱惑而无法自控，就像该放弃时而不肯放弃的猴子一样，结局可悲！想那些贪婪的人，哪个不是因为不肯放下手中的"核桃"，而得到了猴子一样可悲的结局？猴子的可悲在于它不知道松手可以救命，这是动物的愚蠢。而当贪婪占据了人的心灵时，人就会犯动物式低级的错误，变得同动物一样愚蠢、可笑。

人要学会放下手中的"核桃"，也就是放下心中的奢欲和贪念，这才是选择了一种健康向上的生活态度，一条光明坦荡的人生之路。

在今天，让人淡泊名利追求隐居遁世的人生显然不合常理，想要出人头地、扬名天下也是人之常情。但为人总有道德的标准，守住自己的标准，面对诱惑以平常心待之。放下手中的"核桃"，放下贪念，以积极、正确的态度看待欲望，就可以生活得轻松、惬意、智慧。

人生漫漫，还是放下手中的"核桃"为好。

茹喜斌

财商悟语

放下手中的"核桃"，猴子就可以远离灾祸。人是聪明的，一下子就看出了猴子不松手的悲剧。可有一些人只能看到猴子不松手的悲剧，却看不到自己在危险的贪欲面前不松手的悲剧。放下贪欲，我们人生的旅程会更轻松一些。　　（赵　航）

小钱大快乐

我只希望钱能带给我真正的快乐,那种良心安宁前提下的快乐。

我一直以为,一个人花钱的气度并不和他挣钱的多少成正比。

所谓"能挣也能花"是少数,多数情况是不能挣却能花,能挣却舍不

得花。比如我,虽说不是富婆,比起身边几个朋友来,算是收入高的,但我在花钱上的气量比她们小多了,我若是哪天买了件比较贵的衣服,便会好些日子惴惴不安,像做了错事一样。不像我的女友,工资到手第一天,就敢买一件相当于一半工资的衣服或鞋包,剩下的日子就在等下个月的工资了。又比如,很多女人

情绪低落时,往往以疯狂购物来调节,这招对我也不灵,我要那样情绪会更糟。所以我总想,自己的前世一定是个穷人,穷怕了,穷习惯了。

这么一推理我发现,曾给我带来快乐的钱都是小钱。

第一笔让我开心的钱是一毛八分,我自己挣的。那年我 12 岁,读初一,班上一个女生约我去打牛草,卖给他爸爸的单位。我花了一下午的时间,汗流浃背,且浑身痒痒,打了大半背篓牛草去卖。过完秤人家把钱递给我时,我不好意思数,一把捏住就塞进口袋里,然后边走边悄

悄用指头去捏。有张一毛的纸币，另外几个硬币我只好靠大小判断，最后确定一个一分，一个二分，一个五分。摸到五分时，心中竟涌起一股暖流。回家时路过水果店，看见人们在排队买西瓜。那是 20 世纪 70 年代，物资极其匮乏，水果店早已形同虚设了，偶尔买点儿水果必排队。我也跟着去排，排到了，只剩三个最小的。售货员一下称给我，就那么巧，刚好一毛八。我乐滋滋地拿回家。妈妈和姐姐都喜出望外，西瓜虽小也是西瓜啊，我们已多日没吃过水果了。那天真是老天照顾，三个小西瓜，每个都很甜，吃得我们母女三人幸福不已。

此生我的第一笔存款是 5 块，也是上初中时。我们家那时每个月要烧 200 斤煤球，请人挑的话 100 斤 5 毛钱。但我妈要我去挑，省钱是一方面，更主要是为了锻炼我。我妈常说我们家不能养小姐。那时我们住在一个小山城，到处都坡坡坎坎的，路很不好走。我一次挑 50 斤，挑一次我妈给我一毛钱。当然不能说是工钱，只说是买冰棍儿吃的。除非天气实在太热，我一般舍不得买。

钱都存下来。加上父亲每星期给我的 3 毛零花钱，一个夏天我就存到五块了。若不是有时嘴馋买了点儿零食，眼馋买了几张花手绢儿，我还可以存更多。存到 5 块时我就沉不住气了，到底是穷人的底子，成天都叨叨想买个什么，被我妈得知后，打起了歪主意。我妈告诉我百货商店里有很好看的花布，5 块钱就可以做一件新衣服。我被说动了，跟她去百货商店买了花布做了件新衣服。上当都不知道，还美滋滋的。一直到成家后我才明白，衣食大事本该由"政府"出资的，不该征用"民间"的钱。当然，我老妈也已为此事专门向我"致歉"了。

我的第二笔存款就多了，60 元。那时我已经当兵，每个月津贴 7 元 7 角 5 分。需要说明的是，7 角 5 分是女兵的卫生费，同年的男兵就只有 7 元。指导员上政治课动员我们勤俭过日子，让每月存 5 元。我也就听话，每月存 5 元，一个月剩下不到 3 块钱。日子过得紧巴巴的。到了年底，从司务处一下领到 60 元，真觉得发了大财。我拿着钱，跑到军人服务社，给爸爸买了两瓶茅台，当时茅台酒 9 元一瓶；给妈妈买了两瓶花生酱,妈妈喜欢吃花生;给姐姐买了件的确良衬衣,给自己买了个半导体收音机。嘿,觉得自己就像个富翁,很开心。

再说说我的第一次旅游,也是小钱带来的快乐。1979 年我考进大学,依然拿部队的津贴,一个月 10 块。因为要买书什么的,简直不够花,每月都得从伙食费里退一点儿出来聊作弥补。有一年春天几个同学相约去卧龙玩儿,个个都是穷光蛋,就各自找了几件旧衣裤去附近的村子里卖,也没卖多少钱,七八块吧,又去退了点儿伙食费。总之我们三个人一共凑了 20 多块钱,加上另外三个男生也凑了些钱,总计不超过 50 元,交给我保管。一路上我们能搭便车就尽量搭便车,能吃素面就吃素面,能睡车站就睡车站。6 个人玩了 5 天。

到卧龙后还假装社会调查,吃了公家的饭。最后分手时,我把每个人坐公共汽车的钱分完后,就剩一分了。最后,我们开心不已身无分文地回到了学校。

说到钱带给我的快乐,肯定要说到稿费。我现在差不多是个靠稿费谋生的人了。我拿第一笔稿费时 20 岁,在连队当兵,在《解放军文艺》上发了一篇散文,稿费 7 元。那是我第一次拿到津贴以外的钱,"意外之财",不知如何是好。大概从小家庭不顺的缘故,已学得很乖巧,便主动将这 7 元钱去书店买了书,捐给连队。7 元钱竟然买了十几本书,当然是按自己的喜好全买的小说之类。连里的战友也很高兴,以至于后来,连里的战友一看到书店来了新书就通知我,等着我再去买。

拿到第一笔"大稿费"时,我已经结婚,是一个中篇的稿费,400多。我用它给爸爸妈妈买了个沙发,150 元,给公公婆婆一人买了床狗皮褥子,160 元;还买了许多零碎。我买一样,就在那个装稿费的信封上写一样,后来信封上密密麻麻的,可见买了不少东西。着实过了一下花钱的瘾。

我此生的第一笔高消费,是买电脑,1991 年。当时我只有 2000 元存款,我卖了自己的金项链,一举用 2800 元买了台电脑,放在床头柜上,开始了我的电脑写作生涯。这是我很引以为自豪的一次花钱记录。

以后的日子,我依然过得很节俭,或者说更节俭了。

至今我也没体会到花大钱的快乐,我也肯定不鄙视钱。只希望钱能带给我真正的快乐,那种良心安宁前提下的快乐。

裘山山

财商悟语

最好不要把快乐和花钱联系在一起,更不要养成花钱买快乐的习惯。因为,有很多快乐是钱买不到的。在考试中,考了最高分,这是一种快乐,这不是用钱买来的,而是用努力换来的。花钱也许也能带来快乐,但如果想尝试这种快乐,最好是"花小钱,大快乐"。

(赵　航)

无论从事什么职业都无高低贵贱之分，重要的是干事业的兴趣和自在愉快，而自己人生价值的实现、成功与否，不需要通过其他人的肯定来获得满足和回报。淡泊的人生是一种享受，守住一份简朴不愿显山露水，越来越被更多的人认为是一种难得的人生境界。

第 十 辑

致 富 之 路

　　一个人每天在家虔诚地祈求财神爷保佑他发财,结果他竟然越来越穷,最后穷得家徒四壁。一气之下,他抓起那尊神像向墙上摔去,财神爷被摔得稀烂,却从里面掉出来一些金子。穷人把金子拾起来,大声说:"我膜拜你的时候,你让我一天比一天穷;我打烂了你,你却给我这么多金子!"

　　每个人致富之路虽然各不相同,但不论是创业还是打工,最重要的是搞清楚"你在为谁打工"。不论有没有老板,其实都是在为我们自己"打工"。我们今天的努力学习,正是为自己未来的成功打基础。

你在为谁打工

我要使自己工作所产生的价值,远远超过所得的薪水,只有这样我才能得到重用,才能获得机遇!

　　齐瓦勃出生在美国乡村,只受过很短的学校教育。15岁那年,家中一贫如洗的他就到一个山村做了马夫。然而雄心勃勃的齐瓦勃无时无刻不在寻找着发展的机遇。三年后,齐瓦勃终于来到钢铁大王卡内基下属的一个建筑工地打工。一踏进建筑工地,齐瓦勃就决心要做同事中最优秀的人。当其他人在抱怨工作辛苦、薪水低而怠工的时候,齐瓦勃却默默地积累着工作经验,并自学建筑知识。

　　一天晚上,同伴们在闲聊,唯独齐瓦勃躲在角落里看书。那天恰巧公司经理到工地检查工作,经理看了看齐瓦勃手中的书,又翻开他的笔记本,什么也没说就走了。第二天,公司经理把齐瓦勃叫到办公室,问:"你学那些东西干什么?"齐瓦勃说:"我想我们公司并不缺少打工者,缺少的是既有工作经验、又有专业知识的技术人员或管理者,对吗?"经理点了点头。不久,齐瓦勃就被升任为技师。打工者中,有些人讽刺挖苦齐瓦勃,他回答说:"我不光是在为老板打工,更不单纯为了赚钱,我是在为自己的梦想打工,为自己的远大前途打工。我们只能在业绩中提升自己。我要使自己工作所产生的价值,远远超过所得的薪水,只有这样我才能得到重用,才能获得机遇!"抱着这样的信念,齐瓦勃一步步升到了总工程师的职位上。25岁那年,齐瓦勃又做了这家建

筑公司的总经理。

　　卡内基的钢铁公司有一个天才的工程师兼合伙人琼斯，在筹建公司最大的布拉德钢铁厂时，他发现了齐瓦勃超人的工作热情和管理才能。当时身为总经理的齐瓦勃，每天都是最早来到建筑工地。当琼斯问齐瓦勃为什么总来这么早的时候，他回答说："只有这样，当有什么急事的时候，才不至于被耽搁。"工厂建好后，琼斯推荐齐瓦勃做了自己的副手，主管全厂事务。两年后，琼斯在一次事故中丧生，齐瓦勃便接任了厂长一职。因为齐瓦勃的天才管理艺术及工作态度，布拉德钢铁厂成了卡内基钢铁公司的灵魂。因为有了这个工厂，卡内基才敢说："什么时候我想占领市场，市场就是我的，因为我能造出又便宜又好的钢材。"几年后，齐瓦勃被卡内基任命为钢铁公司的董事长。

　　齐瓦勃担任董事长的第七年，当时控制着美国铁路命脉的大财阀摩根，提出与卡内基联合经营钢铁。开始的时候，卡内基没理会。于是摩根放出风声，说如果卡内基拒绝，他就找当时居美国钢铁业第二位的贝斯列赫姆钢铁公司联合。这下卡内基慌了，他知道贝斯列赫姆若与摩根联合，就会对自己公司的发展构成威胁。一天，卡内基递给齐瓦勃一份清单说："按上面的条件，你去与摩根谈联合的事宜。"齐瓦勃接过来看了看，对摩根和贝斯列赫姆公司的情况了如指掌的他微笑着对卡内基说："你有最后的决定权，但我想告诉你，按这些条件去谈，摩根肯定乐于接受，但你将损失一大笔钱。看来你对这件事没有我调查得详细。"经过分析，卡内基承认自己过高估计了摩根。卡内基全权委托齐瓦勃与摩根谈判，并取得了对卡内基有绝对优势的联合条件。摩根感到自己吃了亏，就对齐瓦勃说："既然这样，那就请卡内基明天到我的办公室来签字吧。"齐瓦勃第二天一早就来到了摩根的办公室，向他转达了卡内基的话："从第51号街到华尔街的距离，与从华尔街到51号街的距离是一样的。"摩根沉吟了半晌说："那我过去好了！"摩根从未屈就到过别人的办公室，但这次他遇到的是全身心投入的齐瓦勃，所以只好低下自己高傲的头。

后来，齐瓦勃终于自己建立了大型的伯利恒钢铁公司，并创下了非凡的业绩，真正完成了他从一个打工者到创业者的飞跃。

 王 飙

财商悟语

从打工者到创业者，之间的距离究竟有多远？齐瓦勃的经历告诉了我们：每个人在一生中，都会遇到很多机遇，有时，不仅仅是人在寻找机遇，机遇也在寻找人。一个执著于理想，一直在努力奋斗的人，是最容易被机遇所青睐的。　　（赵　航）

错出来的成功

机遇只有在犯错的过程中才能发现，只有经历错过的尝试，才能清晰地找准成功的方位。

1876年，一位二十来岁的年轻人只身来到芝加哥，他一无文化，二无特长，为了生存，只好帮商店卖起了肥皂。随后，他发现发酵粉利润高，立即投入所有的老本购进了一批发酵粉。结果他发现自己犯了一个错误：当地做发酵粉生意的远比卖肥皂的多，自己根本不是他们的对手。

眼见着发酵粉若不及时处置，就将造成巨大损失，年轻人一咬牙，决定将错就错,索性将身边仅有的两大箱口香糖贡献出来,凡来本店惠顾的客户,每买一包发酵粉,都可获赠两包口香糖。很快,他手中的发酵粉处理一空。

在随后的经营中,年轻人又发现:口香糖在市面上已经越来越流行,虽然是个薄利行业,但因为数目庞大,发展前景要比发酵粉好。他当即脑瓜子一转,又集结起所有的家当,把宝压在口香糖上了。营销过程中,他积极听取顾客的意见,配合厂家改良口香糖的包装和口味,后来他感觉这种配合局限性很大,索性倾其所有,自己办起了口香糖厂。1883 年,他的"箭牌"口香糖正式面世。但在当时,市场上口香糖已有 10 多个品种,人们对这支生力军接受的速度非常慢,他一下子又陷入了困境。这时候,他想了一个更为冒险的招数:搜集全美各地的地址簿,然后按照上面的地址,给每人寄去 4 块口香糖和一份意见表。

这些铺天盖地的信和口香糖几乎耗光了年轻人的全部家当,同时,也几乎在一夜之间,"箭牌"口香糖迅速风靡全国。到 1920 年,"箭牌"已达到年销售量 90 亿块,成为当时世界上最大的营销单一产品的公司。这位惯于"错中求胜"的年轻人,就是"箭牌"口香糖的创始人威廉·瑞格理。

不仅如此,接下来的大半个世纪,"箭牌"口香糖还干过几件忙中出错的事情:20 世纪 60 年代,公司投资 1000 多万美元成立了保健产品分部,并推出了抗酸口香糖。但由于糖里添加了有争议的药物成分,新产品没上市便被查禁,胎死腹中。为了抢占市场优势,他们更是投入巨资,大胆收购一些竞争对手的企业,以至于几度陷入严重的经营和生产危机。

昏招迭出的"箭牌"最后的命运如何呢?到今天,"箭牌融入生活每一天"的广告词已经家喻户晓,"箭牌"口香糖也已成为年销售额逾 50 亿美元的跨国集团公司。说起成功的奥秘,第三代传人小瑞格理一语道破了天机:那就是"大胆犯错"——机遇只有在犯错的过程中才能发现,只有经历错误的尝试,才能清晰地找准成功的方位。

蒋 平

203

被机会打败

用减法思考，而非加法，如同英文谚语"二鸟在林，不如一鸟在手"，是创业家该时刻提醒力行的道理。

　　楼下有一家维也纳咖啡店，约 70 平方米，很有欧洲小咖啡馆的感觉，特别是吧台上方的一小排吊灯，以及后院用透明玻璃取代雨棚，采光顿时明亮，小地方很见用心。老板是个地道的维也纳人，中年男性，豪爽健谈，来中国已 11 年。

　　他先前在北京就有创业想法，开一家维也纳风格的餐厅。随即，他打消了这个念头。老外到北京，大抵想尝各种川、湘、鲁和京菜；而对中国人而言，吃西餐更多是猎奇尝鲜，很难替代米饭；其次，北京的高档餐厅讲求气派，与这位老兄心中的家庭气氛餐馆相去甚远。

　　他并没有冲动，与许多那种一辈子非得要开家花店或咖啡店、最终把积蓄都赔尽才罢手的浪漫主义者不同。这位老兄虽来自音乐之都，做生意却很冷静，把想法保留到到上海之后。在这里，他看到了万国口味的餐厅，有大有小，才放下心；但问题又来了，这里不乏同属德语系的德国和瑞士餐厅，使他再度迟疑。

最终，他决定开一家咖啡馆，装潢完全克隆维也纳风格，由他自己设计监工。店里最经典的维也纳咖啡和手工自制的蛋糕，材料直接从维也纳进口。这家店的生意很好，早上9点开门，晚上7点打烊，不做夜间生意，也不开连锁店，在上海想喝地道的维也纳咖啡，只能到他店里。即便如此，这位老兄已在上海赚到两间房子，预计两年后退休，回维也纳养老去。

这是非常不典型的创业家，用减法而非加法来思考，一项一项扣除，而不是一项一项加起来，没有被外在充斥的机会诱惑，而是静下心来做自己想做而能做好的事。创业家大多聪明而自信，能比别人早看到机会；问题是，他们往往看到太多机会，都想抓住，不懂取舍，加法一项一项做上去，超出能力负荷，最终被机会打败。

我刚开始当记者时，台湾有一项"盘石奖"，专门颁给表现杰出的中小企业。一旦拿到"盘石奖"，是很大的荣誉，有机会被媒体大幅报道，对做生意很有帮助。但是，得到盘石奖的企业，在两三年后倒闭的比例相当高，荣誉成了诅咒。究竟是怎么回事？那些得奖的企业，都经过许多指标筛选，体质都不错，但规模不大。正因如此，他们在经营上都小心，严格管理应收账款和现金流，这可是小公司的生存之道。

得奖之后，由于媒体报道，许多潜在客户知道有这家公司，就来找他们做生意，订单一下子暴增。接下来，便是赶紧采购备料，扩大生产，以如期交货，但问题也接踵而至。首先，他们的安全库存得增加，以备客户紧急下单；其次，货出之后，转为应收账款，货出越多，应收账款越多，应收账款天数也拉长，其中收不回款的金额跟着增加。

原本，他们手上有一套资金在运作，当出货量增为3倍，照理说运作资金也该增为3倍，但实际上还是用同一套资金，风险骤然升高。堆放在仓库里增加的库存，要转成现金需要时间，已交到客户手上的货，要收现也不是一天两天的事，但是为了增加出货所增订的原料，却增加了应付账款,时间一到供货商就上门催讨。

这些订单暴增的企业,账面上营收和获利都很好,但只换来一堆库存和应收账款,手上现金全付给供货商还不够,月底该发的工资也不知到哪里筹,最终落得"黑字倒闭"(相对于赤字倒闭)。与其说他们输在财务和现金流控管不佳,不如说是被机会打败。

用减法思考,而非加法,如同英文谚语"二鸟在林,不如一鸟在手",是创业家该时刻提醒力行的道理。

🌸 王志仁

财商悟语

我们要根据自己的能力和特长做事情,贪多贪大不但嚼不烂,还容易给自己带来相反的后果。一只手只能抓住一个机会,而若想抓住十个,结果往往是两手空空,什么都得不到。饭要一口一口地吃,事情要一件一件地做,贪心不得。　　　　　(采 露)

致富之路(节选)

让我们起来行动,行动不要不得当。通过努力我们将多做事,少困惑。怠惰使万事艰难,勤勉使一切便当。

我要告诉你一件小事,看看我从中得到了多大的满足。不久前我让自己的马停在一个商品拍卖处门口,那里聚集了一大群人。由于还不到营业时间，人们便议论起时世的艰难。人群里有人对一个满头白发的老头儿喊道："请问，亚伯拉罕大爷，你看世道如何？这些重税难道不会把国家毁掉吗？我们可怎么交税呀？你对我们有些什么指教呢？"亚伯拉罕大爷站起来答道：你们要听我的劝告，我就简短地说几句吧，因为，智者一言已足，言多于事无补，穷理查就是这么说的。大家都希望他谈谈自己的想法，所以把他团团围住，于是他讲了下面的话。

"朋友们，"他说，"邻居们，税实在太重，如果我们要交的仅仅是政府征的税，那交起来倒比较容易。可是我们还有许许多多的税，对有些人来说更难以忍受。懒惰抽我们两倍的税，骄傲抽我们三倍的税，愚蠢抽四倍的税，税务局长们即使允许减税，也不能替我们减轻或交纳这样的一些税。不过咱们听听忠告，也许还有办法。自助者天助，穷理查在他 1733 年的历书中就是这么说的。

"如果一个政府把人民替它服务用的时间的十分之一抽了税，那这个政府就未免太苛刻了。如果我们把在绝对怠惰或无所事事中度过的时光计算起来，再加上在毫无用处的闲事或娱乐中度过的时光，那么，懒惰向我们抽的税就要多得多了。怠惰由于使人生病，从而绝对缩短了生命。怠惰犹如铁锈，耗损精力快过劳累。而常用的钥匙老是发亮，穷理查就是这么说的。可是倘若你热爱生命，那就别浪费光阴，因为光阴正是构成生命的原料，穷理查就是这么说的。

"那就让我们起来行动，行动不要不得当。通过努力我们将多做事，少困惑。怠惰使万事艰难，勤勉使一切便当。穷理查就是这么说的。他还说，必须人逼事，勿让事逼人，睡得早，起得早，富裕、聪明、身体好。

"如果我们奋起努力，就可以创造好时光。穷理查还说，谁有手艺谁就有地产，谁有职业谁就有名利双收的公司。可是手艺必须人干，职业也要好好从事，地产和公司都不会给我们纳税的能力，如果我们勤奋，就永远不会挨饿。因为穷理查说：饥饿只在劳动者的家门上窥探，却没有胆量进去，警察也不会进去，因为勤勉偿还债务，自暴自弃却在增加债务。你若没有找到财宝，有钱的亲属也没有给你留下遗产，那又有什么关系？勤奋是成功之母，穷理查就是这样说的，而且上帝把一切都交给勤奋。懒汉在睡觉，你就去犁田，到时候你粮多好卖钱，穷查理说，一个今天抵得上两个明天。他还说，如果你明天非干不可，还不如今天把事做完。

"我想我听到你们有些人说，难道一个人不可有闲暇吗？朋友，我要告诉你穷理查的话：要想得到闲暇，就好好利用时光。既然你对一分钟没有把握，就别丢掉一小时。闲暇是准备做有益的事情的时光。这种闲暇，勤奋的人会得到，懒汉却永远不会有。所以穷理查说，闲暇的生活与懒惰的生活是两码事。你认为怠惰比勤奋更能使你舒畅吗？不，因为穷理查说：懒惰生烦恼，安逸惹酸苦。勤奋给人舒适、富足和尊敬；躲避欢乐，欢乐仍会追逐你。

"可是除了勤勉，我们还得坚定不移，小心谨慎，事必躬亲，不要过多地依赖他人。因为穷理查说：我从未看见常移的树，也从未见过常搬的家，能像安定那样兴旺发达。他还说：三次搬迁坏似一场火灾。

"朋友们，关于勤奋和事必躬亲就说到这里；如果我们要使自己的勤奋获得更大的成功，还得加上节俭。一个人如果不知道怎样节省自己的收入，他也许一辈子累死累活，到头来还是不名一文地死去。丰足的厨房造成了薄弱的意志，穷理查就是这么说的。而且，许多田产得而复失，因为女人嗜茶点不去纺织，因为男人不砍柴只贪酒食。

"如果你要致富，他在另一本书中还说：大田产要冒大风险，小船儿不应远离海岸。可是，愚蠢行为很快就遭到惩罚；因为骄傲的午饭吃的是虚荣，晚饭吃的却是轻蔑，穷理查就是这么说的。他在另外一个地方又说：骄傲的早饭吃得满足，午饭吃得贫苦，晚饭吃得耻辱。所以为夸耀门面担很大风险，又要受很多痛苦，这么做到底有什么用呢？它不能增进健康，也不能减轻痛苦。它不能增加一个人的优点，只能产生嫉妒，加速不幸。

"维护你的自由吧，维护你的独立吧：勤奋而自由，节俭而自由。也许目前你认为你正在兴旺发达的境地，奢侈一点也不妨事，可是，趁早把老年和贫穷提防，没有普照永久的朝阳，穷理查就是这么说的。收入是暂时的，不确定的，可是只要你活着，花销却是经常的，必然的，造两个烟囱容易，坚持烧一个难，穷理查就是这么说的。所以，宁肯睡觉前不吃饭，也不愿起床时把债欠。能抓到手的东西要抓紧，石头会把铅变成金，穷理查就是这么说的。一旦有了点金石，你肯定就不会再抱怨时世险恶、纳税困难了。

"朋友们，这个原则就是理性和智慧。不过，切勿过多地依赖你自己的勤奋、节俭、谨慎，虽然这些都是极好的作风，因为没有上天保佑，一切全都落空。因而谦恭地乞求天佑，对于目前似乎需要天佑的人不要无情，而要安慰帮助他们。记住约伯先受罪，后发迹。

"现在说最后一句话，吃亏学乖代价高，笨汉非此学不好，而且从中学得也太少。的确，我们可以提出劝告，却无法提供行动，穷理查就是这么说的。不过记住这一点：不听劝告的人无药可救，穷理查就是这么说的。他还说，如果你不听道理，道理肯定会惩罚你。"

这位老先生就这样结束了他的训导。人们听了，也赞同这种教诲，却随即反其道而行之，仿佛那只不过是一次平平常常的布道一样。因为拍卖开始了，他们大肆抢购起来，根本不管他的告诫，也不顾他们自己对税收的恐惧。我发现这位好人透彻地研究过我的年鉴，把 25 年内我在这些问题上写下的话全部消化了。他接二连三地提起我，肯定使别人都厌烦了，可是大大满足了我的虚荣心，虽然我知道他把那些智慧都归功于我，其实属于我自己的还不足十分之一，我只不过把古往今来、世界各国的道理作了一番搜集罢了。不过，我认为调嘴学舌反而更好。虽然我最初决定买些料子做一件新衣，但是我走开了，决心把旧的再穿一段时间。读者，如果你也愿意这么做，你的收获就会像我的一样大，永远为您效劳的。

[美]富兰克林　蒲　隆／译

学问归勤奋的人,财富归仔细的人,权力归勇敢的人,天堂归德行的人。无论我们想成为什么样的人,都开始于积极行为的第一步,天上不会掉馅饼,成功需要靠自己。　　　　(采 露)

重要的少数

只要控制重要的少数,即能控制全局。

意大利经济学家菲尔弗雷多·帕累托曾提出一则应用很广的"重要的少数和琐碎的多数——80/20 原理"。

大意是:在任何特定的群体中,重要的因子通常只占少数,而不重要的因子则常占多数,因此只要控制重要的少数,即能控制全局,反映在数量上,就是 80/20 原理,即 80%的价值来自 20%的因子,其余 20%的价值来自 80%的因子。例如:

80%的销售额来自 20%的顾客;

80%的电话源来自 20%的发话人;

80%的看电视的时间花在 20%的节目上;

80%的菜是重复 20%的菜色;

80%的教师辅导时间花在 20%的学生身上;

80%的阅报时间花在 20%的版面上;

80%的财富掌握在 20%的人手中；

80%的地球资源被 20%的人消费；

……

诸如此类的例子随手可举出许多。当然,上述的 80％与 20％都是近似值,但其中的规律却不容忽视。有些人精力充沛,头脑机灵,但很难出成绩,原因可能就在于把精力才智平均使用或投入到了不重要的 80％之中了,岂不冤哉?

财商悟语

降伏一头牛的最好办法,是牵住它的牛鼻子,牵牛鼻子即是抓住牛的少数,而使整个一头牛跟着我们动起来,我们这就控制了牛的全部。我们做事情,就如降伏一头牛一样,抓主要问题,抓关键部位,这样做下去,既快又好,又省力气。　　(白文林)

奥运是棵摇钱树

美国商界奇才尤伯罗斯接手主办奥运会,运用他超人的创新思维,改写了奥运营销的历史,建立了一套"奥运营销学"模式。

1984 年以前的奥运会主办国,几乎是指定的。对举办国而言,往往是喜忧参半。能举办奥运会，自然是国家民族的荣誉，也可以乘机宣传本国形象，但是以新场馆建设为主的巨额投入，又将使政府负担巨大的财政赤字。1976年加拿大主办蒙特利尔奥运会，亏损10亿美元，预计这一巨额债务到2003年才能还清。1980年，苏联莫斯科奥运会总支出达90亿美元，具体债务更是一个天文数字。奥运会几乎变成了为"国家民族利益"而举办，赔老本已成为奥运定律。最好的自我安慰就是：有得必有失嘛！

直到1984年洛杉矶奥运会，美国商界奇才尤伯罗斯接手主办奥运会，运用他超人的创新思维，改写了奥运营销的历史，不仅首度创下了奥运史上第一巨额赢利纪录，更重要的是建立了一套"奥运营销学"模式，为以后的主办城市如何运作提供了样板。

鉴于其他国家举办奥运会的亏损情况，洛杉矶市政府在得到主办权后即作出一项史无前例的决议：第23届奥运会不动用任何公用基金。因此而开创了民办奥运会的先河。

尤伯罗斯接手奥运之后，发现组委会竟连一家皮包公司都不如，没有秘书、没有电话、没有办公室，甚至连一个账号都没有。一切都得从零开始，尤伯罗斯决定破釜沉舟。他以1060万美元的价格将自己旅游公司的股份卖掉，开始招募雇佣人员，把奥运会商业化，进行市场运作。

第一步，开源节流。

尤伯罗斯认为，自1932年洛杉矶奥运会以来，规模大、虚浮、奢华和浪费成为时尚。他决定想尽一切办法节省不必要的开支。首先，他本人以身作则不领薪水，在这种精神感召下，有数万名工作人员甘当义工；其次，沿用洛杉矶现成的体育场；第三，把当地的三所大学宿舍做奥运村。仅后两项措施就节约了数以十亿的美金。

第二步，声势浩大的"圣火传递"活动。

奥运圣火在希腊点燃后，在美国举行横贯美国本土的1.5万公里圣火接力跑。用捐款的办法，捐出钱就可以举着火炬跑上一程。全程圣

火传递以每公里 3000 美元出售,1.5 万公里共售得 4500 万美元。尤伯罗斯实际上是在卖百年奥运的历史、荣誉等巨大的无形资产。

第三步,狠抓赞助、转播和门票三大主要收入。

尤伯罗斯出人意料地提出,赞助金额不得低于 500 万美元,而且不许在场内包括其空中做商业广告。这些苛刻的条件反而刺激了赞助商的热情。一家公司急于加入赞助,甚至还没弄清所赞助的室内赛车比赛程序如何,就匆匆签字。尤伯罗斯最终从 150 家赞助商中选定 30 家。此举共筹到 1.17 亿美元。

最大的收益来自独家电视转播权的转让。尤伯罗斯采取美国三大电视网竞投的方式,结果,美国广播公司以 2.25 亿美元夺得电视转播权;尤伯罗斯又首次打破奥运会广播电台免费转播比赛的惯例,以 7000 万美元把广播转播权卖给美国、欧洲及澳大利亚的广播公司。

门票收入通过强大的广告宣传和新闻炒作,也取得了历史最高水平。

第四步,出售以本届奥运会吉祥物山姆鹰为主的标志及相关纪念品。

结果,在短短的十几天内,第 23 届奥运会总支出 5.1 亿美元,赢利 2.5 亿美元,是原计划的 10 倍。尤伯罗斯本人也得到 47.5 万美元的红利。在闭幕式上,国际奥委会主席萨马兰奇向尤伯罗斯颁发一枚特别的金牌,报界称此为"本届奥运最大的一枚金牌"。

财商悟语

　　生活中,不同的商家,做同样的生意,有的赚钱,有的亏本。同样是承办奥运, 因为改变了运行的思维方式, 竟能变亏本为赚钱。在我们的学习和生活中,面对问题,换一个角度去思考,说不定会收获意外的惊喜!

(赵　航)

约克伦从垃圾中发财

约克伦不怕被别人轻视，做起垃圾这个新领域的生意，在这个新兴行业中创造出奇迹。

一谈起垃圾，人们总是想起乱七八糟、嗤之以鼻的废物，但一些有经营头脑的能人，将这些令人讨厌的垃圾变为自己发财的源泉，走向成功之路。美国约克伦垃圾公司的老板约克伦就是这样一个别具慧眼者。

原来，约克伦经营着一个小本生意，但他总琢磨着将来成就一番大事业。经过调查研究，约克伦发现垃圾已成为许多企业大伤脑筋的事情，这些公司每天都付一笔钱将垃圾处理掉。而这些垃圾并不全是废物，不少宝贵的东西暗藏于垃圾中，约克伦想只要将这些有用的东西从垃圾中提炼出来，妥善处理，就能变废为宝。于是约克伦决定打破常规、另辟蹊径，决心在无人涉足的垃圾业中寻找一条成功之路。

他创办了约克伦垃圾公司，在郊区购买了一块土地，作为垃圾场地，雇用了几名工人，添置了一些简单的清理和加工设备。开业时，约克伦亲自坐镇，迎接送来的每一车垃圾，但收效不大，送垃圾的只是几家小商贩。面对这种情形，约克伦苦苦思索，决定改变服务方式，采取上门服务的手段，积极宣传，主动争取到更多的公司送来垃圾。改变方式后，果然见效，垃圾越堆越多，约克伦指挥职员把垃圾中的塑料、废铜料、化学品废渣、玻璃片、破布等收拣起来，分门别类地送交有关厂家处理。这样辛勤工作两个多月后，经济效益渐渐明显，他赚了4倍于投资的利润，这一数字比他原来的小本经营高出20倍。

赚了一笔钱后,约克伦决定扩大"再生产",购置了新的垃圾处理设备,又购置了一块很大的地皮,挖了大坑,以便分离出来更多的财富。他扩大了收集垃圾的范围,大量收集工厂送来的废物、废水,进行综合处理,从中提取金、铜、锌等金属,同时生产出多种有机化肥。在一年半里,就创造出他原有资本 190 多倍的高额利润。约克伦不怕被别人轻视,做起垃圾这个新领域的生意,在这个新兴行业中创造出奇迹。

谭 霞

财商悟语

世界上没有无价值的东西,也没有无价值的人,重要的是懂得发现价值。只要善于思考、积极行动,垃圾也会变成"放错了位置的资源"。每个人也都有自己的闪光点,都是独一无二的宝藏,不论平凡还是伟大,不妄自菲薄,努力进取,我们都会取得属于自己的成功。

(采 露)

破碎的财神爷

整天满脑子地想着发财暴富,还不如立即行动起来向市场进攻。

有个穷人供奉了一尊财神爷。他虔诚地祈求财神爷保佑他发财,可是他却变得越来越穷了。

最后，他甚至穷得家徒四壁，一气之下，他抓起那尊神像向墙上摔去，财神爷被摔了个稀巴烂，但却从里面掉出一些金子来。

这人把金子拾起来，大声地说："我看你既可恨又可爱，我尊敬你的时候，你让我一天比一天穷；我打烂了你，你却给我这么多金子。"

财商悟语

有时候，乞求别人，你将永远跪倒在别人的脚下，一辈子抬不起头来。同时，乞求的结果依旧是一无所得。但是，当我们变乞求为行动时，反而能够有所收获。

（赵　航）

卖产品不如卖自己

你的头脑千万不要想赚钱，你想赚钱，你铁定赚不到钱。

我在17岁的时候，从事汽车销售的工作。

经理说如果你在两个星期之内，没有卖出两台车子的话，就会被开除。你们猜猜看，我有没有被经理开除？肯定是没有的。为什么呢？因为在开除的前一天，我主动辞职了！

那一天，我决心不干了。所以我走到公司的时候，大摇大摆，晃来晃去——因为到底谁怕谁啊？难道乌龟会怕铁锤吗？我当天下定决心，在老板开除我之前，我主动把他给Fire（解雇）掉！

在那天下午,突然进来了两位女士。这两个女士看到我们的车子,她们说这个不好,那个颜色不对,这个种类不对,这个配置不对,这个太贵了,这个太便宜了。我们现场有两百多台车子,这两位女士把我们现场的车子批评得一无是处!

我说:"两位女士,这样好了,我带你们出去看车子,假如你喜欢看本田,我们就看本田;你喜欢丰田,我们就看丰田。假如你喜欢这些车子的话,我愿意坐下来帮你谈判、杀价。"

结果后来她们出去看了一两个小时之后回来,她说:"小陈哪,我决定跟你买车子了。"

我说:"为什么呢?我们车子不太好嘛,你不是这样说吗?"

她说:"陈先生啊,你们车子事实上是不太好,但你的服务态度是蛮好的。"

所以那天,我凭着帮助人的服务态度卖出了第一台车子。

当天,我得到顾客的肯定,得到经理的赞赏,我又赚了公司的一些提成,我不好意思辞职,决定第二天再辞职。

第二天,星期六早上,有一对夫妻带着一个儿子,早上一大早就来看车子。一个小时不到,这个太太决定跟我买车子了。

后来她的先生,把我拉到旁边来,他说:"陈先生哪,事实上,我们今天本来不太可能跟你购买车子,你没有看到礼拜六我们起了一个大早,9点钟就来到你们车行?我们今天是要来比价格的,哪一家开价最低,我们就跟谁买。"

他说:"后来,我太太决定要跟你买,她说即使这个车行比较贵,她也觉得值得,因为她觉得你的服务态度是非常好的!"

第二天我又靠着服务态度卖出了一台车子。

我以前一个月卖不到两台车子,现在两天可以卖两台,真是奇迹!

我经理看到我,他说:"Steve Chen,你一定会成为下一个乔·吉拉德。"哇,又是莫大的鼓励,所以当天又不好意思辞职。

我连续两天卖了两台车子!没有一台车子我解释过任何的产品项

217

目。所以我感觉顾客他买的是你服务的态度以及工作的精神。

后来在意大利，我遇到了做男鞋排名世界第一的人，他已经 61 岁。遇到他本人，我非常兴奋，想请教他成功的秘诀。

我就问："你个人大概从事鞋子的行业多久？"

他说："做了 51 年。"

他儿子现在也在做鞋子，他的爸爸以前就是做鞋子的，罗马的教皇保罗就是穿他的鞋子，马来西亚国王也穿他的鞋子；世界名人很多都穿他的鞋子。

我说："你是如何成为世界第一名的？"

他说："成功其实很简单。"

他说："你的头脑千万不要想赚钱，你想赚钱，你铁定赚不到钱。"

他说："不要想你要为你自己工作，你必须想你要为你的家庭而奋斗，你必须为你的社会而奋斗，你必须为你的国家而奋斗！"

他说："你看我这里有个扶轮社（国际慈善机构）的标志在我的西装上面。"

"每次人家都推选我当会长，事实上我根本就不想当领导者。"

他说："告诉你，请你不要想办法成为一个领导者。请你每天想如何去服务别人，帮助别人；当你每天想如何服务别人，帮助别人，别人自动会推举你成为一个领导者，自动会推荐你，自动会说'请你来竞选好不好'？"

他说："领导者的地位不是争取来的，是别人主动把你拱上来的，因为你的焦点都在想如何帮助别人。"这个世界第一名做鞋子的，他这样告诉我。

所以，假如一个人拥有良好的态度——主动帮助别人，假设他再拥有一流的能力和技巧，这个人，要成为社会的顶尖，要成为行业的顶尖，是指日可待的事情。

陈安之

财商悟语

　　成功始于现在的积累,始于良好的态度。无论将来我们选择哪种职业作为自己努力奋斗的方向,都需要从现在起,从小事起培养自己主动帮助别人的态度。有了这个心态,再加上一流的能力和坚持不懈的努力,我们才会登上成功的顶峰。　　　(赵　航)

 # 没有什么不能卖

有的事情去做了,即使失败,自己也不损失什么,可一旦成功了,就会得到意想不到的收获。

　　一艘装载着可可豆的货船,由古巴首都哈瓦那驶往西班牙的巴塞罗那。途经美国海域时,遇上事故而搁浅在棕榈滩岛的岸边。货主的名字叫亨利·弗雷格勒,那船货物是他的全部家当。可可豆因被海水浸泡,全部报废。亨利回到美国后,只能申请破产。对于做了大半辈子生意,经历过无数次失败打击的亨利来说,这次是最惨重的一次。

　　万般无奈,亨利只好上了棕榈滩岛。这一上岛,亨利顿觉神清气爽。原来,这里风景优美,树木茂盛,氧气含量比其他地方要高出很多。如果将这里的空气卖给美国那些富人,他不是就可以东山再起了吗?

　　他先请人对空气做了检测,然后买地。由于棕榈滩岛地处偏僻,地价便宜得令人不敢相信。亨利以每平方英尺2美元的价格,买下了3

万平方英尺的地皮。棕榈滩岛的总面积为 4.4 万平方英尺,凡能开发的地皮全部被他买走了。

下一步就是如何将这些地卖出了。亨利找到石油大王洛克菲勒。洛克菲勒听了,哈哈大笑,说:"我没有听错吧,你想将空气卖给我? 而且价格还超过了我的石油?"亨利说:"没错。"

洛克菲勒说:"说说你的理由吧,只要你能够说服我,我就买你的空气。"亨利说:"我们都是生意人,都明白只有顾客觉得物有所值才肯花钱购买的道理。"洛克菲勒点了点头。

亨利接着说:"我请专家做了一份调查,结果显示,美国的纽约等大城市由于污染严重,空气中的含氧量还不足 18%,而人类维持健康生存的空气含氧量要达到 20% 或以上水平。现在医院里的氧气价格是每升 10 美元。我发现有个好地方,那里的空气含氧量达到了 30%。您说那里的空气值不值钱? "

跟生命相比,金钱的价值就大大降低了,石油大王何尝不懂得这个道理? 于是,洛克菲勒毫不犹豫地以 500 美元一平方英尺的价格,从亨利手里买下了一块地皮。随后, 亨利又将其他地块分别卖给了范德比尔特家族、卡内基家族、梅隆家族以及后来的慕恩家族和贝克家族,因为只有这些富人才买得起如此昂贵的地皮。

棕榈滩岛是位于南佛罗里达迈阿密市以北 65 公里处的一个堰洲岛,西靠近岸内航道,东临大西洋。岛内的常住人口大约为 1 万人,旅游季节则有 3 万人左右。旅游旺季的时候,美国有四分之一的财富在这里流动;地价也一升再升,并且成了美国富人的聚集之地。

由于人口剧增,棕榈滩岛的生态环境遭到了破坏。有人给该地的空气做了检测,含氧量为 16%,比纽约等大城市还要低。然而,依然有人不断地向那里涌去。他们并不是冲着那里的空气,而是冲着那里的富人们去的,因为想像亨利那样去赚富人们的钱。

沈岳明

财商悟语

　　卖空气,这么奇怪的想法,居然也会有人想到。让人惊奇的是,这个人不但想了,而且还真的去卖了;不但卖了,而且还卖得很好,这真是太不可思议了。在我们的头脑里,是否也曾有过这些古怪的想法?如果有过,你去尝试做了吗?其实,有的事情去做了,即使失败,自己也不损失什么,可一旦成功了,就会得到意想不到的收获。

(赵　航)

和总统做一笔小生意

这个人从不因听说某一目标不能实现而放弃,从不因某件事情难以办到而失去自信。

　　2001 年 5 月 20 日,美国一位名叫乔治·赫伯特的推销员,成功地把一把斧子推销给了小布什总统。布鲁金斯学会得知这一消息,把刻有"最伟大推销员"的一只金靴子赠与了他。这是自 1975 年该学会的一名学员成功地把一台微型录音机卖给尼克松以来,又一名学员登上了如此高的门槛。

　　布鲁金斯学会创建于 1927 年,以培养世界上最杰出的推销员著称于世。它有一个传统,在每期学员毕业时,设计一道最能体现推销员能力的实习题,让学员去完成。克林顿当政期间,他们出了这么一个题目:请把一条三角裤推销给现任总统。8 年间,有无数个学员为此绞尽脑汁,可是,最后都无功而返。克林顿卸任后,布鲁金斯学会把题目换成:请把一把斧子推销给小布什总统。

鉴于前 8 年的失败与教训,许多学员知难而退。个别学员甚至认为,这道毕业实习题会像克林顿当政期间一样毫无结果,因为现在的总统什么都不缺少,再说即使缺少,也用不着他亲自购买;再退一步说,即使他们亲自购买,也不一定正赶上你去推销的时候。

然而,乔治·赫伯特却做到了,并且没有花多少工夫。一位记者在采访他的时候,他是这样说的:我认为,把一把斧子推销给小布什总统是完全可能的,因为,小布什总统在得克萨斯州有一个农场,那里长着许多树。于是我给他写了一封信,说:有一次,我有幸参观您的农场,发现那里长着许多矢菊树,有些已经死掉,木质已变得松软。我想,您一定需要一把小斧头,但从您现在的体质来看,这种小斧头显然太轻,因此您仍然需要一把不甚锋利的老斧头。现在我这儿正好有一把这样的斧头,它是我祖父留给我的,很适合砍伐枯树。假若您有兴趣的话,按这封信所留的信箱,给予回复……最后他就给我汇来了 15 美元。

乔治·赫伯特成功后,布鲁金斯学会在表彰他的时候说:金靴子奖已空置了 26 年,26 年间,布鲁金斯学会培养了数以万计的推销员,造就了数以百计的百万富翁。这只金靴子之所以没有授予他们,是因为我们一直想寻找这么一个人,这个人从不因听说某一目标不能实现而放弃,从不因某件事情难以办到而失去自信。

[美]威廉·贝纳德 张 玉/译

财商悟语

拿起一本厚厚的书籍,不要担心读不完它;背诵一篇很长的课文,也不要埋怨文章太难了,立即去做是最好的解决方法!凡事皆有可能,只要找到合适的角度切入。 (赵 航)

第十一辑

成功创富者的启示

　　一个 25 岁的青年创立了他的公司，这时他的员工只有两个。公司开业那天，他站在公司装苹果的水果箱上面，对他的两个员工说："在25 年之后，我将成为世界首富！"那两个人听了之后，都以为老板疯了。这个青年就是孙正义，在 42 岁的时候，他成为《福布斯》杂志评出的亚洲首富，并且一直蝉联 8 年。

　　阅读成功创富者的历史，他们的创富经历甚至细节都为我们提高财商提供了最好的参考。在这些人的身上，有我们提高财商的最好启示。

亚洲首富的智慧之源

要成为世界首富，就必须从事最新兴、最具发展潜力的行业。

亚洲首富孙正义（日籍韩裔网络业大亨、日本软件银行总裁），在23岁的时候得了肝病，整整住了两年的医院。在两年当中，他阅读了4000本书籍，平均一天阅读5本书。孙正义在读完了4000本书籍之后，他根据自己读书的心得写了从事40种行业的发展计划。然后他列出了选择事业的标准，这些标准有25项之多，其中比较重要的有：

1. 该工作是否能使自己持续不厌倦地全身心投入，50年不变；
2. 是不是有很大发展前途的领域；
3. 10年内是否至少能成为全日本第一；
4. 是不是别人可以模仿。

他终于明白了自己多年以来百思不得其解的困惑——要成为世界首富，就必须从事最新兴、最具发展潜力的行业。

一出院，他就以坚定的信念决定进军计算机行业，并从这4000多本书中总结出了一套与众不同的创业方案。

于是，孙正义创立了他的公司，这时他的员工只有两个。

公司开业那天，孙正义站在公司装苹果的水果箱上面，跟他的两个员工说："我叫孙正义，在25年之后，我将成为世界首富，我的公司营业额将超过 100 兆日币！"

　　那两个人听了之后，立刻辞职不干了，他们都以为老板疯了——但他们不知道孙正义两年之内读了 4000 本书！

　　后来，孙正义真的验证了他在苹果箱上的誓言，而且正在向比尔·盖茨发起挑战！

陈安之

财商悟语

　　我们的智慧从哪里来？它不会从天上掉下来，也不是出生时从妈妈肚子里带出来的。智慧就像树上的果实，它要经过浇灌和施肥等一番辛勤的劳动，才能结出丰硕的果子，它源自我们的刻苦地学习和积累。　　　　　　　　　　　　（赵　航）

1 美元与 8 颗牙

抓好每一件小事方能砌就通向成功的阶梯。

　　1962 年 7 月，在美国西北部一个叫本顿维尔的小镇上，一家名为沃尔玛的普通商店开业了；如今，沃尔玛早已成为全球最大的商业连锁集团。

　　我对沃尔玛连锁店的最初认识还是十几年前在国外生活时。当我第一次走入沃尔玛连锁店时，先是被它巨大的面积所震惊，继而为它的便宜价格所打动。同样一件商品，沃尔玛的售价至少会比其他店便宜5%，但是给我印象最深的还是每一个售货员的微笑，那样亲切自然。此后，每次去美国，我都会选择去沃尔玛店购物，享受一个消费者内心的满足。

后来我才知道，沃尔玛经营宗旨之一便是"天天平价"。老板沃尔顿常常告诫员工："我们珍视每1美元的价值，我们的存在是为顾客提供价值，这意味着除了提供优质服务外，我们还必须为他们省钱。每当我们为顾客节约了1美元时，那就使自己在竞争中领先了一步。"

为了不愚蠢地浪费1美元，沃尔顿身先士卒。他从不讲排场，外出巡视时总是驾驶着最老式的客货两用车；需要在外面住旅馆时，他总是与其他经理人员住的一样，从不要求住豪华套间。

为了赢得这1美元的价值，沃尔玛实行了全球采购战略，"低价买入，大量进货，廉价卖出"。沃尔玛中国采购总监芮约翰每到一地，都要察看各家商店，认真比较价格，选择合适商品。

价格与服务是沃尔玛赢得竞争的两个轮子。已在中国工作了5年的芮约翰说："你知道我们有一个微笑培训吗？必须露出8颗牙齿才算合格。你试一试，只有把嘴张到露出8颗牙齿的程度，一个人的微笑才能表现得最完美。"我不禁回想起初识沃尔玛时的印象，原来售货员那一颦一笑都有着如此严格的规定。做生意自然要追求利润的最大化，而实现最大化的目标则要从最小化的具体行动开始。经营节约1美元与微笑露出8颗牙，抓好每一件这样的小事，企业方能砌就通向成功的阶梯。

陈　颐

财商悟语

　　沃尔玛超市用1美元与8颗牙赢得了市场，获得了成功。他们的成功经验其实可以概括为三点：物美、价廉、服务好。其实，不管我们做什么，无论学习、生活，还是将来的事业，只要我们付出努力，注重品质，就一定会取得好成绩，获得他人的认可。　（赵　航）

奇迹5美分

为了避免同顾客单独打交道的困窘，他想出了一个"笨"办法，他给每样商品贴上一张小纸片，上面注明老板要求的最低售价。

他年轻时在杂货店工作。由于生性怯弱，不善言谈，进店顾客的询问都使他紧张得要命。杂货店老板常常叹气说："弗兰克，你是我见过的最没用的售货员！"

老板不得不刻意锻炼他。一次，老板决定把他单独留在店里卖货："弗兰克，你看见这些盘子了吗，还有这些刀子和刷子，今天你要独自把它们卖出去，全部售价不得低于5美分！"

他被这个难题吓傻了。不得已，为了避免同顾客单独打交道的困窘，他想出了一个"笨"办法，他给每样商品贴上一张小纸片，上面注明老板要求的最低售价；小商品干脆就堆在桌子上，旁边立一块牌子："一律5美分。"

结果，情况出乎意料，商品卖得非常走俏。这种意外的成功完全鼓舞了他，1879年，他借了300美元，在宾夕法尼亚州自己开了一家商品零售店，卖的全是5美分的货物。后来，他的5美分连锁店一家接着一家，遍布美国、英国、加拿大等国家和地区。

1913年，他在纽约兴建了一栋238米高的大厦，当时的美国总统威尔逊亲自参加剪彩仪式。这就是当时世界第一的高楼——伍尔沃斯大厦。

1996 年，他创立的连锁店数量成为世界之最，达到 8000 多家。

这个曾一文不名最终却创造奇迹的人叫弗兰克·W.伍尔沃斯。他是现代连锁业的"鼻祖"，他的经营理念就是：明码标价、薄利销售、连锁经营。

祁文斌

财商悟语

一笔成功的小生意，让不自信的弗兰克变得自信起来。从此，他信心十足，明码标价，薄利销售，很快，他就获得了事业的成功。我们在遇到自己不敢做的事情时，不要胆怯，不要害怕，勇于向前，要坚信自己，一定能把事情做好，做成功。　　（禾　露）

郑周永寻梦

但郑周永为了工程质量和进度，他下决心变卖家产、住宅、工厂与船只、汽车，以筹集资金，保证按时完工。

30 岁的郑周永从农村到首尔寻梦。光复后的韩国首都，到处车水马龙，他想到车总是要修理的，修理厂的生意肯定差不了。于是他在首尔建起汽车修配厂，挂起了"现代汽车工业社"的牌子。正如郑周永所料，社会上对修理业的需求很旺，因此他的现代公司发展很快。

他又想：驻韩美军肯定是一大客户，而美军如长期驻在韩国，必然需要大量营房、机场、仓库等建筑物，显然，建筑业要比修汽车更重要。于是郑周永下决心搞建筑业，在"现代汽车工业社"的牌子旁边又挂了一个"现代土建社"的牌子。就这样，郑周永从美军那里拿到了1580万美元的建筑项目。虽然此时，他只找到10多个建筑工人，技术人员一个也没有，但他能拿下这个项目本身，就是使他名声大振的"广告"。有了影响，还愁没有人吗？

那时艾森豪威尔即将访韩，但现有住房的条件很差，美军急需一幢高档总统用房。美军的要求很急，甚至提出：如果按时完成，加倍付款；如不能按时完工，就要向美军付出与预算相当的赔偿。"一言为定！"郑周永当场签约。但是，郑周永并不懂总统套房的豪华装修，于是他就到因战争而无人居住的高级别墅区去考察学习。没想到的是，那里的装修材料完整如新，于是他就以借用之名，取走了全套卫生陶瓷与室内装饰。就这样，经过24小时连轴转的紧急施工，郑周永提前3天完工了，而且质量完全符合要求，美军代表赞不绝口。

从此，郑周永完全垄断了美军建设项目。

但经营不可能总是一帆风顺的。在承接修复汉江桥梁工程时，郑周永意外地亏损1000多万美元，使"现代土建"陷于濒临倒闭的困境；在承接政府的高灵桥这一巨大而困难的工程中也遭遇亏损的威胁。但郑周永为了工程质量和进度，他下决心变卖家产、住宅、工厂与船只、汽车，以筹集资金，保证按时完工。他这种宁可倒闭也不失信用的诚实精神感动了政府与社会民众。此后，政府与他签订了很多工程，这使他在一年中的承包工程总额就达9亿美元，其中仅汉江大桥一项工程，就使"现代土建"一跃成为韩国建筑业的龙头企业。

成功人士,除了懂得做生意的道理外,他们更懂得做人的道理。守信用,就是做人的道理中重要的一条。跟守信用的人在一起,人们有安全感,会放下心来与你合作,甚至帮助你走出困境。因此,这些人成功的因素就要比别人多很多。 (白文林)

台湾首富王永庆从一粒米成功

王永庆精细、务实的服务,使嘉义人都知道在米市马路尽头的巷子里,有一个卖好米并送货上门的王永庆。

王永庆早年因家贫读不起书,只好去做买卖。16 岁的王永庆从老家来到嘉义开一家米店。那时,小小的嘉义已有米店近 30 家,竞争非常激烈。当时仅有 200 元资金的王永庆,只能在一条偏僻的巷子里承租一个很小的铺面。他的米店开办最晚,规模最小,更谈不上知名度了,没有任何优势。在新开张的那段日子里,生意冷冷清清,门可罗雀。

刚开始,王永庆曾背着米挨家挨户去推销,一天下来,人不仅累得够呛,效果也不太好。谁会去买一个小商贩上门推销的米呢?可怎样才能打开销路呢?王永庆决定从每一粒米上打开突破口。那时候的台湾,农民还处在手工作业状态,由于稻谷收割与加工的技术落后,很多小石子之类的杂物很容易掺杂在米里,人们在做饭之前,都要淘好几次米,很不方便;但大家都已见怪不怪,习以为常。

王永庆却从这司空见惯中找到了切入点。他和两个弟弟一齐动手,一点一点地将夹杂在米里的秕糠、砂石之类的杂物拣出来,然后再卖。一时间,小镇上的主妇们都说,王永庆卖的米质量好,省去了淘米的麻烦。这样,一传十,十传百,米店的生意日渐红火起来。

王永庆并没有就此满足,他还要在米上下大工夫。那时候,顾客都是上门买米,自己运送回家。这对年轻人来说不算什么,但对一些上了年纪的人,就是一个大大的不便了;而年轻人又无暇顾及家务,买米的顾客以老年人居多。王永庆注意到这一细节,于是主动送米上门。这一方便顾客的服务措施同样大受欢迎。当时还没有"送货上门"一说,增加这一服务项目等于是一项创举。

王永庆送米,并非送到顾客家门口了事,还要将米倒进米缸里。如果米缸里还有陈米,他就将旧米倒出来,把米缸擦干净,再把新米倒进去,然后将旧米放回上层,这样,陈米就不至于因存放过久而变质。王永庆这一精细的服务令顾客深受感动,因而赢得了很多的顾客。

如果给新顾客送米,王永庆就细心记下这户人家米缸的容量,并且问明家里有多少人吃饭,几个大人、几个小孩,每人饭量如何,据此估计该户人家下次买米的大概时间,记在本子上,到时候,不等顾客上门,他就主动将相应数量的米送到客户家里。

王永庆精细、务实的服务,使嘉义人都知道在米市马路尽头的巷子里,有一家卖好米并送货上门的米店。有了知名度后,王永庆的生意更加红火起来。这样,经过一年多的资金积累和客户积累,王永庆自己办了个碾米厂,在最繁华热闹的临街处租了一处比原来大好几倍的房子,临街的屋子做铺面,里间的屋子做碾米厂。

就这样,王永庆从小小的米店生意开始了他后来问鼎台湾首富的事业。

🌸 安 然

王永庆从一家小米店开始他的台湾首富经营之路，想别人未想，做别人未做，从细微处改善自己的经营方式，终于获得了人生的大成功。我们的成功之路在哪里呢？首先是脚踏实地地长知识、学本领。

(采 露)

一条信息造就的"尿布大王"

和雨衣一样，新生婴儿的尿垫是防漏的，唯一不同的是吸湿、柔软。

多川博是日本生产雨衣的小厂老板，但雨衣市场已经饱和，谁也不会买几件雨衣换着穿。于是多川博连工人的工资也发不出，眼看工厂就要停业倒闭了。

一天，他很随意地翻阅报纸，看到一条消息，马上眼前一亮。这条消息是：日本每年新生儿是250多万。他马上想：婴儿生下来急需什么商品与自己生产雨衣的技术相关联？和雨衣一样，新生婴儿的尿垫是防漏的，唯一不同的是吸湿、柔软。

他一计算，每个婴儿总要有5~6个尿垫，250万×5=1250万个尿垫。现在时代变了，很多婴儿的母亲不愿做也不大会做尿垫，可是对尿垫的要求很高。多川博找了多位相关专家研究设计出柔软、吸湿、美丽、方便的尿垫,然后大规模生产,价格十分便宜。为了使之成为亲戚朋友互相赠送的礼品,多川博又专门研究出"礼品尿垫"——颜色鲜艳、包装华丽,一上市就被抢购一空,很受欢迎。再加上这宗买卖,大企业不屑一顾,小企业又隔行,更主要的是谁也没想到生产尿垫,结果多川博一炮打响,成为日本100多种尿布厂家中的"尿布大王"。

后来,他想到国际市场也一定需要尿布,于是他的尿布又大量出口,成为"世界尿布大王"。

财商悟语

信息固然重要,但是能够利用、开发信息更为重要。如果在信息的面前无动于衷,不会与自己的实际情况相联系,那么,即使浸泡在信息中,也不可能抓住财富,更不可能利用信息来改变命运。

（白文林）

"万金油"到"南洋报王"的传奇

没有媒体的烘托渲染,也没有万金油的天下。如果他自己不办报,仅是巨额广告费就可把万金油吸干。

胡文豹、胡文虎这一对"虎豹兄弟"把一个仰光永安堂小药店发展成为声名显赫的报业、药业、金融、保险等多种行业的家族产业,尤其是虎牌"万金油"更是名扬世界。他们兄弟二人的伟业至今仍为人们津津乐道。万金油虽小，但它"小在大之内，大在小之中"的中华文化底蕴却为"虎豹兄弟"创造了奇迹。

在他们的老爸、名医胡子钦逝世后，兄弟二人仅靠父业难以为生，便想用其父之声望做一种产品。经多方奔走，潜心思考，他们发现南洋气候炎热，日照时间长，夜间蚊虫又多，人们普遍易患头晕头痛，也常为蚊虫叮咬而烦恼。于是他们想发明一种清凉解毒的外用药，在设计上要便于携带，使用方便，价格还要便宜，重在疗效神速，立刻缓解症状。这种小盒子一试销就受到人们的普遍欢迎。

但胡氏兄弟创业的艰难，在于大众不知道有个"万金油"。他们想在报刊上登广告，但费用又负担不起，兄弟俩只好走街串巷去贴小广告。此时兄弟俩说过笑话：有了钱一定要自己办报纸，虎牌广告就可想做多大就做多大，让所有人都能在报上见到我们多好！

胡文虎是个执著的人，他认准的事一定要办成，问题是时机是否成熟。他注意到在广大东南亚发行一份报纸，其商品宣传的威力将不可限量。于是，他先与一个报业熟人合资创办了《仰光日报》，果然很有奇效，仰光大街小巷的人都看他的报纸。胡文虎在版面设计上更是费尽脑筋，使之妙趣横生，很招人喜欢。胡文虎尝到办报纸的甜头后，又独资创办了《晨报》，从此把精力放在媒体产业上。这不仅不妨碍万金油事业，反而使万金油如虎添翼，与报纸一起飞遍了东南亚的家家户户。

在战争年代，各报纷纷停业，而胡氏兄弟反其道而行之，大力收购报纸，并创办新报，不到10年，胡文虎在海内外主办10多家报纸，组成"星系报业集团"，所有报纸一律以"星"字打头，影响巨大。万金油也随之锐不可当，出现了"众星捧月"的局面。可以说，没有媒体的烘托渲染，也没有万金油的天下。如果他自己不办报，仅是巨额广告费就可把万金油吸干。

报业与制药比翼双飞，是胡氏兄弟事业的两大支柱，起到互为表里、互为促进的作用，形成了运作协调的良好机制，他们借此成为"南洋报王"。

财商悟语

从卖"万金油"到创办报纸,胡氏兄弟把两件看起来毫不相关的东西联系到了一起,并从中获得了丰厚利润。有时候,表面上看起来并不相干的两件事情,如果联系得好,不但能互相促进,还能互为表里,而且能让我们获得意想不到的收获。 （采 露）

 # 一滴智慧成富豪

新机器只节省了一滴焊接剂,却每年为公司节省 5 亿美元开支。

一名美国青年在一家石油公司找到工作。他学历不高,也不会什么技术。他的工作连小孩都能胜任,就是查看生产线上的石油罐盖是否自动焊接封好。

装满石油的桶罐通过传送带输送至旋转台上,焊接剂从上方自动滴下,沿着盖子滴一圈,作业就算结束,油罐下线入库。他的任务就是注视这道工序,从清晨到黄昏,过目几百罐石油。

没几天,他便厌烦透了。他很想改行,却找不到别的工作。他非常无奈,只得坚持工作。

经过反复观察,他发现盖子旋转一周,焊接剂共滴落 39 滴,焊接工作即告结束。他思考着,这简单至极的工作中,是否有什么可以改进的地方。

一天，他突然想到：如果把焊接剂减少一两滴，是不是会节省生产成本呢？

试验之后，他研制出 37 滴型焊接机。但是该机焊出来的石油罐偶尔会漏油，质量缺乏保障。他不灰心，又研制出 38 滴型焊接机。这次公司非常满意，不久便生产出这种机器，采用了他的焊接方式。

新机器只节省了一滴焊接剂，却每年为公司节省 5 亿美元开支。

他就是美国工业界第一代亿万富豪、石油大王洛克菲勒。

吕国荣

财商悟语

没有少就不会有多，多都是由少积累起来的。但是知识仅仅多是不够的，还要把知识转化为智慧。拥有智慧，才可能使我们成为对人类做出重大贡献的人。

（赵 航）

霍英东的两个硬手

很快，他的小舢板就换成了小艇，又从小艇换驳船，一步步成为运输业"老大"。

香港商人霍英东生前是享誉全球的亿万富翁。可谁想，18 岁时的霍英东还不得不靠做苦力来营生。后来他发现战后香港的遗弃物资很多，可转手卖钱，于是他就用小舢板倒卖破烂。很快，他的小舢板就换

成了小艇，又从小艇换驳船，一步步成为运输业"老大"。

后来，他开始把卖破烂赚的钱投入到建筑业。但当时香港建筑业已近饱和，于是他想出了一个高招儿，即一层层卖楼法，从而发明了边建边卖的分层出货法。这大大加快了他的资金周转，一个钱可当几个钱花，还创造了香港房地产买卖速度的最高纪录。

20 世纪 60 年代，香港经济开始起飞，建筑业疯涨，竞争更加激烈，导致沙石奇缺。而霍英东青年时的小舢板生活使他意识到淘沙是个好营生。而当时人们普遍认为那是费力费钱、收效慢的"吃螃蟹"苦活儿，因而无人问津。但他却认为淘沙就是淘金，于是他乘泰国政变之机，从曼谷政府手中购买到一艘载重 3000 吨的东南亚地区最大挖泥船，再加上原有的 20 艘，使霍英东的供沙能力有了绝对优势，垄断了淘沙业。当时，如何供沙也有两个方案：一是短期高价供沙，获取暴利；二是订长期合同低价出售。霍英东觉得谋长远利益永远比短期暴利办法更好，便选择了第二个方案。果然，后来房地产的大起大落都没有对他的供沙业造成重大冲击。

（郑 中）

财商悟语

霍英东的成功靠的就是勇气和智慧。这两个"硬手"也正是我们要学习的，在自己的成长过程中培养自己有勇气、品质，才能在以后的行动中收获成功的果实。

（赵 航）

敢于冒险赢商机

敢想敢干，这是成功致富必备的魄力。

　　陈玉书 1972 年离开大陆赴香港，身上只有 50 港元。10 多年间，他上过当，受过骗，然而，他始终不断地努力。

　　1979 年，陈玉书在友人的牵线搭桥下，开始与北京景泰蓝经营部门挂钩，尝试着做景泰蓝生意。

　　1982 年，景泰蓝市场日趋萧条。

　　有一天，陈玉书正在吃晚饭，电话铃突然急促地响起来。他拿起话筒，传来一个北京朋友的声音："有一宗冒险的大买卖，你敢不敢做？"

　　"什么买卖？"陈玉书急忙问。

　　"见面再谈，请你马上来找我。"

　　陈玉书放下饭碗，赶到朋友下榻的酒店。刚坐定，朋友就开口说："北京有家工艺品公司由于销售不畅，准备将价值 1000 万元的景泰蓝存货削价处理……"

　　"那可是个驰名中外的公司呀。"陈玉书非常吃惊。

　　"我觉得这是一个机会，你有没有兴趣把它买过来？"

　　"这……你是知道的，一则我没有那么多钱，二则现在市场疲软。"

　　但是，陈玉书还是动心了，他认为任何商品都不可能一直畅销，低谷过后，有可能就是高潮。景泰蓝销售只是暂时处于低谷，并非陷于绝境。北京的公司急于脱手，正是"杀价"的绝好机会。

此时，还有几个景泰蓝销售商也想购买，可是至少要买100万元的货物，由于货物价值比较大，他们不敢贸然行事，一时犹豫不决。而此时的陈玉书倒是显出少有的信心，他回香港筹集了大笔资金后，火速赶到北京，与那家工艺品公司负责人洽谈。

陈玉书问："如果我买100万元的货物，可以几折卖给我？"

"8折。"

"500万元呢？"

"7折。"

"1000万元全买呢？"

"6折。"

"付现金呢？"

"可以对折。"

"好，我全要。"

陈玉书果断地同那家公司签订了合同，这无异于将景泰蓝仓库搬到了香港。果然不出所料，不久市场好转，陈玉书的景泰蓝连锁店的营业额扩大了10倍，打响了存货最多、品种最全、货真价实的景泰蓝金字招牌。

渐渐地，陈玉书成为闻名香港的"景泰蓝老大"。

敢想敢干，这是成功致富必备的魄力。许多人也想致富，也能敏锐地发现致富的机会，但就是不敢行动，结果一个个致富的机会从他们身边溜走。对于经商而言，不敢冒险实际上是最大的风险。

❤ 蔡建文

财商悟语

小兔子外出觅食，时时刻刻都会遇到被狼吃掉的风险，但是，它每天都要冒这个险，不然它就要饿死在洞中。风险无处不在，无时不在，如果我们害怕风险，盲目退缩，就很难会有创举和大好的前途。

（海 星）

富豪们小时候那些事

利用智慧,得到回报,这也是生意。你最喜欢、最擅长哪一种生意呢?

麦当劳创始人:卖唱片、卖纸杯

麦当劳的创始人雷·克罗克 1902 年出生在芝加哥西部近郊的橡树园。

12 岁,读完初中二年级他就开始工作了。他和两个朋友一起,每人投资 100 美元,租了个小店卖唱片和稀有乐器,如奥卡利那笛、口琴和尤克里里琴等,克罗克负责弹钢琴唱歌来吸引客人。这个店获得了意想不到的成功。

不久后,克罗克利用中午时间观察华尔格林食品连锁店的客流量时,发现了一个黄金机会——在生意非常繁忙、座位不够时,可以用带盖的纸杯卖啤酒或软饮料给那些找不到座位的客人打包带走。

克罗克去拜访了那儿的经理,并给他展示了产品。但经理摇头摆手地说:"不是你疯了,就是你把我当疯子。客人在我的柜台前喝一杯啤酒付 15 美分,用纸杯带走也是付这么多,我为什么要多支出 1.5 美分使成本提高呢?"克罗克说:"因为这样一来可以帮你提高生意额。你可以在柜台前单独设一个地方来做外卖,用纸杯装饮料,加上盖子,把客人要的其他食品一起放在袋子里给他们拿走。"最后,经理同意免费试用他提供的纸杯。结果，外卖非常成功。他顺利地成了华尔格林所用纸杯的供应商。

维珍集团创始人：从 2 块巧克力饼干赚起

英国维珍集团——一个拥有 350 家分公司的商业帝国，涉及航空、电信、火车、信用卡等多个领域，其创始人及 CEO 理查德·布兰森的母亲，常会故意给子女制造挑战。

布兰森 4 岁时，一个冬日的凌晨，母亲叫醒布兰森，塞给他几块三明治和苹果，让他骑车前往 80 公里外的亲戚家。"我已经不记得是怎样到亲戚家的。我只记得当我走进亲戚家厨房时，我就像一个得胜归来的英雄，我为能完成这次自行车马拉松自豪不已。"

布兰森从小就具有商业头脑。一次，父母送给他一部玩具电动小火车，他自己动手改装小火车，提高车速，并定下每人 2 块巧克力饼干作为门票价格，请小朋友观看。结果，一连半个月，布兰森都不愁没有饼干吃。

在某个复活节假期，他和朋友尼克用卖报纸的钱购买了树苗，种下了 400 棵圣诞树，并盘算着如何用 5 英镑的初始投资获利 800 英镑。可是在接下来的暑假，绝大部分树苗都被野兔吃掉了。于是，他们气急败坏地猎杀野兔，以一先令一只的价格卖出。

17 岁时，布兰森终于离开学校，拿着老妈给的 4 英镑赞助，在一个狭窄的地下室里创建了《学生》杂志。布兰森负责杂志的商业运作，当合作伙伴们还在热衷于政治时，他就在考虑如何充分利用"学生"这个品牌进行多种经营了。拉广告时，他对可口可乐公司假称百事可乐已经预定了杂志的广告版面；他在来访的记者面前伪装忙碌；他找来甲壳虫乐队的成员约翰·列侬等名人做专访，还派出记者去世界各地的热点地区进行采访。所有这一切，让《学生》的发行量一度激增到 20 万份。

这些美国富豪,在很小的时候,就表现出他们与众不同的商业天赋,让人钦佩不已。我们小时候,有没有过独自赚钱的经历呢?利用劳动,得到报酬,这是生意;利用智慧,得到回报,这也是生意。你更喜欢、最更长哪一种生意呢? （赵 航）

华商富豪们的成功哲学

我们每个人都是独一无二的，我们也应该有自己的个性和风格！

罗光男（台湾健身体育用品公司董事长）
创自己的牌子

罗光男在台湾被称为"一只球拍打天下的青年创业者"，他的"肯尼士"网球拍为世界名牌之冠。罗光男成功的哲学名言是:创自己的名牌。

创业之初，罗光男与人合伙办了一家制造羽毛球拍的加工厂，业务虽有发展，但正如俗话所说,"合伙的生意难做,赚了钱意见更多"。罗光男果断地同伙伴分手，打出了独资的招牌。但由于没有自创的名牌，即使公司已能制作出世界一流的高品质、高性能球拍，也只能接受国外名牌厂家委托加工,赚取微薄的加工费。

1977 年,罗光男推出了自创的"光男"牌网球拍,向国际市场进军。"光男"牌网球拍用岛外引进的太空材料"碳素纤维"做成,重量较木球拍、铝合金球拍轻,坚韧无比,结构牢固,打球稳定性高,控制灵活,不因气候而变质,被世人誉为"超级球拍"。在质量提高的基础上,罗光男将"光男"换了个颇有西洋味的"肯尼士"名字,以"K"字为商标,展开广告攻势,很快将"肯尼士"球拍打进了名牌行列,并一跃成为世界网球拍的销售冠军。

陈凯希(马来西亚海鸥集团老板)
专打"中国文化牌"

马来西亚拥有 500 万华人,受中华文化的熏陶,人们都喜好中国商品。陈凯希深明此理,这位华人富豪的成功哲学是:专打"中国文化牌"。

早在 20 世纪 70 年代,陈凯希就集股成立了专销中国商品的海鸥公司。中国商品价廉物美,在华人圈中很受欢迎。为了进一步增强中华文化氛围,陈凯希还在马来西亚开设了一家洋溢着旧上海滩情调的"百老汇歌舞厅"。歌舞厅四周挂着周璇、白光等 20 世纪三四十年代上海影星、歌星的大幅剧照,并配以 30 年代的上海滩舞台背景,演唱的歌曲也是上述明星的成名之作。华人到此感到亲切,不是华人的到此感到新鲜,因此,歌舞厅的生意十分红火。陈凯希还与中国陕西省医药保健品进出口公司联合投资,在马来西亚建成了"大唐山庄"酒楼。酒楼一进门就是李白醉酒的塑像,大厅屏风上是李白诗《将进酒》全文;厅堂的玉石屏风上,全是中国历史故事;大门前是"秦俑军阵",凉亭旁是"贵妃游春",楼上厢房绘有"长安八景"等。其最妙之处是菜品全是西安加陕西风味药膳。利用中华文化,"大唐山庄"又为陈凯希带来了滚滚财源。

范岁久（丹麦大龙集团老板）
小东西可以赚大钱

丹麦华人范岁久将中国点心变成世界快餐，使小小春卷风靡全球，荣获世界春卷大王称号。他成功的哲学是：小东西可以赚大钱。

20世纪60年代前后，在丹麦首都哥本哈根，华人范岁久为了生计，开了一家手工操作的中国春卷店。春卷一上市就吸引了众多丹麦人，小店一时顾客盈门，应接不暇。范岁久索性大干一场，投资兴建"大龙"食品厂，采用自动化滚动机新技术生产中国春卷，同时配套兴建了冷藏库和豆芽厂。范岁久制作春卷的秘诀是：中国特色，西方口味，香脆可口，营养卫生。对于春卷的馅心，范岁久进行了精心选择和配制。他并不照搬家乡传统的韭菜肉丝馅心，而是根据欧美各国不同的口味采用笋丝、胡萝卜丝、豆芽、木耳、牛肉丝，或是鸡丝、火腿丝、鸡蛋、龟鲜、白菜、咖喱粉等原料，并能根据销售的不同国别，做到风味各异。大龙春卷经美国国会派专家化验鉴定后，驻德国的5万美军每天向范岁久定购10万只春卷。在墨西哥举行世界杯足球大赛时，范岁久抓住商机，按墨西哥人的口味制作了一大批辣春卷，在墨西哥被抢购一空。

范岁久着眼小小春卷，做出了世界一流的大成绩，大龙食品曾多次获得丹麦政府和美国政府的表彰和奖励，大龙春卷王牌30年不倒，畅销欧洲、美洲、亚洲和非洲的20多个国家。

财商悟语

每一个成功人士都有自己的特色，培养财商也需要我们拥有自己的独特的思路。其实，我们每个人都是独一无二的！做个与众不同的自己吧，说不定会给你带来不一般的感受呢！（赵　航）

一个推销员的成功之路

一个人要成功，一靠不辞辛劳，吃得苦中苦；二靠至诚至信，赢得广泛信誉。

他又来到了这楼下。

他仰望着七楼最东边那个亮着乳白色灯光的窗户，心里不禁嘀咕："上，还是不上？"他知道自己今天要再上就是第五次登这七层楼梯了，前四次虽然每次都是挂着满头汗珠跨进那家的门槛，但得到的回答都是同样一句话："今天我没空，请改日再来！"他清楚地感受到那家主人是看不起自己，是有意搪塞、敷衍，他后悔自己不该在第一次跨进他家门槛时就向他说出自己是下岗职工，是靠推销商品混日子的。但他又觉得不平：你原先不也是下岗职工嘛，不也是靠推销商品混日子的嘛，这几年发了，办了公司，当了老板就看不起别人了，报纸上还说你乐于助人呢！在第二次听他说"今天我没空，请改日再来"之后，他就暗下决心不再登这七层楼梯了，人总得有点骨气嘛。但当他满街乱转，累得腰酸腿痛，说得口干舌燥也销不了几瓶"去油污剂"时，便又不知不觉地转到了这幢楼下。

"上！"他下了决心。

当他拎着装满"去油污剂"的大提包登完七层楼梯，第五次挂着满头汗珠按响那家的门铃时，主人开门把他让进屋，说："你不厌其烦来我家，够辛苦的，为了不让你太失望，我今天买两瓶去油污剂，但今天仍没空和你谈别的,待以后再说。"

他再次失望,失望中第一次掺进义愤:"你也太高傲自大了,算什么先进人物? 报社记者瞎了眼! "但他想到主人要买他的去油污剂,能让他挣几个钱,心里还算有些慰藉,心想取不到经挣到钱也罢。于是他像在别的人家一样放下提包、打开,要主人随意取一瓶开塞,先在厨房排油烟机上做实验。当看到一处油渍转眼消逝,主人当即夸赞:"这东西灵光,我买 10 瓶。"他马上说:"一下买 10 瓶不行,这东西有效期短,过了期会失效,你先买两瓶,以后我会及时再来。"

"好,听你的,就买两瓶。"主人随即掏口袋付钱,两瓶 50 元。

他接过钱想再等一会儿,请他多少传点经,主人却做关门状,他只得离去。

回到家,清点当天的收入,他发现货款不符,多收入 50 元,显然是买主错给他的。他心里不安起来:"怎么能多拿人家钱呢? 这是不义之财! "他决定给人家退回去,可是是谁错给他的呢? 他回忆今天所有买主的房号门牌,马上出发,逐户询问。好在今天买主只有 6 户,当前 5 户都回答没有错给他钱后,他又登上七层楼梯来到这位让他来过 5 次的人家。

主人听他说明来意后,告诉他这钱不是他错给的,是有意错给他的,是将一张百元整钞当 50 元给了他。

他气红了脸:"你……你耍我! "主人摆手:"不是耍你,是测试你,你不是要取经吗? 告诉你,你已经踏上成功之路了,不需要什么经了。"

"这……"他大惑。

主人说:"我的体会,一个人要成功,一靠不辞辛劳,吃得苦中苦;二靠至诚至信,赢得广泛信誉。这二者你都出色地具备了。"主人告诉他,前面 4 次让他看冷眼是要测试他的意志和精神。一次次拎着大包登七层楼梯还要看冷眼,没有坚强的意志和吃苦耐劳的精神是做不到的。

主人还说凭他的钞票,比这方便十倍的房子也能买到,但他还要住这不带电梯的七层楼，就为锻炼自己的意志和精神。

"噢！"他若有所悟，情不自禁地向主人鞠一躬，"谢谢。"

之后，他推销的"去油污剂"日渐增多。

后来，他终于有了自己的公司，成了老板。

🌸 王爱国

财商悟语

> 吃得苦中苦和至诚至信仿佛是一切成功的不二法则。一个肯吃苦的人，他就能坚持自己的目标，一如既往；一个至诚至信的人，才会赢得他人的信任。前者是能力和毅力，而后者则是魅力。
>
> （白文林）

把冰箱卖到北极

沃特森的成功在于变换了思维方式：冰箱可以用来冷冻食物，也可以用来防止食物冷冻起来。

北极圈内，几乎长年处于严寒之中。由于那儿没有泥土和沙石，生活在那儿的因纽特人只得将冰块切割成砖来建造房屋。冰屋内的温度可以保持在零下几度到十几度，比零下 50 度的屋外暖和多了。但是，屋内不能生火，否则冰屋便会融化。

如果将冰箱卖给住在北极的居民，他们能接受吗？那岂不是和向赤道居民推销取暖器一样愚蠢？可是，一位叫沃特森的美国人办到了。

旅行家沃特森曾经亲眼目睹了因纽特人的生活状态，在那里，他觉得自己仿佛置身于一个巨大的冰箱里。同行的一位朋友开玩笑说，在这个世界上，也许只有这里才不需要冰箱。沃特森想了想同伴的话，心中突然灵光一闪，他说："我看未必。"他兴奋地向朋友说，他有办法将冰箱卖到这儿。朋友哈哈大笑，说他傻得可爱。

沃特森还是按照自己的想法去做了。他先找到一位因纽特人，向他演示冰箱的另一个作用：把自己带去的啤酒和矿泉水，以及因纽特人刚刚捕获的猎物，一起放入冰箱。他将冰箱的温度调到4摄氏度。第二天，当他们打开冰箱时，那些东西都没有结冰。

因纽特人储存东西的办法很简单，就是把食物随地一丢，因为不管东西放在哪里，都不用担心食物会变坏。做饭时点燃动物的皮毛或者皮内脂肪，在屋外架起大锅，烧一锅开水来解冻。

现在，有了冰箱，就可以省略做饭前解冻食物的程序。因纽特人笑了，欣然邀请同族人一起使用冰箱。

沃特森的成功在于变换了思维方式：冰箱可以用来冷冻食物，也可以用来防止食物冷冻起来。

📚 沈岳明

财商悟语

生活在北极圈内的因纽特人竟然也在使用冰箱，不过他们使用冰箱的目的，不是为了冰冻，而是为了化冻。很多事情，很多问题，从自己的角度来理解，有时会觉得非常不可思议，但是当我们转换思维后才会发现，换一个角度来考虑问题，其实一切又是那么合理。

（赵　航）

虚掩着的门

当他从经理办公室出来时，不但没有被解雇，反而被任命为销售部经理。

一天，公司总经理叮嘱全体员工："谁也不要走进8楼那个没挂门牌的房间。"但他没解释为什么。

在这家效益不错的公司里，员工们都习惯了服从，大家牢牢记住了领导的吩咐，谁也不去那个房间。

一个月后，公司又招聘了一批年轻人，同样的话，总经理又向新员工重复了一遍。这时，有个年轻人在下面小声嘀咕了一句："为什么？"

总经理看了他一眼，满脸严肃地回答："不为什么。"

回到岗位上，那个年轻人的脑子里还在不停地闪现着那个神秘的房间：又不是公司部门的办公用房，也不是什么重要机密存放地，为什么要有这样的吩咐呢？年轻人想去敲门看看到底是怎么回事。

同事们纷纷劝他，冒这个险干吗？不听经理的话有什么好果子吃，这份工作来之不易呀！

小伙子来了牛脾气，执意要去看个究竟。

他轻轻地叩门，没有人应声。他随手一推，门开了，不大的房间中只有一张桌子，桌子上放着一张纸条，上面用红笔写着几个字："拿这张纸条给经理。"

小伙子很失望，但既然做了，就做到底，他拿着纸条去了总经理办公室。当他从经理办公室出来时,不但没有被解雇,反而被任命为销售部经理。

"销售是最需要创造力的工作,只有不被条条框框限制住的人才能胜任。"经理给了大家这样一个解释。到最后,那个小伙子果然也没有让经理失望。

财商悟语

公司里新来的年轻人最可贵之处,是不被别人刻意设置的障碍所约束,敢于问为什么,并且大胆地去寻找答案。生活中,我们要敢于"想别人不敢想,做别人不敢做",发挥我们的创造力,懂得怎样把握机遇,这样我们才能成功。

(赵 航)

推销的智慧

这条围巾比上次纯白色的那条好看多了。我毫不犹豫地掏钱买了下来。

那是一个冬日的上午,我正埋头在办公室写总结。就在这时,门被推开了,那是一个背着个大背包的年轻人。

他把背包往桌上一放,自顾自地从背包里掏出一条围巾。我对推销员总是很反感,他们总会让你极不情愿地花掉宝贵的时间。我粗暴地挥着手说："我没空,我不需要你的东西。"对于推销员我早有应对之策,这招先下手为强往往会令那些推销员知难而退。

可这次这个推销员却不同,他没有走:"对不起,我只是想让你为我们的产品出点主意,你们文化人的眼光肯定比我好得多。"他执著地把那条围巾捧到我面前,"你妻子喜欢什么样的花色?"他声音轻轻的,带着一丝渴望。他的话突然让我感到颇为舒服,便认真地看起他手中的围巾来。其实,他的围巾质量不错,是用上等的毛线织成的,做工也比较精致。只可惜这条围巾是纯白色的,没有任何图案,显得比较单调。考虑了一会儿,我告诉他:"要是我妻子,她肯定会喜欢鹅黄色,她的皮肤比较白皙,最好上面再绣一朵月季花,因为那是她的最爱。"那个推销员认真地在笔记本上记着我的话,然后收起围巾,一个劲儿地感谢着我,便背起背包走了出去。

几天后,我差不多已经忘了这件事,那个推销员却又来到我的办公室。他从背包里取出一条围巾,鹅黄色,上面绣着一朵红红的月季花。的确,这条围巾比上次纯白色的那条好看多了,我毫不犹豫地掏钱买了下来。就在我买好围巾去别的办公室串门时,才发现单位里的好多同事都买了那个小伙子的围巾,只是花色不同而已。

古人云:欲取之,必先予之。在与他人的合作中,我们大可不必低三下四去求别人或强迫别人参与,让别人有兴趣地参与进来,或许事情就会好办得多,这其实也是一种为人处世的方法。

阮永兴

财商悟语

"欲取之,必先予之",学习和生活中,我们都需要与别人合作,不同的人能在一起愉快合作靠的是什么呢? 不是强迫,更不是暂时的利益奉送。真诚的邀请,积极主动的参与、贡献各自的思想,才是合作的成功之道!

(赵 航)

把专利卖给布什

很多事情并不是因为不可能才找不到办法,而是因为找不到办法才成为不可能。

2004 年 11 月初,美国总统大选总算是尘埃落定了。出乎众人的意料,中国女留学生黄娅,在这次大选中巧妙地赚了 270 多万美元,成了这次大选中一位引人注目的新闻人物。《华盛顿邮报》以"巧借大选大赚钞票"为题,栩栩如生地报道了她在商海中的才华与智慧。

2002 年夏天,22 岁的黄娅从武汉大学毕业,到美国佛罗里达州的大学攻读工商管理硕士。

黄娅是个要强自立的女孩,一贯主张靠自己赚钱来解决所有的开销。2004 年春节过后,她的婚事提上了日程,支出明显增加,于是,她更加聚精会神地捕捉商机。但是由于受时间、资金等因素的制约,有前景看好的项目她却难以操作。

2004 年春季,美国第 55 届总统竞选紧锣密鼓地开始了。黄娅深知,历届总统大选,都蕴藏着巨大的商业机会,她相信这次也绝不会例外,关键是要寻找到耗资小且不会耽误太多学习时间的好项目。

4 月中旬的一个周末,黄娅和未婚夫到康斯威尔市度假。在返校途中因为汽车需要加油,便驶进了公路旁边的加油站。

加油员风趣地问:"你是要'布什'给你加油,还是要'克里'给你加油?"

随着加油员的手势,黄娅发现,几条加油管的加油嘴分别换成了布什或克里的头部卡通形状，汽油的出口就是他们"张开的嘴巴"。

黄娅立刻就明白了，美国总统候选人的竞选班子为了拉选票，想尽一切办法讨好、笼络选民，连加油站也没有放过。就这样，公路沿线便出现了一道特殊的风景："布什"和"克里"同时在加油站"金口大开"向选民吐"油水"。

说者无意，听者有心。黄娅产生了一个灵感：生产、销售印有布什、克里头部卡通图案和姓名的太阳帽、小旗子，也一定会深受广大选民欢迎。

到学校后，黄娅找来布什和克里的影像资料，和未婚夫一起设计出他们的头部卡通形象，图案下方是他们的名字。黄娅设计的帽子以美国国旗为背景，上面有一个象征胜利的 V 形手势和一句广告语："我要当美国总统！"根据布什和克里不同的性格和竞选纲领，她别出心裁地在 V 形手势上做了各具特色的设计：布什的 V 形手势是用导弹和大炮的变形图案组成的，寓意他积极反恐、强硬外交的铁腕政策；克里的 V 形手势是用橄榄枝组成，寓意他和平外交、重视福利的温和政策。

简洁、生动的设计，既突出了两位候选人的性格特点、政策取向，又突出了他们志在必得的信心，所有这一切，无疑为产品畅销奠定了坚实的基础。善于经营的黄娅不仅在这些产品上留下了自己的联系电话，而且为这些产品申请了外观设计专利。

专利批下来后，黄娅联系了一家工厂生产这些产品，又联系社区选举组织和商场，委托他们出售给选民。产品投放市场后十分畅销，很快就卖出了 20 多万顶帽子、几十万支小旗子。黄娅和未婚夫初战告捷，赚了一大笔钱。

尽管他们的产品销路不错，但经销网络比较单一，范围也有局限。黄娅知道自己的导师珍妮在美国很有名望，经常接触政界人士。她想：如果能够得到导师珍妮的支持，借助候选人组织的力量，产品辐射范围将大得多，销路一定会好上加好。

于是，黄娅找到导师珍妮，请求帮助自己开拓市场。珍妮是民主党成员，非常希望克里能够当选，便将黄娅的想法转达给克里的竞选班子，结果是一拍即合。克里竞选班子立刻作出积极的反映：只要黄娅不生产、不销售带有布什标志的产品，只生产克里的，他们愿意为黄娅补贴50%的生产费用，并且通过他们的渠道将这些产品销售到美国各地，而产品销售的利润完全归黄娅。收获如此之大，远远超过了预想，黄娅欣然同意了。

黄娅的产品迅速进入了美国的千家万户，那些带着克里标志的美国人参加各种活动的形象，频频出现在电视、报纸上，"克里"活跃在美国各地；与此同时，美元也源源不断地流进了黄娅的腰包。

异常活跃的"克里"，引起了布什竞选班子的关注。他们研究认为，黄娅的设计新颖独特，把握了竞选的政策核心，获得了选民的广泛认同，应当抓紧开发利用。6月下旬的一天，喜从天降，布什竞选班子的人找到黄娅，情愿出85万美元买断她设计的带有布什标志的产品专利。

因为与克里竞选班子签订的协议中，并没有规定不能转让"布什"，所以转让"布什"并不违背协议。黄娅在征得了导师珍妮的理解和支持之后，合法地将"布什"专利转让给布什的竞选班子，又轻而易举地得到了85万美元。同学们纷纷向黄娅祝贺，说她"大发选举财"，"赚美国总统的钞票"，"是把专利卖给布什的人"。

在这个世界上，很多看来不可能的事情其实都是可能的。很多事情并不是因为不可能才找不到办法，而是因为找不到办法才成为不可能。找到了办法，就是架起了一座由不可能通往可能的桥梁。

蒋光宇

财商悟语

赚钱的机会到处都有，关键是我们是否有发现机会的眼光和将这种机会转变为行动的能力。从22岁的黄娅把专利卖给布什来看，善于抓住身边的机会，并大胆地将其付诸行动，不可能就能成为可能。赚钱如此，人生的各个方面都是同样的道理。　（赵　航）

与他人携手创富

　　一个雨天,路边的小贩一直无生意。最后,卖烧饼的饿了,就吃了一块自己烤的饼;卖西瓜的也敲开一个西瓜来吃;卖辣香干的开始吃辣香干;卖杨梅的也只好吃杨梅……雨一直下着,卖杨梅的吃得酸死了,卖辣香干的吃得辣死了,卖西瓜的吃得肚皮胀死了,卖烤饼的吃得口渴死了。这时,从雨中嘻嘻哈哈冲过来 4 个年轻人,他们从 4 个小贩那把这4样东西都买全了,坐到附近的小亭子里吃,有香有辣,有甜有酸,味道好极了!

　　财富是在协作中创造出来的,只有懂得与他人携手创富的道理,才能够真正创造出财富。

雨中的小贩

卖杨梅的吃得酸死了，卖辣香干的吃得辣死了，卖烤饼的吃得口渴死了，卖西瓜的吃得肚皮胀死了。

从早晨起就大雨滂沱，路边几个叫卖食品的小贩一直无生意。

快到中午，卖烤饼的大概是饿了，就吃一块自己烤的饼。他已烤好一些，反正也卖不出去。

卖西瓜的坐着无聊，也就敲开一个西瓜来吃。

卖辣香干的开始吃辣香干。

卖杨梅的也只好吃杨梅了。

雨一直下着，4个小贩一直这样吃着。卖杨梅的吃得酸死了，卖辣香干的吃得辣死了，卖烤饼的吃得口渴死了，卖西瓜的吃得肚皮胀死了。

这时从雨中冲过来4个年轻人，他们从4个小贩那儿把这4样东西都买齐了，去附近的亭子里吃，有香有辣，酸酸甜甜，味道好极了。

莫小米

财商悟语

互相合作，共同得益。每个人都有遇到困难的时候，如果大家互相不沟通，不合作，也许谁的困难都解决不了。但是如果彼此互相交流了，说不定你的困难是我能够解决的，而我的麻烦是他可以应对的。"三个臭皮匠，赛过诸葛亮"说的也是同样的道理。　　（海　星）

慷慨的农夫

这位农夫回答："我将种子分送给大家，帮助大家，其实也就是帮助我自己！"

美国南部的一个州，每年都举办南瓜品种大赛。有一个农夫的成绩相当优异，经常是头奖及优等奖的得主。他在得奖之后，毫不吝惜地将得奖的种子分送给街坊邻居。

有一位邻居就很诧异地问他："你的奖项得来不易，每次都看你投入大量的时间和精力来做品种改良，为什么还这么慷慨地将种子送给我们呢？难道你不怕我们的南瓜品种因而超越你的吗？"

这位农夫回答："我将种子分送给大家，帮助大家，其实也就是帮助我自己！"

原来，这位农夫所居住的城镇是典型的农村形态，家家户户的田地都毗邻相连。如果农夫将得奖的种子分送给邻居，邻居们就能改良他们南瓜的品种，也可以避免蜜蜂在采蜜的过程中，将邻近的较差品种的花粉传播到自己的南瓜上，这样农夫才能够专心致力于品种的改良。相反的，若农夫将得奖的种子私藏，则邻居们在南瓜品种的改良方面势必无法跟上，蜜蜂就容易将那些较差的品种的花粉传播到他的南瓜上，这样他必须在防范外来花粉方面大费周折。

就某方面来看，这位农夫和他的邻居们是处于互相竞争的形势；然而在另一方面，双方却又处于微妙的合作状态。事实上，在当今世界，

257

这种既竞争又合作的关系日益明显，"地盘经济"就是适例。

"地盘经济"，源于日本的相扑运动。相扑最重要的就是抢占地盘，千方百计选好位置，进而将对手推挤出去。日本厂商依循"地盘经济"的策略，最初采取本国人相互合作的基本态度，共同将他国公司排挤出市场之外，然后才开始瓜分市场，展开彼此的竞争。

此外，日本公司在研发技术上，也发展出不同层次间既竞争又合作的关系。因为基础科学的研究费用庞大，非一家公司所能单独负担，所以采取"基础合作，应用竞争"的模式，许多大厂合作开发某项技术，再站在共同的基础上相互竞逐产品的研发速率和成绩。如此一来，对大家都是利大于弊。今天，许多企业为了降低单独投资的风险，或是为了强化市场竞争的资本，纷纷寻求同行之间的相互支援，打破了过去"同行是冤家"的游戏规则。

许铭哲

财商悟语

在竞争中，双方是双手也是朋友，因为他们的关系是既竞争又合作的关系。在平时的学习生活中，我们也有自己的竞争对手吧！他们是我们学习上的对手，生活的朋友。我们努力在成绩上互相竞争，在生活中互相帮助。

（赵　航）

神奇的格言

"我会向客户说'我需要你的帮助'。当你诚心诚意地向别人求助时,没有人会说不。"

保险推销员甘道夫年轻时,拜访过一位很有名气的书商。在他家里,甘道夫看到许多徽章及奖杯。于是,甘道夫问他:"这些徽章和奖杯是如何得来的?"

"我曾获得美国最佳书商的称号。"

"你是如何成为第一名的?"

"因为我知道神奇的格言。"

"什么神奇的格言?"

"我会向客户说'我需要你的帮助'。当你诚心诚意地向别人求助时,没有人会说不。"

"你要求什么帮助?"

"我请他给我3个朋友的名字。"

甘道夫知道了这位先生当年成功的秘密,这位先生是向客户索求3个被推荐的名单。为什么是3个?而不是5个、10个呢?根据心理学家的分析,人们习惯用"3"来思考,此外,很少人有3个以上的好朋友。

一句"我需要你的帮助",的确帮了甘道夫许多忙。在取得3个朋友的名字之后,甘道夫会向客户了解他朋友的年龄、经济状况,然后在离开之前甘道夫会对客户说:"你会在下周前与他们见面吗?如果会,你愿不愿意向他们提起我的名字？或者是，你会不会介意我提到你的名字呢？我会用我与你接触的方式，与他们接触。"

"我需要你的帮助"的确是一个好方法。甘道夫牢牢记住了这句话，因为很多人都愿意提供这种微不足道的帮助，他的客户群像滚雪球一样扩大。通过真诚的交往和不懈的努力，甘道夫终于成为历史上第一位一年内销售超过 10 亿美元寿险的成功人士。

庞 凯

财商悟语

"我需要你的帮助"这句话，明显地把别人置于强者的位置。一般情况下，弱者向强者求助，只要是强者举手之劳能做到的，强者一般不会拒绝。语言的技巧十分重要，运用得好，能帮助我们成功获得收益，运用得不好，则会令我们失败、遭受损失。　　（采 露）

利用他人的思维

他的工作已使斯堪的纳维亚航空公司在准点飞行方面赢得了第一。

斯堪的纳维亚航空公司曾有一段时期要在准点飞行方面成为欧洲第一，该公司的总经理简·卡尔岑不知该从哪里着手，便四处寻找,最后他发现了一家单位,认为由他们负责这件事情最合适不过了。于是,卡尔岑找到这个单位的领导,对他说:"我们想在准点飞行方面成为全欧洲第一,需要做哪些工作,多长时间? 你过一两个星期来见我。"

一个星期后,那个人果然来找卡尔岑,说能够做到,大约需要 6 个月的时间,花费 150 万美元。卡尔岑立即说:"很好,那就开始干吧。"那人大为吃惊,说:"我想向你汇报一下,我们打算怎样干。"卡尔岑说:"怎么干都行,我不在乎。"大约 4 个半月后,那人打来电话,向卡尔岑汇报了——他的工作已使斯堪的纳维亚航空公司在准点飞行方面赢得了第一。他们只花了 100 万美元,还有 50 万美元的节余。

对于这件事,卡尔岑很有感触地说:"假如我去找他,拍拍他的肩膀说:'你看,我希望你能让我们公司在准点飞行方面成为欧洲第一,给你 200 万美元,我要你如此这般地去做。'6 个月后他就会来见我,对我说:'我们已遵照你的指示做了,取得了一些进展,但我们还没有完成任务, 大致还需要 3 个月左右的时间,还要再花 100 万美元……'然而,这一切并没有发生。"

王　刚

财商悟语

有的人,只知道借助别人的力量,却不知道借助别人的思维来帮助自己做成一件事。实际上,人的思维也是一笔很大的财富。思维是一种无形的力量,做事之前,有了科学有效的安排,就能达到事半功倍的效果。赚钱也是同样的道理。　　（罗　刚）

永远的圆桌

然而,少的时候并不觉得缺少,多的时候不觉得多余,自始至终座无虚席济济一堂,第一课很成功。

几年前,我的一位朋友毅然辞去她那份薪金稳定、令人羡慕的工作,开始了艰苦的创业。在她的成就已令人瞩目的今天,我想起的仍是那最初的圆桌。

她是从寻找合作伙伴开始的。她不在熟人中寻,而是在陌生人中寻,通过培训来招聘挑选。陌生人之间当然有一个建立相互信任的过程,因此培训班的第一课,就显得相当的关键。

我应邀担任了第一节课的老师。培训地点设在一间小学教室里。不知什么原因,那天开课时间到了,教室里却只有寥寥十几个人。我建议等等,她说不行,这样就伤害了准时的人。我说这么多空位太难看,她很果断地撤去讲台,将六七张课桌摆成一圈,老师学生团团围住。座无虚席,上课了!

不断有迟到的学员进来,来一个就添一张椅子,不断增多,圆桌的规模不断扩大,到下课时数数,已整整扩大了一倍。然而,少的时候并不觉得缺少,多的时候不觉得多余,自始至终座无虚席济济一堂,第一课很成功。

之后,我时而听她有捷报传来,对具体细节却知之不多。但我总相信,她的成功与最初的圆桌效应有关。她那里永远不会因为少了谁而出现空缺，新来的每一个人又都能立即平等融入。圆桌的规模大小可以时常调整改变，但她保证了它是永远的圆桌。

莫小米

财商悟语

我们做事情的时候，不过分地强调条件，更不抱有依赖的心理。坚定地相信自己的能力，因为只有相信自己的能力，我们才不会有后顾之忧，才能有信心竭尽全力地去完成任务。 （采 露）

有理更需宽容

"是的，"老板意味深长地说，"正是因为她全错，而你全对，才需要你的宽容。"

有一个朋友和老板去餐厅吃饭。服务小姐的态度非常恶劣，脸上没有一点笑容。朋友很生气，要投诉她，却被老板制止了。老板说："也许她失恋了，也许她刚刚被上司指责过，总之，我们应当原谅她。"

"不管什么理由，也不应该影响工作，这是她的错。"

"是的，"老板说，"正是因为她全错，而你全对，才需要你的宽容。"

朋友说了一句让老板喷饭的话："没想到您还有傻根儿精神。"

"所以，我是头儿，"老板笑着说，"你是我的员工。"

崔曼莉

　　每一次的宽容,都可以为我们的人格魅力增光添彩。宽容没有国界、年龄之分,更没有血统、身份之分,只要我们每一个人都秉着一颗为他人着想的胸怀,心中自然会种下宽容这粒种子。宽容的美德,为我们赢来财富人生。

(严田田)

留个缺口给别人

《周易》的最后一卦叫"未济",其意与此颇有相通之处,即让水向下流,让火向上升。

　　一位著名的企业家在做报告,一位听众问:"你在事业上取得了巨大的成功,请问,对你来说,最重要的是什么?"企业家没有直接回答,他拿起粉笔在黑板上画了一个圈,只是并没有画圆满,留下一个缺口。他反问道:"这是什么?""零"、"圈"、"未完成的事业"、"成功"……台下的听众七嘴八舌地答道。他对这些回答未置可否:"其实,这只是一个未画完整的句号。你们问我为什么会取得辉煌的业绩,道理很简单,我不会把事情做得很圆满,就像画个句号,一定要留个缺口,让我的下属去填满它。"

　　留个缺口给他人,并不说明自己的能力不强。实际上,这是一种管理的智慧,是一种更高层次的带有全局性的圆满。给猴子一棵树,让它不停地攀登；给老虎一座山，让它自由纵横。也许，这就是企业管理者用人的最高境界。众所周知，《周易》的最后一卦叫"未济"，其意与此颇有相通之处，即让水向下流，让火向上升。

卫 华

财商悟语

"十事九不全"，你想把事情做得很圆满，实在不容易。不如留一个缺口给别人，让别人发挥他的聪明才智，使结果锦上添花。

（陈 牧）

给别人一次机会

生活是平等的，我们不要害怕付出，不要吝于付出，不要以各种理由拒绝愿意与我们谈话的人。

这天，戴尔公司的总裁迈克尔·戴尔和日本索尼公司的人员谈判，探讨有关索尼公司已经开发出来的显示屏、光学磁盘及 CD-ROM 等多媒体技术。谈判结束后，戴尔想回酒店好好休息一下。这时，一个年轻的日本人走过来拦住了他，说："戴尔先生，耽误您一下。我是索尼公司能源部门的人，我想和您谈一谈。"

戴尔心想，他是能源部门的？想卖发电厂给我吗？我买发电厂干什么？刚才的谈判，已经使他很疲倦了，他拒绝那人说："对不起，改天吧。"

那人不肯走，说："戴尔先生，请您给我一次机会，我不会耽误您很

多时间的。"

戴尔举步就想走，可当他看到那人诚恳的目光和神情，终于说道："好吧，我只能给你一分钟时间。"

那人拿出一张表格给他看，上面写满了关于一种新电池功能的文字，这种电池被称为"锂电池"。戴尔这时才明白那人的目的，是想把锂电池技术卖给戴尔公司，供戴尔公司生产的笔记本电脑使用。戴尔以前就经常听说，使用笔记本电脑的人，希望能拥有电力持久的电池，而锂电池的电力可以持续4小时以上。

戴尔露出了笑容，接下来，他与那人进行了半个多小时的交谈。

后来，戴尔公司把锂电池配备于新型笔记本电脑，从而使电池使用时间超过了以往所有纪录，满足了广大客户的要求。很快，戴尔公司的笔记本电脑销售量大增，销售收入很快上升了12个百分点。

戴尔庆幸自己的行为，在后来的会议上，他对部属们说：生活是平等的，我们不要害怕付出，不要吝于付出，不要以各种理由拒绝愿意与我们谈话的人。我们给别人一次机会，同时也就给了自己一次机会。在别人取得成功的时候，我们自己也能从中受益。

凤凰

财商悟语

给别人一次机会，能换来一个惊喜的回报。许多事情其实都是相互的，自己给别人机会的同时，也是在给自己机会。在学习生活中，有没有人向我们求助过呢？如果有，那尽量地帮助他吧，说不定，这也是给自己的一次机会呢！

（赵　航）

与人为善天地宽

你可能已经忘记了我，我也不知道你的名字，但我永远忘不了你。你就是那个重新给了我自尊的人。

某纽约商人看到一个衣衫褴褛的铅笔推销员，顿生一股怜悯之情。他把 1 元钱丢进卖铅笔的人怀中，就走开了；但他又忽然觉得这样做不妥，就连忙返回，从卖铅笔的人那里取出几支铅笔，并抱歉地解释说自己忘记取笔了，希望不要介意。最后他说："你跟我都是商人，你有东西要卖，而且上面有标价。"

几个月后，在一个社交场合上，一位穿着整齐的推销商迎上这位纽约商人，并自我介绍："你可能已经忘记了我，我也不知道你的名字，但我永远忘不了你。你就是那个重新给了我自尊的人。我一直觉得自己是个推销铅笔的乞丐，直到你跑来并告诉我，我是一个商人为止。"

财商悟语

尊重别人，这也是一份礼物，也能温暖别人的心。不论是总统，还是乞丐，他们都是一样的人，都有一颗知冷暖、知尊严的心，我们都应给予同样的尊重。这是一个人具备的最高尚的品行和最好的素养。这素养是我们成功的基石。

（采　露）

267

把苹果送人

放弃 5 个苹果,你不仅能品尝到除苹果之外其他水果的滋味,还能感受到人与人之间那份难得的和谐、信赖和真诚。这是一种智慧的放弃。

我有一位朋友,10 年前,他和他的一位朋友合伙做生意。他们踌躇满志地发展了一个项目,势头很好。但是不久,他们之间出现隔阂,开始互相猜疑、捣鬼,结果,一个即将成功的项目眼看就要付诸东流。我的朋友经过痛苦地思考,撤回属于自己的那部分资金,把快要煮熟的鸭子拱手送给他人。

我们不解,他却给我们出了一道题目:你手里有 6 个苹果,如何使它们的价值发挥到最大?

有的说:把它们卖掉。有人立即反对:卖掉能值几个钱? 有的人说:把它做成苹果罐头,不过好像太少啦! 有的回答:把它种在地里,几年

后就会有新的收获。

他说，答案非常简单，你吃掉一个，品尝一下苹果的滋味，把其余5个送给别人。

我们一时如坠云雾中。他解释：你手里拿着苹果，说明你很想品尝苹果的滋味，所以，你必须留一个，否则，你就不能品尝那迷人的幽香。其余的，如果你吃掉，就会什么也得不到，所以把它们送给5个人，他们品尝了你的苹果会感激你。下一次，他们有了苹果，同样会让你品尝；再下一次，如果他们有了梨、香蕉，照样可以请你品尝。放弃5个苹果，你不仅能品尝到除苹果之外其他水果的滋味，还能感受到人与人之间那份难得的和谐、信赖和真诚。这是一种智慧的放弃。

果然，他离开之后，他的朋友大胆投资，引进人才，结果取得了很大的成功。我的朋友则捡起他的老本行——写作，凭着几年来在商海里摸爬滚打的经验，他专攻商海小说，书一出版，销量很好。而他的朋友，现在已经帮他出了好几本小说，并且邀请他担任公司的名誉总经理，他们的关系远比当初密切得多。

一个放弃，换来意想不到的成功。许多人缺乏的正是这种将苹果送给别人的勇气和胆识，他们将一个垂危的摊子拼命搂在自己的怀里，结果，事情只会越来越糟。

放弃苹果并不是扔掉苹果，任它腐烂，而是把它送给别人，转换为另一种财富。

古保祥

财商悟语

利益能让朋友成为敌人，也能让敌人成为朋友。在大家共同利益受到威胁而相互怀疑时，我们把利益让给朋友，就是为自己创造下次成功的机会。放弃机会不等于坐等机会溜走，我们给别人机会，其实也是在给自己机会。

（采 露）

佳能挑战施乐

佳能公司知道凭自己的实力，无法构筑有效的进入堡垒，怎么办？佳能公司选择了独特的竞争方式——合作竞争。

美国施乐公司是复印机的发明者，凭借强大的技术优势在复印机市场上取得了霸主地位。它仅专利技术就申请了 500 多项，构筑了坚固的防御"城墙"，设置了有效的进入堡垒。施乐公司相信从此可以高枕无忧，认为没有企业能发起挑战，并对其构成威胁了。

日本佳能公司为了进入复印机市场，调查了施乐公司的消费者，除了解消费者对施乐公司复印机产品的不满意之处，并对没有购买施乐复印机的潜在用户进行调查，了解他们没有购买施乐复印机产品的原因。佳能公司希望从中找到了开发新产品的突破口。

经过调查，佳能公司发现，施乐公司的复印机产品存在以下问题：复印机属于集中复印的模式，只有复印量大的企业使用才划算；价格昂贵，很多小企业虽有复印需求，但却承受不了高昂的价格，还不如拿到外面复印合算；一个大企业只有一台复印机，用起来不方便；施乐的复印机操作复杂，要求受过专门培训的人员才能胜任操作，同时，保密性差，因为很多企业要复印的资料是企业机密，企业的领导不想让复印者知道复印资料的内容；体积大、质量大，使用不便；施乐公司复印机追求非常高的复印质量，但很多企业并不需要，只要能满足基本需要就行。针对这些问题,佳能公司开发了适合中小型企业用的复印机,也就是现今市场上普遍使用的佳能复印机。

此外,佳能公司还绞尽脑汁地考虑如何与施乐这样一个复印机领域的"巨无霸"去竞争。如果佳能公司的产品受到市场欢迎,施乐公司是否会还击?如果施乐发起还击,佳能公司能否挺得住?佳能公司还想到,即使施乐公司看不上这个市场,听凭佳能自由发展,一旦产品畅销,其他企业是否会加入竞争?特别是那些与佳能公司一样,具备相同或类似专长的日本公司加入竞争怎么办?佳能公司知道凭自己的实力,无法构筑有效的进入堡垒,怎么办?佳能公司选择了独特的竞争方式——合作竞争。

于是,佳能公司将自己的发明设计以十分之一的价格转让给多家日本的"兄弟企业",如美能达、理光、东芝等公司,与他们共享技术以及市场调研成果,共同对抗强大的施乐公司。事实证明,这种合作竞争策略是成功的,佳能公司和日本的合作伙伴实现了"双赢"或"大赢"。对佳能的合作企业来说,用很低的价格获得了技术,推出了产品,获得了经济效益;对佳能公司来说,自己的发明设计很快收回了成本,开发的新产品实现了预期目标。同时,佳能公司还与合作伙伴达成协议,由佳能公司继续开发新技术,合作伙伴分摊研发费用。这样,佳能公司不仅避免了同其他企业间的恶性竞争,而且保持了领先地位。等到施乐公司复印机市场份额急剧减少,清醒地感受到佳能公司的严重威胁时,佳能公司的复印机产品已占领了半壁江山,施乐再想把已经得"势"的佳能公司赶出复印机市场,已力不从心了。

陈 峰

财商悟语

没有人是永远的霸主,要想长久地立于不败之地,就不能停止奋斗的步伐。同样的,要想超过别人,取得胜利,就得知己知彼,百战百胜,在竞争中,不仅仅要了解自己,还要了解和我们竞争的对方。

(白文林)

天堂与地狱的区别

这里的一切和上一个房间没什么不同。一锅汤、一群人、一样的长柄汤匙，但大家都在快乐地歌唱。

有人和上帝谈论天堂和地狱的问题。上帝对这个人说："来吧，我让你看看什么是地狱。"

他们走进一个房间，屋里有群人围着一大锅汤。每个人看起来都营养不良、绝望又饥饿。他们每人都有一只可以够到锅子的汤匙，但汤匙的柄比他们的手臂要长，自己没法把汤送进嘴里。他们看上去是那样悲苦。

"来吧，我再让你看看什么是天堂。"

上帝把这个人领入另一个房间。这里的一切和上一个房间没什么不同。一锅汤、一群人、一样的长柄汤匙，但大家都在快乐地歌唱。

"我不懂，"这个人说，"为什么一样的待遇与条件，而他们快乐，另一个房里的人们却很悲惨？"

上帝微笑着说："很简单，在这儿他们会喂别人。"

财商悟语

懂得互相帮助，相互合作，是我们走向成功的第一步。当我们能齐心协力，彼此都能为他人着想的时候，成功就会自然而然地在我们身边出现了。

（陈丹华）

财富青睐的人品

　　有一位很会做生意的人，他做生意很活络，凡是顾客要求的，没有办不成的。一次，来了一位顾客，提着一桶漆，盖子已经打开，显然用过了。顾客说："老板，这种漆的质量不好，我得退。"他立刻痛快地说："行。"把钱退了，顾客高兴地走了。有人不解，老板说："做生意要朝远处看。我虽然损失一桶漆，没伤和气，没伤信誉。"

　　金钱和道德实在是件非常复杂的事情。但是有一点是可以肯定的，财富青睐人品好的人。"君子爱财，取之有道。"这个"道"就是财富喜欢的那种人的人品。

更好的生意是赚人

在我这里干，都是临时的，一个一个，我都要把他们送出去，这就是我最好的生意。

我认识一个老板，做电器、建材、洁具、化工等生意，拥有两栋营业大楼，几千平方米的库房、门面房，每天的营业额很大，在这个县城，他是一个很会做生意的老板。

老板已经 50 多岁，貌不惊人，言语不多。他闯过东北，干过木匠，做过油漆工，承包过土地，在海边搞过养殖，什么脏活重活，他都干过，什么苦都吃过。后来，他到县城租了一间门面房卖油漆，慢慢发展，慢慢做大，终于成就今天的规模。现在，他还起早贪黑，在门市部打理着。

我很少听他谈过去的事。他做生意很活络，凡是顾客要求的，没有办不成的。

有一次，来了一位顾客，提着一桶内墙漆，盖子已经打开，显然用过了。顾客说："老板，这种漆的质量不好，我得退。"

老板没有一句怨言，痛快地说："行。"他喊来营业员，把钱退了，顾客高兴地走了。

我有点不服，说："天下哪有这样的事，漆已经用过了，怎么能退？"

老板笑笑，说："老弟，做生意嘛，要朝远处看。我虽然损失一桶漆，但没伤和气，没伤信誉。"我说："你是最好的生意人，这是最好的生意。"

他摇摇头，说："我最好的生意不是这些，挣点钱不算什么，我感到满意的生意，今天跟你唠唠吧。"

他收的第一个营业员，跟他干了 3 年，进货、配货、销售、收钱，全由这个营业员经手，营业员很聪明，业务越来越熟。干得正得力的时候，他给这个营业员一大笔钱，说："娘家虽好，但不是久留之地，你也成熟了，出去闯一闯吧。"

这个营业员恋恋不舍地走了，现在是木材销售商，资产大概有几千万。

后来的一个营业员，脑子也好使，也很勤快；对内部情况熟悉后，不安分了，手脚不干净了。他看着店里每天收那么多钱，有点眼红，今天拿几十元，明天拿百八十元，晚上出去潇洒。老板心知肚明，没有捅破那层窗户纸。有一次，这个营业员在朝自己的口袋装钱的时候，被老板撞见了。老板把他叫到跟前，心平气和地说："人活着，要行得正走得直，真正是一个人，叫人家相信，这一辈子才没白活。"

他给了营业员一些经费，让他出去做生意。后来，这个营业员没给他丢脸，在一座县城销售瓷砖，生意很红火。

第三个营业员，高考落榜后，家里困难，到这里打工，每月能挣近千元，吃喝不愁，还能补贴家里，慢慢地，开始安于现状。老板对他说："你不能像我这样，虽然挣点钱，一辈子还在家门口。你还得考大学，见见世面，做大事情。"

老板让这个营业员一边打工，一边复习功课。营业员也很听话，刻苦学习，第二年参加高考考上重点大学。求学期间，老板每年都要资助他学杂费、生活费。

说着，老板指着大厅里的几个营业员，说："在我这里干，都是临时的，一个一个，我都要把他们送出去，这就是我最好的生意。"

诵　诗

　　其实,赚钱和做人是一样的道理,同样需要诚实和宽容,如果只为赚钱而不择手段,那只能得到一时之利而不能永久。故事中老板的生意兴隆,就在于他对顾客和营业员时刻保持一颗宽容、谅解之心,他赚到的不仅是钱,还有人,这才是"最好的生意"。(采　露)

银 塔 餐 厅

"你吃的是第几只鸭?"这不仅是银塔餐厅一句红极一时的广告语,更是一种诚信、尊重和品牌的象征。

　　1582 年,法国国王亨利三世的侍从,在巴黎塞纳河岬(jiǎ)角开了一家优雅的小客栈。小客栈装有玻璃的落地窗,可望见圣母院与西堤岛的壮丽景观。因其石塔在阳光照耀下闪闪发光,由此得名"银塔"。这就是最初的银塔餐厅。银塔餐厅擅长做鸭子,烹鸭妙法有 18 种之多,其中最著名的是"血鸭"。

　　到了 1880 年,银塔餐厅做的鸭子已经很有名气,与此同时,市场上也出现了不少冒牌的银塔餐厅的鸭子出售。为了保护自己的品牌,当时的老板弗雷德里克•杰列尔灵机一动,决定为端上餐桌的每一只鸭子都编上号码,并把顾客的名字也一同记入名录里。每一位吃鸭子的顾客都可以得到一张带有鸭子编号的精美卡片,留作纪念。

谁也没曾料想，就是这样一个别具特色的小小举措，竟将银塔餐厅的发展推向了一个又一个崭新的阶段。

即使是在纳粹德国占领法国的4年，德军考虑到银塔餐厅的声名太大，也不得不让其照常营业。当时的老板特瑞尔，喂饱了许多德国官兵，德军元帅戈林也曾是常客。当德国军官们在餐厅里把酒畅谈时，特瑞尔总会十分巧妙、不露声色地躲在一旁收集有用的重要信息，然后再设法将整理筛选的情报传递给抵抗法西斯的武装力量。身为"地下通信员"的特瑞尔，那时还有一个代号——"企鹅"。这段热爱和平、忠于祖国的历史，始终是银塔餐厅值得骄傲的一笔。

时间过得真快，到了2003年，银塔餐厅已经卖出了100万只鸭子。为此，餐厅专门举行了一场别具一格的"百万庆典"，以纪念这个不寻常的经营成果。银塔餐厅的墙上，挂满了名人顾客的照片，包括法国作家巴尔扎克、俄国歌唱家夏里亚宾、著名演员伊丽莎白·泰勒和玛丽莲·梦露、亨利四世、日本天皇、德国首相俾斯麦、英国前首相丘吉尔、美国总统肯尼迪和约翰逊，还有许多诺贝尔奖得主等。如此多的名流和政要慕名到银塔餐厅用餐、留名、留影，这无疑是一笔巨大的无形资产。据说，仅日本天皇当"回头客"一事，每年就吸引近万名日本人前来消费。

这些名流和政要餐桌上的鸭子，自然也就变成了历史"名鸭"。在"名鸭"名录中一清二楚地记载着：328号鸭子是在1890年被爱德华七世吃掉的，40312号鸭子则在1914年进了阿尔封斯八世的肚子。喜剧大师卓别林吃的鸭子是253652号，影星伊丽莎白·泰勒吃的鸭子是579051号。最有意思的是日本天皇裕仁，二战时期他吃的鸭子是53211号，50年后又当了一次回头客，吃掉了423900号……这些鸭子能够这样结束自己的一生，也可谓"永垂史册"了。

多少年过去了，银塔餐厅还在卖鸭子，不过已卖出了国际水平，成了巴黎、欧洲乃至整个世界最著名的鸭子专卖店。银塔餐厅的名声经久不衰，顾客络绎不绝。许多到银塔餐厅用餐的人，已经不只是为吃而来，而是要以此餐厅作为珍贵时刻的见证。有的人是为了吃到一个带有吉祥号的鸭子，有的人是为了生日的庆典，有的人是为了结婚的宴请，有的人是为了金婚的纪念……银塔餐厅以其独特的魅力吸引着来自世界各地的顾客，继续谱写着自己的辉煌与浪漫。

在巴黎，"你吃的是第几只鸭?"这不仅是银塔餐厅一句红极一时的广告语，更是一种诚信、尊重和品牌的象征。

📖 王　想

财商悟语

> 无论职业，无论国籍，每个人如果高举着诚信的旗帜，那他一定会获取成功。诚信的旗帜，走到哪里，人们就欢迎到哪里。在我们今后的人生旅途中，坚守诚信，不仅会为自己带来财富，更会得到人们的尊重。
>
> （白文林）

 # 追赶承诺

事业和做人的成功秘诀中最不能缺少的两个字就是——诚信。

百事可乐的总裁卡尔·威勒欧普到科罗拉多大学演讲的时候，有一位名叫杰夫的商人想通过演讲会的主办者约卡尔见面谈一谈。卡尔答应了，但只能在演讲完后而且只有 15 分钟的时间。

杰夫就在大学礼堂的外面坐等。

卡尔兴致勃勃地为大学生们演讲,讲他的创业史,讲商业成功必须遵循的原则,不知不觉中时间已超过了与杰夫约定的见面时间,显然他已忘记了与别人的约定。

正当卡尔继续兴致很高地演讲时,他发现一个人从礼堂外推门,径直朝讲台上走来。那人一直走到他的面前,一言不发地放下一张名片后转身离去。卡尔拿起名片一看,背面写着:"您和杰夫·荷伊在下午2点半有约在先。"

卡尔猛然醒悟。一边是需要他鼓舞的大学生们,他们是他企业发展的目标甚至是动力,而另一边是一位名不见经传的向他请教的商人。卡尔没有犹豫,他对大学生们说:"谢谢大家来听我的讲演,本来我还想和大家继续探讨一些问题的,但我有一个约会,而且现在已经迟到了。迟到已经是对别人的不礼貌,我不能失约,所以请大家原谅,并祝大家好运。"

在雷鸣般的掌声中,卡尔快步走出礼堂,他在外面找到了正在等他的杰夫,向他致了歉意后,便又滔滔不绝地告诉了杰夫他所想要知道的一切。结果,原来定好的15分钟时间他们却一直交谈了30分钟。后来,杰夫成了一名成功的商人,他把这一段经历告诉了他的朋友。他的朋友们都对百事可乐产生了信任并决定经销和宣传百事可乐。

不论我们的目标多么伟大,或者有多少伟大的事业等着我们去做,我们一定要遵守自己的承诺并且尽可能地去兑现它。因为事业和做人的成功秘诀中最不能缺少的两个字就是——诚信。

崔 浩

财商悟语

"靠小聪明考前突击"、"猜测考试重点"……这些小手段也许能为我们带来好成绩,但那仅仅是一时的提高。学业上的不断进步,成长中的不断进取,需要的都是我们不欺人、不欺心,踏实的努力。只有对自己"诚信"付出,才会收获人生的财富。 (白文林)

小服务生大财

我问他致富的秘诀是什么，他笑笑说："我的秘诀就是免费小服务。"

楼下不知什么时候新添了一家废品代收站，收废品的是一对年轻夫妻，操一口外地口音。男的身体健壮，有一股使不完的力气；女的身材矮小，模样俊秀，常看见她帮丈夫过秤付钱。

起初，废品站生意不太好，很少有人光顾。有一天，我看见他背着一袋大米上楼，便好奇地问："你这个收废品的老板，连大米也收？"他停下来喘口气，说："这个主人家里有很多破纸箱要卖给我，我免费背米上楼，做点小服务，只为多拉点客户。"他憨厚地一笑："以后你家有啥东西要我搬的话，就招呼一声，我力气大，保证搬不坏。"最后，他又强调一句："我收费便宜，如果你有什么东西要卖给我，那么，小服务免费。"

天气转凉了。一天，我下班回来，正准备上楼，他叫住我："你们楼梯口有个破炉子，帮我问问主人是谁，能不能卖给我？"我回答他说："不知道，等我有空帮你问问吧。"刚刚上楼，我就接到朋友的电话，说是请我吃饭，让我马上过去。

吃完饭回家，天已经黑了，加上喝得有点多，一进楼梯口，我就被什么东西绊了一下，跌倒在地，结果额头碰到楼梯口的炉子上，满脸都是血。我正想给在家的妻子打电话，就被一个人扶起来，一看，是废品站的老板。他把我背到三轮车上，送我去了医院。医生检查完伤口，说："不碍事，敷点药水就没事了。"

回家的途中，我突然想起来，楼梯口的那个炉子是我家的。我跟他说："那个炉子是我家的，你拿去吧，不要钱。"他说："别呀，它最起码能值15元。"听了他的话，我假装生气地说："你要是再提钱，我跟你急，信吗？"他看我这么说，没有吱声。

快过年了，单位开始陆续发放年货。起初，只要是放不坏的，我就没有往家里拿，等装够一个大纸箱子，我一起拿回家。那天下班，我驮着大纸箱子刚到楼梯口，就见他不知从什么地方跑过来，扛起纸箱子就往楼上走。我连忙制止说："你忙你的吧，不用管我，我自己扛。"他停住脚步，转回头说："我的服务还没有完成，今天正好是个机会。"我疑惑地问："什么服务没有完成？"他又说："那天你不是把炉子送给我了吗？我还欠你一次免费搬运服务呢。"他说完，扛着箱子就上楼了。

晚上，我跟妻子商量，把家里发放年货的箱子卖给他，老婆说："你这个人真没良心，人家那么帮你，你还向人家要钱。"

几天后，我特意早下来一会儿，把纸箱子搬下来送给他，可他怎么也不愿意接受。磨到最后，他只好答应，但条件是，我必须接受他一个月的小服务。此后的一个月，我下班的时候，无论回来多晚，他都会守候在楼梯口，将我的自行车搬到楼上，然后，转身下楼，风雨无阻。

后来，他的生意火了起来，听说，他的存折上已经有6位数了。我问他致富的秘诀是什么，他笑笑说："我的秘诀就是免费小服务。"

雪 青

财商悟语

用免费的小服务，来表现一个人的善良本质，实在是明智之举。当别人发现我们品性善良的时候，他们对我们的信任就会大幅度地增加。想要收获成功，先让我们学会真诚待人。（采 露）

债　箱

母亲说："留下这些，并不是期待这些人回来还钱，而是重在信义。"

几年前，一位老人拿了 2000 元来店里，说是还钱。

母亲请客人稍坐，随即进房拿出一张泛黄的纸，交给老人。老人只欠身说："对不起，拖了这么久才来。"便离去。

母亲望着老人似乎挺直了些的背影，缓缓说出那一满箱借据的故事。箱里最多的是芭乐票，从 1972 年一张 56 元的直式车票，到前两年一张 20 万、堂哥拿来调头寸的客票；还有正式画押的文言文借据，也有文句不通的便条借单；互助会会首立下的重誓还款书也不少。一张张或黄或白的纸，规规矩矩地躺在一起，金额有大有小，票主有男有女。至亲好友，当初诚心签下姓名，如今大都行踪不明，生死未卜。

那箱记载了父母开店 30 年历史，除了证明人善被欺、留下被背叛的记忆之外，我实在想不出它有任何珍藏的价值。

母亲说："留下这些，并不是期待这些人回来还钱，而是重在信义。"

"每一张纸都代表当事人当初的一个难关，既然有能力帮他，表示当时我们比他好过；他至今不还，可能生活还差；若真是恶意欺骗，我们也没因此少块肉。这些人不是来偷、来抢，他们是拿信用来换。人一生的情债还不清，只有钱债，虽易忘，却也易还。"

"像刚刚那位老人，是你祖父辈，20 年前上台北跟你父亲借钱，那时家中米都没有，你父亲把结婚戒指当掉，又把当月该交的货款先凑给他。他当场写下借条，说隔两天就还，这一隔，就是 20 年，他也分文不差全额还清。"

老人在他发苍之年仍记得这事，我们也将他亲手写下的信用原封不动地交还。我想母亲会更坚信，要好好保存那只责任重大的债箱。

（台湾）黄淑贞

财商悟语

> 一般说来,不在万不得已的时候,每个人都是不会轻易向别人借钱的。当别人借给你的时候,那表明你在这个人的心目中,是值得信任的。而当借到钱的时候,除了感激对方,一定要按约定还钱,守住自己的信义。守信可能为我们谋得更大收获。 （海 星）

15 美分的教益

我知道是我的诚实使我在美国经济最困难的时期保住了自己的工作。

我10岁那年正是经济大萧条时期的1935年,我在一辆大运货卡车上工作,每天要向100家商店递送特别食品,干12小时的工作只能挣一个三明治、一杯饮料和50美分。在没有食品递送的日子里,我在街角的一家糖果店工作。一天,我在桌底下拾到15美分并把它交给了老板。老板扶着我的双肩承认,钱是他故意放在那儿的,以看看他能否信任我。后来，我一直为他工作到上完高中，我知道是我的诚实使我在美国经济最困难的时期保住了自己的工作。

在后来的年代里，我干过许多工作：侍者、停车场服务员、房子清洁工等。再后来，当我的卡车运输生意挣扎着度过 4 个连续亏损的惨淡之年时，我就回想起自己在糖果店学到的关于信任的一课，它是使我同别人一起工作、创建事业，并最后使我的生意成功的关键。

[美]阿瑟·因佩拉托雷

两元钱的迹象

从那两元钱里，我建立了对他的信任。出于一种直觉，我相信这个小伙子的生意会做大。

1994 年，我买第一台电脑的时候，珞瑜路的电脑城刚刚开始兴旺。

那幢八层高的大楼底下三层全是密密麻麻的电脑公司，有的卖品牌机，有的卖兼容机，更多的，是一些卖耗材的小公司。

小公司小到放下一张电脑桌后，另外的空间就只能容两三个顾客同时站在那里，连转身都有些困难。那个小伙子也有一间这样的公司，他卖的是鼠标、键盘之类的配件。

有一次，我在他那里买了一枚螺丝钉。

回家后，发现这个螺丝钉与螺丝孔不匹配，于是，到电脑城去重买。因为没有带螺丝孔，我也说不清究竟想要什么样的螺丝钉，一再地解说之后，我和他都很茫然。"得，我跟您去看一趟。"这个小伙子热情地说，好在我家就在附近的大学里，骑着自行车很快就到了。他仔细地看了我的主机、主板之后，从他的随身包里掏出一个螺丝钉来说，应该是这种型号的。

一试，果然对得上。

那个螺丝钉只要两元钱，我付过钱，准备送他走。

这时，小伙子又问我："那你原来那个螺丝钉还有没有用？"

"没用了。"我说。

"请你把它给我吧，它对我还有用。"

好吧，物尽其用嘛，我把那个螺丝钉给了小伙子。小伙子把螺丝钉放进包里，再递给我两元钱。

"这是你的。"他笑着说。

"不用了。"我推让。

"不，这个钱当仁不让是属于你的。"

我只好接过钱，以及那个小伙子随钱一起递过来的名片。

后来，只要我的电脑有什么问题，要买什么耗材，我第一个想到的就是那个小伙子。从那两元钱里，我建立了对他的信任。出于一种直觉，我相信这个小伙子的生意会做大。

10 年过去了，我家里的电脑从兼容机到品牌机再到笔记本电脑，换了好几代。那座电脑城也扩大了，珞瑜路成了电脑一条街，而那个小伙子在这里拥有了自己的两家电脑公司，当然是大得多的公司，他把他的弟弟及家人都从浙江带到了武汉,和他一起干。

而这一切在 10 年前那枚小小的螺丝钉里就看到了迹象。

一枚小小的螺丝钉,可以见证一个人的品性与成功。

雪淙淙

唐三彩与铅笔

在李嘉诚看来,是否故意是判断一种行为性质的重要标准。

香港富商李嘉诚对于事物、行为的价值有自己的独到见解。

有一次,一名清洁员在打扫李嘉诚的办公室时,一不小心将一个非常贵重的唐三彩打碎了!当现场的秘书气得暴跳如雷,而这名清洁工更是吓得体如筛糠时,谁想,"受损者"李嘉诚并没有大发雷霆,甚至没有对该员工进行任何形式的处罚,而只是要求这名员工以后工作时一定要小心。事后,李嘉诚谈到这件事时解释说:"因为我知道他不是故意的。"在李嘉诚看来,是否故意是判断一种行为性质的重要标准。

众所周知,李嘉诚旗下企业的员工忠诚度非常之高,因为李嘉诚总是付给他们全香港最高的薪酬,是为"高薪养廉"。那么,如此宽厚、如此大方的李嘉诚有没有炒过员工的鱿鱼呢?"有的。"李嘉诚斩钉截铁地说,"有一次我炒掉了一名高管人员。因为他将几支公司的铅笔拿回了家。我认为他的行为与公司付给他的报酬是不相匹配的。"

财商悟语

在李嘉诚这样的老板手下工作,谁不愿意尽心尽力呢?古人曾把错和恶进行了严格的界定:错是无意识地犯错,而恶是有意地做错事。我们身边也常有人在做错事,但他们有很多都是无意的,我们对待他们,能不能有李嘉诚那样的胸襟呢?拥有宽阔的胸襟,我们才能收获更多。

(赵　航)

商人收养的孤女

人的一生最该做的就是帮助别人,急他人所急;最不该做的是贪图不义之财,见财忘义。

30 年前,美国华盛顿一个商人的妻子,在一个冬天的晚上,不慎把一个皮包丢在了一家医院里。商人焦急万分,连夜去找,因为皮包内不仅有 10 万美金,还有一份十分机密的市场信息。

当商人赶到那家医院时,他一眼就看到,清冷的医院走廊里,靠墙根蹲着一个冻得瑟瑟发抖的瘦弱女孩, 在她怀中紧紧抱着的正是妻子丢的那个皮包。

原来,这个叫希亚达的女孩,是来这家医院陪病重的妈妈治病的。相依为命的娘儿俩家里很穷,卖了所有能卖的东西,凑来的钱还是仅够一个晚上的医药费。没有钱明天就得被赶出医院。晚上,无能为力的希亚达在医院走廊里徘徊,她天真地想求上帝保佑,能碰上一个好心人救救她的妈妈。突然,一个从楼上下来的女人经过走廊时腋下的一个皮包掉在了地上,可能是她腋下还有别的东西,皮包掉了竟毫无知觉。当时走廊里只有希亚达一个人,她走过去捡起皮包,急忙追出门外,那位女士却上了一辆轿车扬长而去。

希亚达回到病房,当她打开那个皮包时,娘儿俩都被里面成沓的钞票惊呆了。那一刻,她们心里都明白,用这些钱可以治好妈妈的病。妈妈却让希亚达把皮包送回走廊去,等丢皮包的人回来取。妈妈说,丢钱的人一定很着急。人的一生最该做的就是帮助别人,急他人所急;最不该做的是贪图不义之财,见财忘义。

虽然商人尽了最大的努力,希亚达的妈妈还是抛下了孤苦伶仃的女儿。她们母女俩不仅帮商人挽回了 10 万美元的损失,更主要的是那份失而复得的市场信息,使商人的生意如日中天,不久就成了大富翁。

被商人收养的希亚达,读完大学就协助富翁料理生意。虽然富翁一直没委任她任何实际职务,但在长期的历练中,富翁的智慧和经验潜移默化地影响了她,使她成为一个成熟的商业人才。到富翁晚年时,他的很多意向都要征求希亚达的意见。

富翁临危之际,留下一份令人惊奇的遗嘱:

在我认识希亚达母女之前我就已经很有钱了。可当我站在贫病交加却拾巨款而不昧的母女面前时，我发现她们最富有，因为她们恪守着至高无上的人生准则，这正是我作为商人最缺少的。我的钱几乎都是尔虞我诈、明争暗斗得来的。是她们使我领悟到了，人生最大的资本是品行。

我收养希亚达既不为知恩图报，也不是出于同情，而是请了一个做人的楷模。有她在我的身边，生意场上我会时刻铭记，哪些该做，哪些不该做，什么钱该赚，什么钱不该赚。这就是我后来的业绩兴旺发达的根本原因，我成了亿万富翁。

我死后，我的亿万资产全部留给希亚达继承，这不是馈赠，而是为了我的事业能更加辉煌昌盛。

我深信，我聪明的儿子能够理解爸爸的良苦用心。

富翁在国外的儿子回来时，仔细看完父亲的遗嘱，立刻毫不犹豫地在财产继承协议书上签了字：我同意希亚达继承父亲的全部资产。我只请求希亚达能做我的夫人。

希亚达看完富翁儿子的签字，略一沉吟，也提笔签了字：我接受前辈留下的全部财产——包括他的儿子。

齐 云

财商悟语

金钱和品行孰轻孰重，这是我们每个人都会面临的问题。好的品行就像是一座钻石堆起的大山，周围所有的东西和她比较起来，都将黯然失色。

（采 露）

闪亮你的人格魅力

朋友说，当他看到那位老总双手递食物给乞丐的一刹那，差一点就热泪奔流。

这个故事是作者的一个朋友的经历。

有一次他与一位台商老总谈业务，午餐时在酒店点了菜品，该老总指着雅座中的酒水说："请随意饮用，我们不劝酒。"朋友知道很多南方商人商务会餐时绝不饮酒，也客随主便，草草用饭。席间酒店服务生端来一道特色菜，那位老总礼貌地说："谢谢，我们不需要菜了。"服务生解释说这道菜是酒店免费赠送的，那老总依然微笑着回答说："免费的我们也不需要，因为吃不了，浪费。"

饭毕，老总将吃剩的菜打了包，驱车载着朋友出了酒店。

一路上，那位老总将车子开得很慢，四下里打量着什么。朋友正纳闷时，老总停下车子，拿了打包的食物，下车走到一位乞丐跟前，双手将那包食物递给乞丐……

朋友说，当他看到那位老总双手递食物给乞丐的一刹那，差一点就热泪奔流。这是何等的素质？午餐不饮酒是对工作负责；赠菜不受，是杜绝浪费；饭菜布施是充满爱心；而双手递食物给乞丐，则是对别人的尊重。一个具备了如此素质的人，如何能够不成功呢？

本　辉

财商悟语

如果有一天,你成了叱咤商场的风云人物,你会怎样安排自己的生活和工作呢?这位台湾老总的做法启示我们:要做到对工作负责,杜绝浪费,尊重他人。做到这三点,不管做什么事情,都一定会取得成功的;同时,也会更容易赢得别人的尊重。 （赵 航）

悠悠寸草心

他这才发现母亲的那双脚已经像木棒一样僵硬,他不由得搂着母亲的脚潸然泪下。

日本一名牌大学毕业生应聘于一家大公司。社长审视着他的脸,出乎意外地问:"你替父母洗过澡擦过身吗?""从来没有过。"青年很老实地回答。"那么,你替父母捶过背吗?"青年想了想:"有过,那是我在读小学的时候,那次母亲还给了我 10 元钱。"

在诸如此类的交谈中,社长只是安慰他别灰心,会有希望的。青年临走时,社长突然对他说:"明天这个时候,请你再来一次。不过有一个条件,刚才你说从来没有替父母擦过身,明天来这里之前,希望你一定要为父母擦一次。能做到吗?"这是社长的吩咐,因此青年一口答应。

青年家境贫寒,他刚出生不久父亲便去世了,从此,母亲为人做佣拼命挣钱。孩子渐渐长大,读书成绩优异,考进东京名牌大学。学费虽

令人生畏，但母亲毫无怨言，继续帮佣供他上学。直至今日，母亲还去做佣，青年到家时母亲还没有回来。母亲出门在外，脚一定很脏，他决定替母亲洗脚。

母亲回来后，见儿子要替她洗脚，感到很奇怪："脚，我还洗得动，我自己来洗吧。"青年只好将自己必须替母亲洗脚的原委一说，母亲很理解，便按儿子的要求坐下，等儿子端来水盆，把脚伸进水盆里。

青年右手拿着毛巾，左手去握母亲的脚，他这才发现母亲的那双脚已经像木棒一样僵硬，他不由得搂着母亲的脚潸然泪下。在读书时，他心安理得地花着母亲如期送来的学费和零花钱，现在他才知道，那些钱是母亲的血汗钱。

第二天，青年如约去那家公司，对社长说："现在我才知道母亲为了我受了很大的苦，你使我明白了在学校里没有学过的道理，谢谢社长。如果不是你，我还从来没有握过母亲的脚，我只有母亲一个亲人，我要照顾好母亲，再不能让她受苦了。"

社长点了点头，说："你明天到公司上班吧。"

🌸石 韬

财商悟语

社长之所以录用青年，不仅在于他已经了解到母亲的辛劳，更重要的是，他认识到自己必须努力工作，才能回报母亲的养育之恩。其实，天下的父母对儿女都是关怀备至，无私奉献的。金钱与亲情并不是对立的，懂得感恩的人，才会收获更多。 （赵 航）

细节的威力

"因为我会看相，知道你是栋梁之才。"每次，总经理都神秘兮兮地一笑。

一个大学生毕业后去了广州，想要靠打工闯出一番事业来。但很不幸，一下火车，他的钱包就被偷了，钱和身份证都没了。在受冻挨饿了两天后，他决定开始拾垃圾——虽然受白眼，但至少能解决吃饭问题。一天，他正低头拾垃圾时，忽然觉得背后有人注视自己。回头一看，发现有个中年人站在他背后。中年人拿出一张名片："这家公司正在招聘，你可以去试试。"

那是一个很热闹的场面——五六十个人同在一个大厅里，其中很多人都西装革履，他有点儿自惭形秽，想退下来，但最终还是等在了那里。当他一递上名片，小姐就伸出手来："恭喜你，你已经被录取了。这是我们总经理的名片，他曾吩咐，有个青年会拿着名片来应聘，只要他来了，就成为我们公司的一员！"就这样，没有经过任何面试，他进入了这家公司。后来，经过努力，他成为副总经理。"你为什么会选择我？"闲聊时他都会问总经理这个问题。"因为我会看相，知道你是栋梁之才。"每次，总经理都神秘兮兮地一笑。

又过了两三年，公司业务越做越大，总经理要去新城市进行投资，临走时，将这个城市的所有业务都委托给了他。送行那天，他和总经理在贵宾候机室面对面坐着。"你肯定一直都很想知道，我为什么会选择你。那次我偶然看见你在拾垃圾，就观察了你很久，你每次都把有用的东西拣出来,将剩下的垃圾清理好再放回垃圾箱。当时我想,如果一个人在这样不利的环境下还能够注意到这种细节,那么无论他是什么学历、什么背景,我都应该给他一个机会;而且,连这种小事都可以做到一丝不苟的人,不可能不成功。"

📖 远 方

财商悟语

一滴水可以折射出太阳的光辉,一件小事可以反映一个人的品性。这个大学生之所以能顺利地进入一家公司,完全是因为一个细微的行动。我们在生活中,也需要注重细节,学会从小处着手,细微处的收获才是巨大的。 (赵 航)

第十四辑

赚钱的智慧只需一点点

年轻人决定凭自己的智慧赚钱。刚开始，他开山卖石头。别人把石块卖给建筑公司时，他却把石块卖给花鸟商人。后来，政府禁止开山，只许种树，年轻人种植了一片果园。当水果给大家带来了好日子时，年轻人却开始种柳。因为他发现，只愁买不到盛水果的筐。再后来，一条铁路从这儿贯穿。乡亲们开始集资办厂，年轻人却又在他的地头，面朝铁路砌了一道百米长的墙。当乘客在欣赏风景时，会醒目地看到一个巨大的广告牌，这是山川中唯一的一个广告……

赚钱复杂吗？困难吗？实际上，有时候赚钱的智慧只需要一点点，只要开动脑筋，了解人的需求，那么赚钱就会变得很简单。

只多一点点

只多一点点，比小溪多一点点就成了大河，比大河多一点点就成了长江，比长江多一点点就成了大海。

　　栖霞是闻名全国的苹果主产区，这里的苹果个头大、汁多、脆甜，深受全国各地人们的喜爱，几家较早开辟苹果园的人，很快就富了。

　　见种植苹果的人富了，许多人蜂拥而起一下子建起了许多苹果园，没几年，栖霞遍地是苹果。苹果成熟时，堆积如山的苹果，销路成了问题，让许多果农愁得一夜白了头。一个果农担忧地对自己的儿子说："苹果这么难卖，明年咱们毁掉果园种其他的吧。"

　　果农的儿子说："咱们果园经营这么多年，好不容易才刚到盛果期，毁掉就前功尽弃了，几年的血汗就白流了。"

　　果农伤心又无奈地说："那又有什么办法呢？"

　　果农的儿子说："先不要毁，让我再想想办法吧。"

　　第二年，这个果农的果园没有毁。5月份，当苹果长到半熟时，其他的果农悠闲地在树下打牌、聊天，等着果园里的苹果成熟。这个果农的全家人却开始忙碌起来了，他们拿着剪好的"喜"、"祝你发财"等的一张张剪纸，用不干胶将这些剪纸一一贴到那些个头大、果形好的苹果上，只几天便把整个果园的苹果给贴满了。其他的果农说："苹果都半熟了，还忙什么？歇着等苹果熟就行，销路难找，是大家都难找，你一家忙什么？"这个果农笑笑说："没啥，闲着也是闲着，我只是比大家稍稍多忙一点点。"

　　苹果成熟后，果然销路仍然很难找。当其他果农为自己堆积如山的苹果销路忧愁得寝食难安时，这个果农的果园却拥满了全国各地来的订货水果商；甚至许多水果商为订到苹果竟排起了长队，有的主动向果农上浮了苹果的价格。邻近的果农看看川流不息驶向这家果园的大货车，不明白同是红富士，苹果个头、果形也差不多，为什么他家的客商络绎不绝，而自己家却门可罗雀呢？他们拦住了一位水果商，水果商拿出两个苹果说："人家的苹果上有'喜'字，有'祝你发财'，这样的苹果在市场上很抢手，你们有吗？"几位果农明白了，原来人家在半熟的苹果上贴剪纸，苹果红后，那剪纸就在苹果上留下了清晰的字迹。但这并不是多么复杂的事情呀，有字的苹果，仅仅比普通的苹果多一个或几个字嘛，不就多了一点点吗，怎么销售时差别却这么大呢？

一位水果商说："不错，就是只多了那么一点点，所以多一点点的和少一点点的，就有天壤之别了。"

难道不是这样吗？有许多人原本和我们一样，只是他们比我们多了一点点的勤奋，所以他们成功了，而我们却依旧普通着；有许多人原本和我们一样，只是他们比我们多了一点点人生的执著，所以他们成为奇迹，而我们却成为人生的庸者……

只多一点点，比小溪多一点点就成了大河，比大河多一点点就成了长江，比长江多一点点就成了大海。一个人的失败就因为他比别人仅仅少了一点点，而一个人的成功也因为他比别人仅仅多了一点点。

李雪峰

财商悟语

我们很多人都有自己的目标和对手，并且一直在为实现自己的目标而奋斗，在为超越自己的对手而努力。但超越很难，那么每天能不能再多做一点点呢，在我们偷懒的时候，在我们嬉戏的时候，一点点积累，坚持自己的信念，汇聚成的将会是成功的海洋。

（罗 刚）

赚钱的智慧只需一点点

老板一看这情形，顿时失望不已。但当他弄清真相后，又惊喜万分，当即决定以百万年薪聘请他。

有个年轻人决定凭自己的智慧赚钱，就跟着人家一起来到山上，开山卖石头。

别人把石块砸成石子，运到路边，卖给附近建筑房屋的人，这个年轻人竟直接把石块运到码头，卖给杭州的花鸟商人。因为他觉得这儿的石头奇形怪状，卖重量不如卖造型。就这样，这个年轻人很快就富裕起来了。5年后，卖怪石的年轻人成了村子里第一座漂亮瓦房的主人。

后来，当地政府下令不许开山，只许种树，于是这儿成了果园。当地的鸭梨汁浓肉脆，香甜无比，每到秋天，漫山遍野的鸭梨引来了四面八方的客商。乡亲们把堆积如山的鸭梨整车整车地运往北京、上海，然后再发往韩国和日本。

鸭梨带来了小康的生活，村民们欢呼雀跃。这时候，那个卖怪石的年轻人却卖掉果树，开始种柳树。因为他发现，来这儿的客商不愁挑不上好梨，只愁买不到盛梨的筐。

5年后，他成了村子里第一个在城里买商品房的人。再后来，一条铁路从这儿贯穿南北。这儿的人上车后，可以北到北京，南抵九龙。小小的山庄更加开放搞活了。乡亲们由单一的种梨卖梨起步，开始发展果品加工和市场开发。

就在乡亲们开始集资办厂的时候，那个年轻人却又在他的地头，砌了一道 3 米高百米长的墙。这道墙面朝铁路，背依翠柳，两旁是一望无际的万亩梨园。坐火车经过这里的人，在

欣赏盛开的梨花时，会醒目地看到 4 个大字：可口可乐。

据说这是 500 里山川中唯一的广告。那道墙的主人仅凭这座墙，每年又有了 4 万元的额外收入。

20 世纪 90 年代末，国外某著名公司的老板来华考察。当他坐火车经过那个小山庄的时候，听到上边的故事，马上被那个年轻人惊人的商业智慧所震惊，当即决定下车寻找此人。当老板寻找到这个年轻人的时候，他却正在自己的店门口与对门的店主吵架。

原来，他店里的西装标价 800 元一套，对门就把同样的西装标价 750 元；他标 750 元，对门就标 700 元。一个月下来，他仅卖出 8 套，而对门的客户却越来越多，一下子批发出了 800 套。

老板一看这情形，顿时失望不已。但当他弄清真相后，又惊喜万分，当即决定以百万年薪聘请他。原来，对面那家店也是他的。

楚 风

财商悟语

在生活和学习中，人云亦云，别人做什么，我们就跟着做什么，仅仅能与大家达到同一水平。而运用自己的智慧，开动脑筋，善于发现不一样的成功途径，会让我们的生活更上一个台阶。

（采 露）

有趣的游戏

没用几天的工夫，这片臭水塘就被填满了，而窦义只用了很少的钱来买煎饼就行了。

唐朝时，长安城里有一个名叫窦义的孩子，十分聪明。他父母去世得早，他是靠亲戚抚养长大的。窦义到了 14 岁的时候，他想到自己不能老是靠着亲戚过日子，既然已经长大了，就应该自食其力、自谋生路了。于是，他就向亲戚借了一笔钱，打算自己开个小店。但是，长安城里的地价很贵，仅靠借的这点儿钱，买了地就盖不起房子，要盖房子就买不成地了。

有一天，窦义到城东去办事，路过一处地方，看见路边有一片充满臭水的洼地。他想，这地方是个没人要的臭水塘，地价肯定便宜，就决定把它买下。

朋友们听说了这件事，都纷纷前来劝告他，别犯傻了！这地方臭气熏天，哪能盖房子开店？光是要把它填平，也得花去不少钱呢！

其实，窦义的心里早就想好了一个主意。几天以后，长安城里的孩子们都在传扬着同一件事：城东的臭水塘那儿有游戏，凡是参加的，还奖励煎饼吃呢！于是，这消息就像长了翅膀似的，一传十，十传百，孩子们成群结伙地都往那里跑。

原来还真有这样的好事，只见洼地的一边摆着好几个煎饼摊，师傅们正忙着呢！再看水塘中央插着几面小彩旗，不管是谁，只要能用小石块、碎砖头或土疙瘩打中水塘中的小彩旗，就可以得到一张煎饼。

这样有趣的游戏，吸引了大群的孩子。臭水塘周围可用来投掷的石头、土块，很快就被捡光了，孩子们就从别的地方用袋子装了不断地往这儿运，然后再往水塘里投……这就是窦义设计的"填塘游戏"。没用几天的工夫，这片臭水塘就被填满了，而窦义只用了很少的钱来买煎饼就行了。

几个月后，这里出现了一排整齐的瓦房。窦义在这里开起了茶馆、客栈，开张以后，生意果然十分红火。

财商悟语

窦义用"填塘游戏"的方法，解决了填满臭水塘的难题。我们在生活中，也会遇到一些棘手的问题，当我们遇到此类难题时，如果也能改变自己的观念，注意方法的使用，所遇到的问题也就会迎刃而解。

（赵　航）

将脑袋打开 1 毫米

当我们面对新知识、新事物或新创意时，千万别将脑袋密封，置之于后，应将脑袋打开 1 毫米，接受新知识、新事物。

美国有一间生产牙膏的公司，产品优良，包装精美，深受广大消费者的喜爱，每年营业额蒸蒸日上。

记录显示，前 10 年每年的营业增长率为 10%~20%，令董事部雀跃万分。

不过,业绩进入第十一年、第十二年及第十三年时,则停滞下来,每个月维持同样的数字。

董事部对此3年业绩表现感到不满,便召开全国经理级高层会议,以商讨对策。

会议中,有名年轻经理站起来,对董事部说:"我手中有张纸,纸里有个建议,若您要使用我的建议,必须另付我5万元!"

总裁听了很生气地说:"我每个月都支付你薪水,另有分红、奖励,现在叫你来开会讨论,你还要另外要求5万元,是不是太过分了?"

"总裁先生,请别误会。若我的建议行不通,您可以将它丢弃,一分钱也不必付。"年轻的经理解释说。

"好!"总裁接过那张纸后,阅毕,马上签了一张5万元支票给那位年轻经理。

那张纸上只写了一句话:将现有的牙膏开口扩大1毫米。

总裁马上下令更换新的包装。试想,每天早上,每个消费者多用1毫米会多出多少倍的利润呢?

这个决定,使该公司第十四年的营业额增加了32%。

一个小小的改变,往往会引起意料不到的效果。

当我们面对新知识、新事物或新创意时,千万别将脑袋密封,置之于后,应将脑袋打开1毫米,接受新知识、新事物。也许一个新的创见,能让我们从中获得不少启示,从而改进业绩,改善生活。

财商悟语

商业智慧就是无价的聚宝盆。一个小小的看似不起眼的建议,实施起来就会带来大量的利润,但这样的智慧,并不是随时随地都能找到的。我们在生活学习中,也不要忘了,要多多使用头脑,来寻找那"打开1毫米的智慧"。

(采 露)

汉斯的秘密

汉斯每次向城里送土豆时,没有开车走一般人都经过的平坦公路,而是载着装土豆的麻袋走一条颠簸不平的山路。

汉斯是个德国农民,他因爱动脑筋,常常花费比别人更少的力气,而获得更大的收益,当地人都说他是个聪明人。

到了土豆收获季节,德国农民就进入了最繁忙的工作时期。

他们不仅要把土豆从地里收回来,而且还要先把土豆按个头分成大、中、小三类。这样做,劳动量实在太大了,每人都只有起早摸黑地干,希望能快点把土豆运到城里赶早上市。汉斯一家与众不同,他们根本不做分拣土豆的工作,而是直接把土豆装进麻袋里运走。

汉斯一家"偷懒"的结果是,他家的土豆总是最早上市,因此每次他家赚的钱自然比别家的多。一个邻居发现了汉斯一家赚的钱比自己多,但是不知道他们是怎么做到的,于是就悄悄地跟踪,终于发现了其中的奥秘。

原来,汉斯每次向城里送土豆时,没有开车走一般人都经过的平坦公路,而是载着装土豆的麻袋走一条颠簸不平的山路。两英里路程下来,因车子的不断颠簸,小的土豆就落到麻袋的最底部,而大的自然留在了上面,卖时仍然是大小能够分开。

由于节省了时间,汉斯的土豆上市最早,自然价钱就能卖得更理想了。

[美]托马斯·沃特曼 龙 婧/译

看似经营者的小智慧，实则蕴含着大道理，那就是爱动脑的人更成功。爱动脑筋的人，无论工作、学习都会比那些不爱动脑筋的人收获多，成功的机会也会多。现在起养成爱动脑筋的好习惯，我们的未来也会受益无穷。

(赵 航)

 # 赢家的姿态

先声夺人，志在必得，这是商战赢家应有的姿态。

服装批发市场又新建了一栋楼，打算开发成名牌广场。新楼里有30多个黄金铺位，股份公司要将他们一一拍卖。

拍卖会在股份公司会议厅里举行。当时，参加竞拍的有100多号，座无虚席。9点半，拍卖从最好的铺位开始，起价是30万，拍卖师话音刚落，一位财大气粗的中年人便举手把价抬到80万。顿时，整个拍卖现场鸦雀无声。竞拍者都吓了一跳，以为中年人发疯了，大家你看我我看你，面面相觑，不知所措。缓过神来的拍卖师只好尖声锐气地在拍卖席上叫着"80万第一次，80万第二次……好，成交！""当啷"一声，80万，一锤定音。第一个铺位被中年男子拍得。他一拍到铺位，便匆匆离席，显然，他不想再要第二个铺位了。

第二个铺位虽然稍微逊色，但开价也是30万。这时，拍卖现场骚动起来，显然，每位竞拍者都有了心理上的准备，争抢的人逐渐多了起来，拍卖师一开价，便有人举手出 40 万，叫 40 万的话音刚落，就有人高喊 50 万。竞争气氛相当激烈，叫价声此起彼伏。炒到最后，第二个铺位价格升到了 100 万，被一位戴眼镜的批发商夺得。

一个上午，30 多个铺位，全部被拍卖一空，最差的铺位也拍了 35 万。在整个拍卖过程中，认真衡量一下，第一个竞拍者成了最大的赢家。

后来，有人采访了这位竞拍者，竞拍者不无自豪地说："凭我的经验估计和预测，如果按常规来拍卖这个铺位，至少会超过 100 万。说实在的，第一个铺位我志在必得，不像其他竞拍者，一开始就处在观望状态，这样显然会处于不利地位。拍卖场如战场，稍一迟疑，就会失去大好良机。我早就意识到这一点，所以拍卖师一出价，我干脆把价格抛到自己认为理想的价位，当时，我也很紧张，害怕有人举手抬高了价位。幸好他们都没思想准备，我为此节省了不少钱。"说完，他哈哈大笑起来。

原来，先声夺人，志在必得，这是赢家应有的姿态。

🌸 吴志强

财商悟语

无论是在商业战场，还是在人生战场，抢时间、争速度都非常重要。当自己一旦考虑成熟，就应该以迅雷不及掩耳的速度，立即行动，抓住机会。这样，就可以在别人还没有思想准备时，先声夺人，才能高人一筹，抢先取得胜利。

（海 星）

第二落点

大多淘金者都空手而归，而亚默尔却在很短的时间靠卖水赚到 6000 美元。

19 世纪中叶，美国加州传来发现金矿的消息。许多人认为这是一个千载难逢的发财机会，纷纷奔赴加州。17 岁的小农夫亚默尔也加入了这支庞大的淘金队伍。他同大家一样，历尽千辛万苦，赶到加州。

淘金梦是美丽的，做这种梦的人很多，而且还有越来越多的人蜂拥而至，一时间，加州遍地都是淘金者，金子自然越来越难淘。

不但金子难淘，而且生活也越来越艰苦。当地气候干燥，水源奇缺，许多不幸的淘金者不但没有圆了致富梦，反而丧生在此。

小亚默尔经过一段时间的努力，和大多数人一样，没有发现黄金，反而被饥渴折磨得半死。一天，望着水袋中一点点舍不得喝的水，听着周围人对缺水的抱怨，亚默尔忽发奇想：淘金的希望太渺茫了，还不如卖水呢。

于是亚默尔毅然放弃打金矿的努力，将手中挖金矿的工具变成挖水渠的工具，从远方将河水引入水池，用细沙过滤，成为清凉可口的饮用水，然后将水装进桶里，挑到山谷一壶一壶地卖给找金矿的人。

当时有人嘲笑亚默尔，说他胸无大志："千辛万苦地赶到加州来，不挖金子发大财，却干起这种蝇头小利的买卖，这种生意哪儿不能干，何必跑到这里来？"亚默尔毫不在意，不为所动，继续卖他的水。

结果，大多淘金者都空手而归，而亚默尔却在很短的时间靠卖水赚到 6000 美元，这在当时是一笔非常可观的财富了。

财商悟语

这些淘金人的大志是什么呢？不就是想赚到钱嘛。小农夫发现了市场，赚到了钱，而大多数淘金者却空手而归，终究没能实现大志。所以我们千万不能只是空谈，而要不断地抓住一切成功的机会，积极寻找属于自己的第二落点。　　　　　　（采　露）

制 造 神 秘

这事儿一时闹得全城轰动。人们纷纷猜测，索古尔是一种什么样的酒呢？要知道，客人们叫的是一桌全澳大利亚最昂贵的菜肴啊！

经常看见有这样一种现象：一个人抬头看天，不一会儿，他的身边就站了很多人，都抬头看天，还惊诧地问他："看什么？"其实天上什么也没有，就因为那人久久地看着天上，给了人一种神秘感，才引来一大群人都抬头看天。这是神秘引来的从众心理。聪明的商家也把这种能够引起从众心理的神秘用在了推销中。

上个世纪中期，澳大利亚南部有一个叫巴斯特尔的小城，全城不足 10 万人口，但却有着几百年深厚的酒文化根基。全世界的酒业主都到这里推销他们的产品，一种新酒，要想在这座城市占有一席之地谈何容易！

有一天，巴斯特尔最豪华的科拉克里酒楼来了一群客人。这些客人都显得很尊贵,他们叫了一桌澳大利亚最精致的菜肴。这桌菜肴,据粗略估计,是 10 个澳大利亚平民一生的花销。酒店老板想他们一定得享受本酒店最高级的美酒了,于是搬出路易十三、葛特尔蒙等数十种名酒让客人们挑选。但客人们只粗看了一眼,就问:"有索古尔干红吗?"酒店老板听得一头雾水。他从未听说过有这种酒呀!于是,他派员工搜遍全城各大酒店,都没有这种索古尔酒。更令酒店老板没想到的是,那桌客人见没有找到索古尔干红,竟连那桌已付费的菜肴都不吃了,扫兴而去。

这事儿一时闹得全城轰动。人们纷纷猜测,索古尔是一种什么样的酒呢?要知道,客人们叫的是一桌全澳大利亚最昂贵的菜肴啊!索古尔,一时就成了家喻户晓的名字。没多久,索古尔干红在巴斯特尔出现了,立即被期盼已久的巴斯特尔人抢购一空。

有一天,索古尔酒的制造商来到了巴斯特尔城。人们惊奇地发现,他就是在科拉克里酒楼因没有索古尔干红而弃下一桌名贵菜肴的客人中的一位。

聪明的制造商正是利用人们的好奇心理,在巴斯特尔这个酒城,做了一次成功的推销广告,打响了自己的牌子。后来,索古尔酒在全澳洲长盛不衰,也与这次奇特的推销有关。

瑞　琳

财商悟语

要想敲开财富之门,具备一定的财商是必需的,不然财富之门将永远对你关闭着。发散我们的思维,找一个好方法,或许就可以让人们毫不犹豫地打开钱包了。开动大脑,我们也来制造"神秘"吧!

(赵　航)

名 片 墙

一天,徐育宏看着被贴得花花绿绿的墙壁,突然想,何不干脆专门设一面"名片墙"呢?

2003 年,徐育宏在 108 国道旁开了一家北方饭店。原以为靠近国道,会有许多过路司机停下来吃饭,谁知 3 个月过去了,生意还是冷冷清清。

一天,饭店来了两位客人,付账时有个人说:"老板,我们是做楼板吊运车生意的,我留些名片给你,麻烦你给来吃饭的客人介绍,成了付给你中介费。"徐育宏心想,这还不是小事一桩?于是,他将名片贴到了墙上。

说来也巧,几天后一位来吃饭的客人见到了这张名片,竟十分高兴,原来他早就想买这种楼板吊运车,但一直不知在哪里可以买到,他抄下了名片上的地址和电话号码。一笔生意就这样做成了,徐育宏获得了 300 元的中介费。

渐渐地,北方饭店墙壁上的名片越来越多了,来来往往的生意人希望借此拓展自己的客源。一天,徐育宏看着被贴得花花绿绿的墙壁,突然想,何不干脆专门设一面"名片墙"呢?此举果然奏效,冲着这面"名片墙",越来越多的人成了饭店的常客。

饭店生意日益红火,收到的名片也越来越多,到 2004 年 10 月,已达 6000 多张。徐育宏欣喜的同时,也有了苦恼,这么多名片,怎样才能

全部贴上墙呢?

思考之后,徐育宏自己制作了一面10多平方米的移动式"名片墙",将客户的名片分类后,粘到墙上,然后放到饭店门口。名片每星期更换一次,这样一来,张张都可以得到展示,而且,饭店门口的"名片墙"吸引了更多路人。一时间,北方饭店名声大噪。

为了方便顾客,徐育宏专门腾出了一套桌椅,配置了纸笔,供那些抄名片的客人使用。他还将饭店的办公电话搬到前台,做起了公用电话业务,这样顾客便能立马与主人联系。

在"名片墙"推出的一年半时间里,北方饭店的业务量节节攀升,生意最好的时候,一天内顾客能达到500多人,营业额过万元。

🌸段伟平

财商悟语

饭店没生意,产品无销路,双方一合作,饭店的生意就火起来,产品的销路就打开了。因此,当我们遇到困难时,不要彷徨和苦闷,可以寻找身边的朋友共同合作,共渡难关。善于动用大家的智慧,也是获取财富、走向成功的一个重要因素。(赵 航)

哦,500 尾小金鱼

卖鱼缸的商人把售价抬了又抬,但他的几千个鱼缸很快就被人们抢购一空。

商人到小镇去推销鱼缸,尽管鱼缸工艺精细,造型精巧,但问津者寥寥。

于是,商人在花鸟市场找了一个卖金鱼的老头,以很低的价格向他定了 500 尾小金鱼,老头很高兴——他在小镇卖金鱼多年,生意一直惨淡。

商人让担着金鱼的老头和他一起来到穿镇而过的水渠上游,"把这 500 尾金鱼全都投进去,你只管放,买鱼的钱我一分不少给你。"

刚过半天,一条消息就传遍了小镇:水渠里,不可思议地有了一尾尾漂亮又活泼的小金鱼! 镇上的人们争先恐后拥到渠边,许多人跳到渠里,小心翼翼地寻找和捕捉小金鱼。

捕到小金鱼的人,立刻兴高采烈地去买鱼缸;那些还没捕到的人,也纷纷拥上街头去抢购鱼缸。大家都兴奋地想:既然渠里有了金鱼,虽然自己今天没捕到,但总有一天会捕到的,那么买鱼缸早晚能派上用场。

卖鱼缸的商人把售价抬了又抬,但他的几千个鱼缸很快就被人们抢购一空。欣喜若狂的商人想,如果不是自己灵机一动在水渠里投放进区区 500 尾小金鱼,自己那几千个玻璃鱼缸不知要卖到何年何月呢。

欧阳梅君

两辆中巴

她就笑着对船民的孩子说:"下次给带个小河蚌来,好吗? 这次让你免费坐车。"

　　家门口有一条汽车线路,是从小港口开往火车站的。不知是因为线路短,还是沿途人少的缘故,客运公司仅安排两辆中巴来回对开。

　　开 101 号的是一对夫妇,开 102 号的也是一对夫妇。

　　坐车的大多是一些船民,由于他们长期在水上生活,因此,一进城往往是一家老小。

　　101 号的女主人很少让船民给孩子买票, 即使是一对夫妇带几个孩子,她也是熟视无睹似的,只要求船民买两张成人票。有的船民过意不去,执意要给大点的孩子买票,她就笑着对船民的孩子说:"下次给带个小河蚌来,好吗? 这次让你免费坐车。"

　　102 号的女主人恰恰相反,只要有带孩子的,大一点的要全票,小一点的也得买半票。她总是说，这车是承包的，每月要向客运公司交多少多少钱，哪个月不交足，马上就干不下去了。

船民们也理解，几个人就掏几张票的钱，因此，每次也都相安无事。

不过，3个月后，门口的102号不见了。听说停开了。它应验了102号女主人话：马上就干不下去了，因为搭她车的人很少。

🍃文 燕

财商悟语

商家跟顾客，如果仅仅是冷漠的买卖关系，那么顾客来了这次，来不来第二次就难说了。但如果商家在这层关系中加点情谊在里面，即使挣得少点，来的顾客也会络绎不绝的。世上除了物质商品能挣到钱以外，有时候，善良的情谊也能"挣"到钱。(采 露)

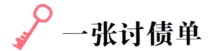

一张讨债单

把简单的"给我钱"换成了一个富含人情味的小幽默，仅此一点，就从千篇一律中脱颖而出。

一位朋友在一家外企做会计。公司的贸易业务很忙，节奏也很紧张，往往是上午对方的货刚发出来，中午账单就传真过来了，随后就是快寄过来的发票、运单等。朋友的桌子上总是堆满了各种讨债单。

　　讨债单太多了，都是千篇一律地要钱，朋友常不知该先付谁的好，经理也一样，总是大概看一眼就扔在桌上，说："你看着办吧。"但有一次是马上说："付给他。"仅有的一次。

　　那是一张从巴西传真来的账单，除了列明货物标的、价格、金额外，大面积的空白处写着一个大大的"SOS"，旁边还画了一个头像，头像正在滴着眼泪，简单的线条，但很生动。这张不同寻常的账单一下子引起朋友的注意，也引起了经理的重视，他看了便说："人家都流泪了，以最快的方式付给他吧。"

　　经理和这位朋友心里都明白，这个讨债人未必在真的流泪，但他却成功了，一下子以最快速度讨回大额货款。因为他多用了一点心思，把简单的"给我钱"换成了一个富含人情味的小幽默，仅此一点，就从千篇一律中脱颖而出。

财商悟语

　　生活中并非都是刀光剑影、阴谋诡计的智慧；表现得有人情味和说话幽默等，同样也是一种智慧。有时候，人情味和幽默感往往能捷足先登，争夺到打开成功之门的金钥匙。　　　（赵　航）

抢果子不如自己去种果树

若能力有限,怎样的努力都落在其他人的后面,倒不如耐心发掘身边的土地,种植自己的果树。

王雨菲是一家外资保险公司在东北区的业务总监,她也是这家保险公司在全球几十个分支机构里年龄最小的大区业务总监,她今年只有 23 岁。

1997 年,从一家商业中专毕业的王雨菲到现在就职的这家保险公司做起了推销员。不高的学历、一般的长相、清贫的家境,令她有些茫然,但自幼倔犟的她告诉自己一定要做出成绩来。她开始整天奔走在大街小巷,每天坚持拜访陌生人,挨家挨户地敲门,承受拒绝和冷漠。

一天,她去一家公司联系业务,看大门的年轻人朗读英语的声音让她心机一动——一个看大门的外来打工青年如此上进求学,这种困境中的坚强让她和这个叫解铭的年轻人交谈起来。

当她问解铭为什么要学习英语时,解铭告诉她:"我想,自己种一个果树总比在别人的果树下等果子掉下来要好……"解铭那有些乡土口音的话让她很震动,她暗想:我也可以自己种果树的啊!并且,一个奇怪的念头进入她的大脑,解铭一定会成为她的客户的。可当时解铭的情况是一贫如洗,月收入 300 元,只是初中毕业。但她还是坚定自己的念

头，她常常帮助解铭找资料，帮助解铭找新的工作机会，以至于解铭曾很感动地对她说，将来他成功了，一定要用全部家产的一半买她的保险。

解铭说这话的时候，全部家产只是一个旧提包，还有一台二手的386电脑。但解铭的话让王雨菲很感动，常常会在不是很忙的时候去看望他。

在辛勤的奔波和努力中，王雨菲的业务成绩不断提升着，2000年4月，因业绩突出她被送到美国进行培训。12月，结束培训的她刚刚回到公司，就接到解铭电话。她才知道，现在的解铭已经今非昔比，因为在互联网领域的出色拼杀，他的公司在香港科技板上市了，半个月里融资500万美元，他自己占15%的股份，他的身价一下就达到了75万美元。他指定由王雨菲亲自受理他的保险，以表示他的感激和信任，共保了两种，每种98份，总保额102万元人民币，这是公司当年在大陆地区接受的最大一笔个人寿险保单。没多久，在应邀参加解铭的婚礼上，解铭网络界的朋友纷纷和王雨菲握手，说早就听说她四年如一日地支持一个数字英雄的故事，赞誉她是"数字伯乐"，而且纷纷留下名片，表示随时恭候她的光临，并且都嘱咐她，去的时候不要忘记带上一份空白的保险协议书。

如果能力能够让我们跑得足够快，那我们可以快速地去挑战面前的机会。可一旦能力有限，怎样的努力都落在其他人的后面，倒不如耐心发掘身边的土地，种植自己的果树。只要汗水够了，时间够了，赢来的可能就是惊人的回报啊！

澜　涛

财商悟语

王雨菲的眼光可真独特,慧眼识珠之后,解铭因为有了她的帮助,获得了事业上巨大的成功,而她也签到了公司当年最大的一笔人寿保单。真心付出总有回报,当你在不经意间帮助一个人,说不准哪天你会获得意外的收获呢?　　　　　(赵　航)

看看你的财商有多高？

1.你是否需要有一个人来告诉你该怎么花钱（　）

   A.是   B.不是   C.不知道

2.当手中有 100 元钱的时候，你是否为了如何使用作过详细的计划（　）

   A.是   B.不是   C.偶尔

3.与父母一起去饭店时，你是否想过要自己付账单（　）

   A.是   B.不是   C.偶尔

4.上小学时，你是否去推销过糖果或参加过其他类似的活动（　）

   A.是   B.不是   C.偶尔

5.你是否想过父母的钱是怎么来的（　）

   A.有   B.没有   C.偶尔

6.你是否有过向父母借钱的想法（　）

   A.是   B.不是   C.偶尔

7.你有没有自愿地给希望工程捐过款（　）

   A.有   B.没有   C.偶尔

8.如果口袋里有 10 元钱，你一般会在多长时间里花掉（　）

   A.一个星期   B.三天   C.一天

9.春节所得的压岁钱你通常是怎么处理的（　）

   A.存银行里   B.立即花掉   C.花掉一部分

10.通常情况下你会自愿地参加家庭劳动吗（　）

　A.是　　　　　B.不是　　　　C.偶尔

说明：

　选A得3分　选B得1分　选C得2分

分析：

　20—30分：已经有较高的财商，懂得一些有关财富的简单概念，对钱的价值有了初步的认识。懂得花钱的计划性和了解钱的产生过程。知道储蓄的必要性，懂得珍惜家人的劳动付出。有一定的实践经历，并在实践中强化了自己的财商。

　16—24分：对财商虽然不是一无所知，但也不是懂得很多。能大致地知道钱需要工作才能得到，知道钱能买东西。花钱偶尔有一定的计划性。偶尔有一些实践经历，但体会往往不深，因此，有必要接受更深入的财商启蒙。

　10—15分：不明白钱从何处得来，也不知道钱的价值。花钱总是很随意，无任何的计划性。不知道金钱如何获得，对积蓄没有形成概念；在实践上，没有任何的经历，所以也不可能有切身的体会。总之，非常缺乏财商，急需加强这方面的教育。